생각의 프레임

생각의
프레임

지은이　　　김경집
펴낸곳　　　현실문화연구
펴낸이　　　김수기

편집　　　　좌세훈, 강진홍
디자인　　　김재은
마케팅　　　오주형
제작　　　　이명혜

첫 번째 찍은 날　2007년 10월 12일
두 번째 찍은 날　2008년 12월 15일
등록번호　제1999-72호
등록일자　1999년 4월 23일

주소　　　　서울시 종로구 교북동 12-8번지 2층
전화　　　　02)393-1125
팩스　　　　02)393-1128
전자우편　　hyunsilbook@paran.com

값 11,000원

ISBN 978-89-92214-21-6 03800

이 도서의 국립중앙도서관 출판시도서목록(CIP)은
e-CIP 홈페이지(http://www.nl.go.kr/cip.php)에서
이용하실 수 있습니다. (CIP제어번호: CIP2007002997)

생각의 프레임

김경집 지음

현실
문화

익숙한 지식의 속살:
브레인스토밍의 새로운 패러다임

요즘 '프레임frame'이란 말을 많이 쓰고 있다. 프레임이란 '틀'이다. 그런데 요즘 말하는 틀은 그냥 단순한 틀이 아니라 '새로운 틀'을 말한다. 프레임은 생각의 틀이고, 세상을 바라보는 새로운 시각이다. 수많은 정보와 지식을 수동적으로 받아들이는 데 익숙한 사람들에겐 낯선 낱말이다. 이제는 더 이상 정보와 지식을 수동적으로 수용해선 안 된다. 그 안에 담긴 생각이나 정보를 들춰보면 의외로 많은 게 담겨 있음을 알 수 있다. 때로는 잘못되거나 비틀어진 채 받아들이고 널리 쓰이는 것들도 많다.

최근에 논의되고 있는 '좌측보행'의 경우를 보자. 우리는 어렸을 때부터 학교나 사회에서 왼쪽으로 걸어야 한다고 배웠다. 그게 에티켓으로 굳어졌다. 남녀노소 모두 왼쪽으로 걷는다. 어떤 기준이 일단 규범이 되면, 사람들은 더 이상 옳고 그름을 따지지 않는다. 습관처럼 따라한다. 그게 상식과 상규_{常規}의 맹점인 걸 미처 모른다. 그러나 실생활에서 좌측보행이 얼마나 불합리한지 조금씩 깨닫고 여러 사람이 문제점을 제기하면서 그 타당성을 따지기 시작한다. 좌측보행이 언제부터 시작되고 어떤 까닭으로 비롯했는지 캐고 따진다. 어떻게 결정되느냐보다 더 중요한 건 그걸 따지고 들춰보기 시작했다는 점이다.

상식화된 지식과 정보는 때론 편리하다. 일일이 과정을 따지지 않아도 그 내용을 파악할 수 있고 쉽게 다른 사람들과 교환할 수 있다. 그러나 그건 자칫 닫힌 시각, 수직적-평면적 사고, 수동적 지식체계에 익숙해진, 또는 익숙해지는 과정일 뿐이다. 현대는 이미 새로운 지식과 정보의 시대에 접어들었다. 사람들이 익숙한 것들을 들춰봄으로써 새로운 사고의 프레임을 짜보는 게 필요하고 동시에 즐거운 일임을 경험할 수 있으면 좋겠다. 그것은 일종의 패러다임 전이 paradigm shift라고 할 수 있다.

예전에는 지식 자체가 힘이었다. 경험이건 지식이건 지니고 있는 정보는 크게 쓸모 있는 가치로 여겨졌다. 이른바 know-what의 시대였다. 이때 필요한 지적 능력의 중심은 암기능력이었다. 언제든 그 지식을 꺼내 쓸 수 있어야만 했기 때문이다. 그래서 얼마나 암기를 잘 하느냐를 가르치는 게 교육의 주된 방식이었다. 이른바 주입식 교육의 뿌리는 바로 거기에 있다. 지식은 곧 권력이었다. 고대와 중세는 문자 해독자가 지배자로, 문맹자가 피지배자로 양분된 시대였다. 르네상스는 지식의 대중화의 시발점이었다.

그러다가 산업혁명을 거치면서 똑같은 지식도 어떻게 운용되느냐에 따라 전혀 다른 결과를 얻는다는 걸 체험하면서 know-how가 지식의 중심이 되었다. 지금은 어떤가? 컴퓨터의 발명과 인터넷의 출현은 기존의 지식체계 전반을 바꿔놓았다. 굳이 토플러의 《제3의 물결》을 인용하지 않더라도 컴퓨터와 인터넷이 인류 문명 전체에 미친 파장이 얼마나 엄청난 것인지는 물을 필요도 없다. 이제는 누구나 검색창만 열면 거의 모든 정보와 지식에 접근할 수 있다. 다운 받으면 정보와 지식의 소유는 언제든 가능하다. 그것도 최근의 고급정보와 지식들까지 거의 망라한 것들이다. 설령 모르거나 운용방식을 이해하지 못해도 무방하다. 단순히 클릭하는 것만으로 지식뿐 아니라 '도움받기'를 통해 노하우까지 다 얻을수 있다. 그렇다면 현대는 어떤 지식의 시대인가?

이제는 know-where의 시대라고 할 수 있다. 누가 더 빨리 필요한 정보에 접근하느냐가 중요하다. 그렇다면 속도가 중요한가? 그건 아니다. 어차피 지식의 내용은 큰 차이가 없다. 그렇다면 무엇이 그 값의 차이를 결정하는가? 그건 바로 상상력과 창의력이다. 그리고 판단력이다. 똑같은 지식이라도 그것이 어떤 맥락에서 어떻게, 또 무엇과 연결되느냐에 따라 달라지는 세상이다. 정보화의 시대일수록 오히려 더 많은 독서와 사유가 필요한 까닭은 바로 이 때문이다. 똑같은 지식과 정보라도 본인이 어떻게 가공하고 해석하느냐에 따라 가치가 달라진다. 답을 따라가기만 하면 새로운 게 없다. 끊임없이 묻고 호기심으로 들춰봐야 한다. 상식적으로 옳다고 느끼는 것들도 다른 각도로 보면 어떻게 달라질 수 있는지 깨달아야 한다. 데카르트의 회의가 서양 근대주의를 열었다면, 우리의 호기심과 의심 또한 현대와 탈현대를 살아갈 수 있는 동력이 될 것이다.

새로운 프레임이란 바로 이런 것이라고 할 수 있다. 이전과는 다른 새로운 프레임으로 익히 알고 있는 것들을 바라보면 처음에는 호기심과 흥미, 그리고 반전의 즐거움을 맛보게 되어 즐거워한다. 그러나 점차 우리의 시각이 얼마나 편협하고 수직적이며 단편적이었는지도 깨닫게 된다. 익숙하고 기계적으로 정해진 틀에 맞춘 사고가 아니라 자유롭고 다양하게 생각할 수 있어야 한다. 생각이 다양하고 자유로우면 삶도 그렇게 된다. 그래서 제대로 알면 그만큼 즐겁고 자유롭다. 그 부피만큼 삶도 풍요로워진다. 그러려면 앎이 많아야 하고 그 앎은 넓이와 깊이를 동시에 갖춰야 한다.

올해로 대학에서 강의한 지 꼭 스무 해가 지났다. 주로 철학과 인간학을 가르쳤다. 가르치면서 배운다는 옛 성현의 말씀이 새삼스럽다. 가르친다기보다는 함께 배운 게 더 많다. 우리가 학교에서 배운 건 해답뿐이다. 왜 그런지, 어떻게 그렇게 되는지는 관심 밖이다. 그 울타리를 넘나들면 문제아로 찍히는 현실이다. 플라톤 하면 '이데아'는 떠올리지만, 그가 왜 그 시기에 어떤 상황에서 어떻게 이데아를 주장했는지는 가르치지도 배우지도 않는다. 답은 하나뿐이지만 질문은 끝이 없다. 그런 점에서 답을 가르치는 것보다는 물음을 던질 수 있게 가르치고 배우는 게 중요하다. 그런데도 여전히 우리는 답만 요구하고 가르친다.

던져진 물음에 기계적으로 답을 구하기보다 그 물음의 타당성과 근거를 따지는 물음의 반문이 수직적이고 수동적인 지식체계를 허무는 데 도움이 된다는 걸 수업을 준비하고, 진행하고, 사후 평가하면서 절실하게 깨달았다. 그래서 익숙한 것들, 상식적인 것들의 역사와 본질, 맥락과 의미화 과정들을 살짝살짝 들춰보기도 하고 뒤집어보기도 하면서 수백 건의 사례들을 다뤄봤다. 그게 상당한 효과가 있다는 걸 알고 깜짝 놀랐다. 너무나 당연한 결과를 감탄의 시선으로 확인한다는 게 사실 부끄러운 일이다. 그만큼 우리의 사고가 딱딱하고 수직적이며 단층적이라는 증거다. 브레인스토밍이 필요하다는 걸 절감했다. 브레인스토밍이 궁극적으로 생각의 새로운 프레임을 짜는 실마리가 된다는 점에서 매우 요긴하다.

이 책의 내용들은 그런 브레인스토밍brainstorming을 위한 간식거리들이다. 본디 강의를 시작할 때 그날그날의 시사적인 문제들과 함께 버무려 5~10분가량 함께 문제를 던지고 생각함으로써 닫힌 생각들을 허물고 즐겁게, 그러나 전투적으로(?) 수업을 열기 위한 것들을 모으고 다듬은 글이다. 그러나 시간이 지나면서 이런 지적 훈련이 비단 학생들에게만 필요한 게 아니겠다는 생각이 들었다. 어차피 우리 대부분이 반성적으로 받아들여야 할 문제라 싶어 부끄러움 무릅쓰고 책으로 내기로 했다.

어찌 보면 잡다한 이 내용들을 책으로 펴낼 생각을 한 건 〈인간학〉 수업을 하면서였다. 서강대학교에서 〈철학적 인간학〉 과목을 배웠고, 가르칠 수 있었던 건 큰 행운이었다. 무엇보다 다양한 시각으로 철학을 볼 수 있고, 또한 철학을 통해 삶의 다양한 지층을 들여다볼 수 있었다. 가장 큰 행운은 가톨릭대학교 인간학교육원에 재직하면서 〈인간학〉 과정을 전담할 수 있었던 점이다. 사람들은 '도대체 인간학이 뭐냐?'고 묻는다. 학생들도 그게 무슨 과목인지 모르고 수강하는 경우가 대부분이다. 그저 고등학교 때 배웠던 윤리나 도덕 또는 사회쯤으로, 또 어떤 이는 철학의 변종쯤으로 이해하는 경우가 대부분이다. 사실 대학에서 이런 교양과정을 필수과목으로 정해 놓는 게 시대착오적이지 않느냐 하는 반문이 있을 수 있다. 그러나 우리의 교육과정 전반을 반성해 보면 겨우 대학에 와서야 체계적 교양이 가능해진다.

지금은 전문적 지식과 전문가를 요구하는 시대다. 하지만 앞서 말한 것처럼, 지식의 단순한 소유와 운용은 예전 같은 위력이 없다. 그것을 활용하는 법을 깨쳐야 한다. 그런데 우리 교육은 그저 외고 또 외는 반복학습에 몰두했다. 다른 분야에 대한 건 가르치지도 알려고도 않는다. 흔히 말하는 '학제학學際學'을 토대로 한 전인교육은 없었다. 어떤 학문이건 주체도 주제도 인간이다. 그리고 대상과 목적도 인간이다. 인간학은 인간에 관한 거의 모든 분야를 다루면서 각기 다른 주제들을 어떤 문제의식으로 접근하고 이해할 수 있는지를 배우도록 한다. 물리학을 전공하는 학생도 예술이라는 주제를 통해 음악이나 미술을 전공하는 사람들의 시각과 방법론을 배울 수 있다. 무엇보다 모든 문제가 결국 인간의 문제로 귀결된다는, 당연하지만 매우 중요한 시각을 체험하게 된다. 어떤 사람들은 대학에서 그런 교양과목이 필요하냐고 반문한다. 그러나 오히려 현대는 전문적이면서도 오히려 폭넓은 사고가 필요하다. 이른바 수평적 사고의 가장 기본적인 틀이 형성되기 때문이다. 나는 이런 학제학적 인문교양이 바로 새로운 지식의 프레임을 짜는 데 도움이 된다고 확신한다. 그것이 우리의 삶에 고스란히 나타날 때 새로운 지평이 열릴 것이다. 발상의 전환은 그래서 행복하다.

최근에 엑스포메이션exformation이라는 신조어가 나타났다. 정보를 information, 즉 안으로in 들어와 형성하는 것formation이란 말을 빗대서 만든 말이다. 원래는 쓰레기 정보를 포함한 지나친 정보의 홍수 속에서 허덕이는 현대적 상황을 비꼬는 말이다. 그러나 이 말을 좀 더 적극적으로 받아들이면, 이제는 밖에서 안으로 들어오는 게 중요한 게 아니라(그건 이미 어디에나 널려 있으니까) 이미 있는 것들을 내 안에서 새로운 가치로 재창조해서 안에서 밖으로ex 내보내는 게 필요한 시대다.

우리가 지니고 있는 지식은 의외로 많다. 이미 그 지식들이 지금까지 우리의 삶을 풍요롭게 하고 원하는 목적으로 이끌어 온 것을 무시할 수는 없다. 그런 점에서 그 지식은 우리 자신의 자산임은 분명하다. 하지만 그것들을 조금 흔들어도 보고 때로는 뒤집어도 보면 의외의 지식과 정보뿐 아니라 세상과 내 삶을 보는 지평이 달라질 수 있다. 기존의 지식에 집착하지 않고 끊임없이 물음을 던지는 건 피곤한 일이 아니라 즐거운 일임을 경험하게 될 것이다. 지식의 틀'이란 바로 그런 발상의 전환을 함축한다.

이런 까닭에 나는 이 책이 사고를 다양하게 가질 수 있게 훈련하는 데에 도움이 되기를 바란다. 책 분량의 한정 때문에 몇 가지 주제로 묶을 수밖에 없었지만, 이러한 브레인스토밍이 사고의 다양성과 상상력과 창의력을 증진시키고, 더 나아가 스스로 지식을 즐김으로써 삶 또한 그렇게 누릴 수 있기를 희망한다. 새로운 지식과 사고의 프레임을 짜는 데 도움이 되길 희망한다. 끊임없는 물음과 탐구가 얼마나 즐거운 일인지, 익숙한 것들의 껍질을 깨면서 느낄 수 있으면 좋겠다.

스무 해를 나와 함께 수업했던 학생들이 가장 먼저 떠오른다. 그들과 함께했던 시간이 가장 행복했기에 항상 고맙다. 이 책은 그들과 함께 있었기에 가능했다. 감사를 전해야 할 사람들이 또 있다. 현실문화 편집부의 좌세훈, 이시우 님의 도움을 많이 받았다. 꼼꼼하게 검토하고 수정하고 아이디어도 제공해 줬다. 두 사람이 없었다면 책으로 내기에 어려움이 많았을 것이다. 사랑하는 아들 용우, 민성에게도 살면서 좋은 길잡이가 된다면 더 바랄 나위가 없겠다.

2007년 10월

다솔관 연구실에서

지은이

익숙한 지식의 속살

차례

II 상식을 통한 생각의 프레임

III 역사를 통한 생각의 프레임

IV 문화를 통한 생각의 프레임

V 종교를 통한 생각의 프레임

VI 과학을 통한 생각의 프레임

VII 시사를 통한 생각의 프레임

언어를 통한 생각의 프레임

흔히 '도구를 사용하는 존재Homo faber'라고 하면 손을 사용하는 존재로서의 인간을 떠올리지만, 인간에게 가장 강력한 도구는 바로 '언어'다. 직립한 인간은 성대가 넓어져서 다양한 소리를 낼 수 있었다. 그 소리에 의미를 부여하고 신호로 쓰면서 엄청난 문명이 가능해졌다. 인간에게 언어는 떼려야 뗄 수 없는 중요한 수단이다.

언어는 사고를 낳고, 사고는 행동을 낳는다. 따라서 어떠한 언어를 어떻게 사용하느냐하는 건 매우 중요하다. 우리가 일상적으로 쓰는 언어를 들춰보면 거기에는 시대와 사고의 방식과 가치 규범까지 드러난다. 따라서 언어는 곧 나 자신이고, 또한 사회다.

01

맹모삼천지교?
No! 맹모이천지교

강남 집값이 나라 경제를 흔들 정도란다. 상상을 초월한 강남 집값은 입을 다물지 못하게 한다. 도대체 사람들이 강남으로 몰려드는 까닭은 무얼까? 거기가 다른 곳보다 생활환경이 월등하게 좋은 것도 아니다. 오히려 물가만 높다. 그런데도 사람들이 몰려든다.

일단 아파트 한 채 사두면 결코 손해 보지 않고 값이 오르니까 사람들은 무조건 강남에 투자한다. 그렇게 만든 주범이 바로 '8학군'이다. 8학군이라고 다른 학군보다 더 잘 가르치는 게 아니다. 강남에 학원은? 당연히 많다! 그러나 솔직히 말하자면, 자녀들을 보다 좋은 학교에 보내겠다는 부모들의 열성과 그에 따르는 학생들이 모여 경쟁하면서 서로 자극을 주고받는 교육 환경이 강남에 만들어진 것이다. 그러다 보니 강남에서 남들보다 조금 더 나은 입시정보 덕도 제법 보게 되는 것이다. 그걸 아는 사람들조차 강남에 못 가 안달이다. 현대판 맹모孟母들이다.

　사람들은 교육적인 부모 하면 아마 맹자 어머니를 가장 먼저 떠올릴 것이다. '맹모삼천지교孟母三遷之敎'나 '단기지교斷機之敎'처럼, 고사성어를 두 개씩이나 만든 이가 맹모 말고 또 있을까? 분명 맹모는 아주 교육적인 어머니였다.

　그러나 정말 '맹모삼천지교'의 맹모가 교육적인 어머니였을까? 이것 말고도 이 고사성어에는 몇 가지 문제가 있다. 우선 맹모삼천지교라는 말이 정확한지부터 따져보자! 맹자와 그 어머니는 처음에 공동묘지 근처에 살았다(장소 1). 둘이 공동묘지 근처에 살았던 건 가난했기 때문이다. 그런데 맹모의 유일한 희망인 아들, 맹자라는 녀석은 어디서 방울 하나 주워 와서는 날마다 흔들며 놀았겠다. 이렇게 읊으며 말이다! "이제 가면 언제 오나…… 북망산천 날 부르네…… 애고 애고……." 맹모는 그 모습을 보자 아들이 자칫 상여꾼이나 되겠다 싶은 걱정이 들었다. 그래서 맹모는 이사를 하기로 결심한다.

　현대적 개념으로 이해하자면, 맹모는 교육환경론자였던 셈이다. 가난한 동네에 살면 아들 역시 가난한 삶을 살겠다는 생각 때문이었는지 맹자 엄마는 땅값 비싼 저잣거리로 이사를 한다(장소 2, 이사 1). 지금도 땅값이 가장 비싼 곳은 상업 중심지다. 예나 지금이나 다를 바 없었을 것이다. 가난한 동네에서 문제가 생겼으니 부자 동네로 이사한 것이다. 요즘 부모들도 강북 집을 팔아 형편이 안 되어 강남에 전세를 살더라도 자식들을 이끌고 강남 8학군으로 몰려간다. 맹자 엄마 뺨치는 부모들이다. 맹자네도 예외가 아니었다. 예전 집이며 살림 다 처분해 봐야 저잣거리에 겨우 사글세나 얻을까 말까 했을 것이다.

그런데 새로 이사한 저잣거리에서 맹자는 어떻게 지냈을까? 맹자 이 녀석, 천 쪼가리들을 하나 가득 주워다 쌓아놓고는 손뼉을 치며 외치는 게 아닌가! "골라! 골라! 날이면 날마다 오는 게 아냐!" 맹모는 기가 찼을 것이다. 저잣거리 근처에서 맹자를 키우면 기껏 장사치로 만들겠다 싶은 판단이 서자 맹모는 과감하게 다시 집을 옮긴다. 이번에는 서당 근처였다(장소 3, 이사 2). 아들 맹자는 그제서야 '학이시습지 불역낙호아學而時習之 不亦樂乎我'하며 책 읽는 시늉을 하며 지냈다. 그렇게 자라서 맹자는 나중에 위대한 학자가 되었다. 전부 어머니 덕택이다. '장한 어머니 상' 받고도 남을 맹모다.

그런데 한번 따져보자. 맹자네가 이사를 몇 번 갔지? 세

번이 아니라 두 번이다! 이사 간 곳이 세 군데였을 뿐이다. 그러니까 맹모삼천지교가 아니라 '맹모이천지교'라고 해야 옳은 표현이다. 그런데 왜 사람들은 '삼천지교'라는 말을 썼을까? 옛사람들은 홀수는 남성의 수, 짝수는 여성의 수라고 여겼기 때문이다. 그래서 '이'라는 숫자 대신 '삼'을 썼다.

그렇다면 맹모삼천지교가 아니라 맹모 '삼소三所'지교, 혹은 '삼처三處'지교, 또는 '삼재三在'지교라고 했어야 하지 않을까? 그런데 강조하고 싶은 건 아들을 위해 '이사'를 한 어머니의 용기와 지혜였기 때문에 사람들이 '옮길 천遷'을 의도적으로 썼을 뿐이다. 굳이 시비를 걸자면 이건 트릭이었던 셈이다. 물론 시시비비를 따진다고 의미가 변하는 건 아니다. 하지만 그게 더 큰 문제일 수 있다.

이 고사성어에는 더 큰 문제가 있다. 맹자 어머니는 과연 슬기로운 사람이었을까? 불행히도 이 고사를 잘 살펴보면 그렇지 않다. 환경이 아들에게 얼마나 중요한지를 깨달았다면, 맹모는 당연히 아들에게 가장 좋은 환경을 찾아서 더 늦기전에 이사를 가야 했다. 그러나 맹모는 무리를 하면서까지 시장으로 첫 번째 이사를 갔다. 그것도 가장 비싼 생활비가드는 곳으로. 어머니로서 자식을 위해 어떤 희생도 감내하겠다는 건 눈물겨운 일이다. 그러나 맹모가 보다 현명한 사람이었다면 보다 신중한 선택을 했어야 하지 않았을까? 어쩌다 두 번째 이사 간 곳이 서당 근처였으니 망정이지 만약 아홉 번쯤 돼서야 거기에 갔다면 어땠을까? 아마 맹자는 그 이전 환경에 익숙해진 탓에 서당 근처에서 조무래기들 코 묻은 돈이나 빼앗는 건달이나 양아치가 되었을지도 모른다. 그러니까 맹모가 서당 근처로 이사한 건 그야말로 소 뒷발에 쥐 잡은 격이다. 영어로 표현하자면 'random luck'이라 할 수 있다. 이런 관점에서 본다면, 맹모는 우리가 알고 있는 것과는 달리 '슬기롭되 덜 떨어진' 사람이었다고 할 수도 있겠다.

진짜 제대로 된 맹모가 되는 데에는 지혜와 판단력이 필요하다. 그런데 그저 맹모 시늉이나 내다가 부모도 힘들고 아이도 멍드는 경우가 많다. 잘된 경우만 봐서 그걸 모르는 척할 뿐이다. 너도나도 강남으로 모여들어 나라의 교육뿐 아니라 부동산까지 들썩이게 해서 사회 양극화의 주범이 되는 현실은 나 몰라라 할 뿐이다(게다가 일단 강남에 아파트 한 채 사두면, 천정부지로 오르니 마다할 일 아니다. 악순환의 연속이다). 어설픈 맹모가 아이도 망치고 나라도 망친다. 그게 오늘 우리의 현실이다.

상식이란 대부분의 사람들이 받아들이고 주고받는 데 문제가 없는 일상의 지식 체계를 의미한다. 그저 대다수의 사람들이common 이해한다고sense 해서 그게 진리일 수 있는 건 아니다. 그런데 한번 굳어진 생각과 가치는 시간이 흘러도 좀처럼 허물어지지 않는다. 시간이 갈수록 그 과정의 옳고 그름이나 맞고 틀림은 희미해지고 의미는 공고해진다. 그런 게 어디 이뿐이랴?

□── 브레인스토밍 메뉴

맹모삼천지교 / 교육환경론 / 상식과 진리

자연으로 돌아가라!
Green Campaign?

　주변에서 "자연으로 돌아가라!"는 말을 가장 많이 볼 수 있는 곳은 어딜까? 아마도 신문의 주말판 여행섹션이 아닐까 싶다. "자연으로 돌아가라!"는 말은 답답한 도회를 떠나 싱싱한 자연을 만끽하자는 뜻으로 쓰인다. 하지만 이 말의 뜻은 그렇게 가볍지만은 않다.

　"자연으로 돌아가라!"는 루소의 교육관과 인간관, 종교관이 가장 잘 드러난 《에밀》에 나오는 구절이다. 어떤 이는 이 문장이야말로 《에밀》을 가장 잘 함축한 주제 문장이라고도 평가한다. 《에밀》은 어린이들을 어떻게 가르치는 게 옳은지를 말하고 있는 일종의 교육소설이다. 루소는 《에밀》의 머리말에서 "조물주의 손에서 떠날 때는 모든 것이 선善하지만, 인간의 손으로 넘어오면 모든 것이 악惡해진다"고 말했다. 루소의 의도가 무엇일까? 그건 외적 환경(사회·가족)이나 습관·편견의 나쁜 영향에서 어린이를 보호해서, 어린이들로 하여금 이른바 '자연'의 싹을 될 수 있는 대로 자유롭고 크게 뻗어나갈 수 있게 하자는 것이다.

《에밀》의 제4부는 특별히 청소년기(16~18세)의 도덕교육을 다루고 있는데, 루소 특유의 자연종교 이론을 '사보와인 부제副祭의 신앙고백'이라는 대목을 통해 묘사했다. 이 대목의 테마가 바로 "자연으로 돌아가라Retour à la nature!"다. 본디 선한 존재인 인간의 원형으로 돌아가도록 청소년들에게 가르쳐야 한다는 것이고, 거기에 루소는 합리성과 정열, 그리고 관용을 강조함으로써 사람들의 뜨거운 호응을 얻었다. 루소는 오늘날 관점으로 본다면 전인교육을 주창한 사람이다. 주입식으로 강요되는 기계적 학습과 교육을 비판했다는 점에서 루소는 여전히 한국교육의 따끔한 거울이 되는 셈이다.

"자연으로 돌아가라!"는 말은 또한 정치적인 의미로까지 확대되어 불평등이 없는 원초적 자연상태로 회귀하라는 진보적·정치적 선언으로 해석된다. 그런데 루소가 말한 원래의 뜻은 잊히고 마치 그게 대자연의 넉넉하고 싱싱한 품에 안기라는 '그린캠페인'으로 쓰이는 건 문제다. 루소의 이 말이 '귀향'이나 '현대 문명을 거부한 채 자연으로 돌아가라'

는 말은 더더욱 아니다. 마치 '개발제한' 구역이 '그린' 벨트로 쓰이면서 마치 그게 생태적 합목적성에 가장 부합하는 것처럼 생각하는 것과 다르지 않다(환경문제를 지나치게 생태적ecological으로만 이해하려는 건 잘못이다. 환경문제야말로 '경제적' 문제와 매우 밀접한 연관이 있지 않은가?).

찌든 도시의 삶에서 벗어나 싱싱하고 파릇파릇한 대자연의 품에 안겨 달콤한 휴식을 만끽하는 것도 좋다. 하지만 이왕이면 자연상태의 인간성과 인격성, 그리고 사회적 평등에 대해서도 더불어 느끼면 더 좋지 않을까?(지금은 단종되었지만, 'RETONA'라는 지프가 있었다. 'Return To Nature'에서 따온 줄임말이란다. 우리가 "자연으로 돌아가라"는 말에 대해 갖고 있는 '잘못된' 일상적 의미에서 나온 말이다).

⊶ 브레인스토밍 메뉴

Return To Nature / 자연주의 교육론 / 원초적 자연상태

오른편, 바른편?
그럼 왼손잡이들은 어쩌라고?

한국사람들이 인도에 여행 가서 왼손으로 음식을 집어먹으면 현지인들이 기겁한단다. 요즘에는 인도인들도 양손을 사용해서 예전보다는 덜 해졌다지만 인도에서 왼손 기피 현상은 여전하다. 이슬람교도들이나 힌두교도들은 손으로 밥을 먹는다. 그런데 그들은 반드시 오른손만을 사용한다. 왜 그럴까?

이슬람교도들이나 힌두교도들은 선하고 좋은 일은 오른손으로, 그 반대의 경우는 왼손으로 하는 습관이 있다. 그래서 선한 일과 악한 일이 섞이지 않도록 오른손만으로 밥을 먹는다고 한다. 대개의 사람들이 오른손잡이니까 어떤 면에서는 오른손으로 밥을 먹는 게 자연스럽기는 하겠다. 함Ham족이나 셈Sem족 사람들은 특히 왼손과 오른손을 구분해 사용하는 관습을 철저하게 따졌다. 함족과 셈족이 지키는 정결례 淨潔禮(출산이나 죽은 이를 염습하는 등, 사람이 살아가면서 수행해야 하는 여러 가지 의무로 인해 부정의 상태에 있게 되었을 때, 몸을 정결하게 함으로써 신과의 관계를 맺을 수 있도록 하는 예식이다. 정결례는 위생적인 관점에서가 아니라 전례적 관점에서 이해해야 하는 종교적 행위다)에서도 오른손과 왼손은 분명하게 구분된다.

사실 '오른손'이라는 말에도 따지고 보면 상당한 편견이 내재되어 있다. 오른손잡이들이 자기네처럼 다른 사람들도 오른손을 쓰는 게 좋다고 생각하고 오른쪽에 좋은 의미를 부여하는 건 자연스러울 수 있다. 그래서 '옳다', '바르다'는 (오른손을 '바른손'이라고도 부르지 않는가?) 의미에서 '오른'(옳은 일, 옳은 행동, 옳은 생각)이라는 말이 연유했을 것이다. 거기에 그치지 않고 오른손잡이들은 자신들과 다르다는 이유 때문에 왼손잡이들을 억압한다. 심지어 왼손잡이는 '사악하다'는 말까지 서슴지 않는다. 왼쪽을 뜻하는 영어 sinister는 '사악한, 나쁜, 불길한, 재수 없는' 등의 의미다. 반대로 오른쪽을 뜻하는 영어 dexter는 '운(재수) 좋은'의 뜻이다. 그뿐 아니라 left-haded compliment(못 미더운 찬사)나 left-handed marriage(신분 차이가 심한 결혼) 같은 낱말에도 왼손에 대한 편견은 켜켜이 박혀 있다(참고로 매년 8월 14일 은 '왼손잡이의 날'이다). 오른쪽은 좋고 왼쪽은 나쁘다는 문화적 태도는 함족과 셈족의 종교관에 그대로 적용되어 경전에 자주 쓰였고, 그게 그대로 굳어졌다. 특히 《성경》에 보면, 최후의 심판 때 모든 사람들을 한데 모아 신의 오른쪽에는 복을 받아 천국에 갈 사람을, 왼쪽에는 저주를 받아 영원한 지옥불에 갈 사람들을 갈라놓는다는 말이 자주 나온다. 〈마태오 복음서〉를 비롯한 여러 곳에서 이런 표현을 찾을 수 있다. 그리고 예수가 십자가에 못 박혀 죽을 때 강도가 좌우로 있었는데, 예수 오른쪽에 있던 죄수는 죄를 뉘우치며 예수에게 자신을 기탁했지만, 왼쪽에 있던 죄수는 죄를 뉘우치기는커녕 끝까지 예수를 시험하고 빈정댔다. 《성경》에 이런 좌우의 개념은 아주 빈번하고 일관적으로 나온다.

왼쪽과 오른쪽에 대한 우리의 문화적 태도는 어떨까? 우리도 크게 차이는 없는 것 같다. 영어의 'right'나 우리말의 '오른'이나 오십보백보다. 하지만 왼쪽, 오른쪽의 의미는 상황과 환경에 따라 달라진다. 예를 들어보자. 영의정 아래에 좌의정과 우의정이 있는데, 누가 상급자일까? 어떤 사람들은 '우右'가 오른쪽이고 우위에 있으니까 당연히 좌의정보다 우의정이 높다고 생각하겠지만, 사실은 그 반대다. 그렇다면 왜 좌의정이 우의정보다 높을까? 환경적 상황을 고려하면 그다지 이상하지도 않다. 임금이 살고 정무를 보는 궁궐('궁宮'은 주거지를, '궐闕'은 근무지를 뜻하는 말로, 두 말이 합쳐져서 궁궐이 된 것이다)은 어느 쪽을 향해 지었을까? 당연히 남향으로 지었다. 그러니까 임금은 북쪽을 등지고 앉는다. 그렇다고 한다면 임금의 입장에서 볼 때 왼쪽은 동쪽 즉 해 돋는 편이고, 오른쪽은 서쪽 즉 해 지는 편이다. 그러니까 임금의 왼쪽에 있는 사람이 더 높다는 의미로 좌의정이 우의정보다 높은 것이다.

이건 불교에서도 마찬가지여서 약사여래藥師如來의 왼편에는 일광보살日光菩薩이 서 있고, 오른편에는 월광보살月光菩薩이 서 있다. 요즘은 사라진 남존여비사상에 입각해서 '남좌여우男左女右'라는 것도 마찬가지 근거에서 만들어진 말이다.

어떤 사람들은 전쟁에서 왼손잡이들이 많이 죽었기 때문에 왼손잡이를 기피했다고 한다. 심장이 왼쪽에 있으니까 왼손잡이들은 적의 칼에 심장이 가까이 노출되었기 때문에 그럴 수는 있을 것이다. 하지만 실제로 '심장에 칼 맞아 죽는' 경우는 매우 드물다. 게다가 전쟁은 아랍인들만 했던 게 아니다. 서양인들의 경우 왼손을 쓰는 사람들이 많다는 게 그 증거다. 또 어떤 이는 왼손잡이는 고집이 세다고 한다. 그럴 수도 있을 것이다. 오른손을 사용하라는 끊임없는 억압과 강요에도 끝까지 자신의 신체 습관을 지켰으니 말이다. 그러나 통계자료에 따르면, 앵글로색슨계의 서양인들은 약 12퍼센트가 왼손잡이지만, 한국을 비롯한 동양인들은 약 4퍼센트가량이 왼손잡이라고 한다. 그런데 놀랍게도 아랍인들의 왼손잡이 비율은 1퍼센트가 채 되지 않는다고 한다. 이게 무엇을 의미하는가? 동양인들도 그렇지만, 특히 아랍인들은 왼손의 사용을 허락하지 않았으며 오른손 사용을 끝까지 강요해서 오른손잡이로 고치도록 했음을 의미한다. 이슬람인들은 그런 습관을 토대로 오른손은 정결하고 좋은 일에 쓰고 왼손은 더럽고 나쁜 일에 사용하는 습관을 따랐을 뿐이다. 그리고 그런 습관을 따라 자신들의 종교적 해석까지 덧붙인 것뿐이다. 이런 습관이 종교적 교조가 되면 그다음은 그대로 굳어진다. 아무도 감히 거역하지 못한다. 최근의 의학연구에 따르면, 왼손잡이들의 창의력이 탁월하다고 한다. 실제로 미국 역대 대통령 가운데에는 왼손잡이가 스무 명이 넘는다고 한다.

오른손을 쓰건 왼손을 쓰건 똑같은 사람이다. 그런데 내가 다수라는 이유 때문에 소수를 억압하고 나쁘다고 말하는 건 잘못이다. 아직도 우리는 왼손잡이에 대한 배려가 미미하다. 왼손잡이용 가위가 없어서 왼손잡이 미용사가 오른손잡이 가위를 억지로 사용하느라 손가락이 심하게 왜곡되는 경우까지 있다. 군대에 가도 총은 오른손잡이에게 유리한 것만 있다. 이처럼 왼손잡이들이 살아오면서 받는 억압은 아직도 여전하다.

내게 익숙하고 일반적인 것은 '옳고, 깨끗하고, 좋다', 그 반대는 '그르고, 더럽고, 나쁘다'는 생각은 문화권에 따라 다르기는 하지만, 결국 자기 방식대로 세상을 재고 따지려는 습성에서 비롯한 것이 아닐까? 그렇다고 한다면 왼손잡이들은 너무 억울하지 않은가? 오른쪽 세상이 다 좋고 옳은 건 아니다. 현대 스포츠에서 왼손잡이들이 오히려 더 주가가 높은 건 그런 점에서 공평하다 하겠다. 다수라고, 내가 거기 속한다고 세상에 마음대로 잣대를 들이대고 결정해서는 안 된다. 정의로운 사회, 따뜻하고 인격적인 사회는 소수자에 대한 배려와 관심에서 비로소 가능해진다.

브레인스토밍 메뉴

오른손 / 바른손 / 다수의 오류 / 문화의 상대주의

04

백조의 노래?
Mission Impossible!

빌헬름 켐프, 글렌 굴드, 알프레트 브렌델, 마르타 아르헤리치, 페루초 부조니, 마우리치오 폴리니……. 명피아니스트를 일일이 거명한다는 건 거의 불가능한 일이다. 그중 우뚝 선 한 사람, 그가 바로 빌헬름 바크하우스Wilhelm Backhaus다.

굴드의 감각과 켐프의 견고함뿐 아니라 폴리니의 이성적 명료함까지를 한 사람이 두루 갖추기란 거의 불가능에 가까운데, 바크하우스에게는 그런 위대함이 있었다. 바크하우스는 여든이 넘은 나이에도 부지런히 공연을 했다. 언젠가 사람들이 그의 연주 후에 우레와 같은 박수를 치자, 바크하우스는 멋지게 유머로 받아넘겼다. "오늘은 피아니스트로서 내 출발점으로 돌아왔습니다. 그때는 어린놈이 기특하다며 박수를 치시더니 오늘은 늙은이가 연주했다며 격려의 박수를 보내시는군요."

바크하우스는 1969년 여든여섯의 나이에 무대에서 연주하다가 심장마비로 쓰러졌고, 며칠 뒤 병원에서 숨을 거뒀다. 평생을 피아니스트로 산 이 가운데 바크하우스처럼 극적이고 멋지게 삶을 마감한 사람이 얼마나 될까? 신문이며 방송에서는 그의 마지막 공연을 전하면서 '백조의 노래'라고 헤드라인을 장식했다. 우리는 흔히 생의 마지막 노래 또는 작품을 관용구처럼 '백조의 노래'라고 부른다.

정말 백조는 평생 울지 않다가 죽기 바로 직전에 마지막으로 노래한다는 게 정말일까? 우리나라에는 백조가 흔치 않아서 쉽게 알 수는 없지만, 본디 백조는 노래를 할 수 없다고 한다. 그냥 오리처럼 꽥꽥대며 소리칠 뿐이다. 그것도 듣는 사람의 기분에 따라 다르다. 우리 귀에 거슬리지 않으면 '노래한다'(Birds are singing도 마찬가지)고 말하지만 듣기 싫으면 '울어댄다'고 짜증 낸다. 백조도 분명 그리 아름답게 '노래'하지는 않는다. 그런데 왜 사람들은 백조가 죽기 전에 정말 아름다운 노래를 부른다고 생각하는 걸까?

이 말은 북유럽의 전설에서 유래하는 것이라고 하는데, 실제로 북유럽의 백조는 다른 지역의 백조보다는 소리가 아름다운 편이라고 한다. 그러나 백조가 마지막 죽을 때에만 노래한다는 건 좀 오버다. 사실 그 얘기는 그리스 사람들이 만들어낸 전설일 뿐이다. 음악의 신 아폴론이 죽을 때 백조로 변신했다는 전설이 사람들의 뇌리에 그대로 남아 전해진 것이다. 한번도 노래하지 않다가 마지막 죽을 때 아름다운 노래를 부른다는 것 자체가 드라마틱하기 때문에 어쩌면 그 사실 여부와 상관없이 관념으로 남은 탓이다. 세상에 평생을 울지 않다가 마지막에 노래한다는 게 말이 되는가? 모양은 근사할지 모르겠지만.

슈베르트(1797~1828)의 〈백조의 노래〉도 있다. 1828년 작곡되었으며, 〈아름다운 물방앗간 아가씨〉(전 20곡, 1823), 〈겨울나그네〉(전 24곡, 1827)와 함께 가곡의 왕 슈베르트의 3대 가곡집으로 꼽힌다. 〈백조의 노래〉는 다른 두 가곡집처럼 곡들의 내용이 이어지는 하나의 줄거리 속에서 서로 연결되는 정조情調를 표현하는 연가곡連歌曲이 아니라, 슈베르트가 생의 마지막 시기에 쓴 가곡 14곡을 한데 모아 그가 '죽은 뒤'인 1829년 5월에 간행된 것이다. '백조의 노래'란 이름은 슈베르트가 아니라 이 가곡집을 출판한 토비아스 하슬링거가 붙였다. 이렇게 해서 '백조의 노래'는 습관으로 쓰이는 말이 되었다.

어떤 표현의 옳고 그름을 떠나 한번 대중들에게 받아들여진 건 여간해서는 바꾸기 어렵다. 그러나 잘못된 건 분명 잘못된 거다. 바꿔야 할 건 바꿔야 한다. 하퍼 리의 《앵무새 죽이기To Kill a Mockingbird》도 그런 점에서 마찬가지다. 'mockingbird'는 아프리카에 서식하는 '앵무새'의 일종이다. 그러나 일반적인 '앵무새parrot'와는 달리 다른 새의 흉내를 곧잘 내는 '흉내지빠귀'라는 이름을 가진 새다. 흉내를 낸다는 점에서는 앵무새 무리에 속하겠지만, 원래 자기 이름이 있는 새다. 익숙하진 않지만, '흉내지빠귀'라는 예쁜 이름으로 책 제목을 옮겼다면, 오히려 그 책 때문에 생소한 새 이름이 친숙해졌을 것이다. 익숙하다는 건 약이 되기도 하지만 때론 독이 될 때도 많다.

브레인스토밍 메뉴

백조의 노래 / 익숙함의 함정

몸이 건강하면
정신도 건강해진다고?

한동안 이 나라에 체육 열풍이 몰아치던 때가 있었다. '체력은 국력'이라며 누구에게나 체력 증진을 강조했다. 좋은 일이다. 몸 좋아지는 거, 마다할 일은 아니니까. 하지만 "신체가 건강하면 정신도 건강해진다sound body, sound mind"라는 주장은 본뜻과 한참 어긋난 말이다. 본디 뜻은 "몸짱이면 뭐하나? 정신이 썩었으면!" 하는 일종의 경고 문구였다.

고대 그리스 사람들은 일찍이 해상무역을 통해 부를 축적했고, 노예를 사들여 노동을 시켰기 때문에 비교적 여유leisure가 많았다(그래서 어떤 이는 고대 그리스에서 서양 철학이 시작된 건 바로 이 '여가'가 있었기 때문에 가능했다고 주장한다). 고대 그리스인들은 올림피아 축제를 아주 소중하게 여겼다. 올림피아 축제에는 여자들은 입장하지 못했고 모든

ㅣ 언어를 통한 생각의 프레임

남자들은 알몸으로 참가했다. 고대 그리스인들은 경쟁Agon을 좋아했고 자신들이 추구하는 인간상이 바로 아곤을 통해 이루어지며 아곤은 몸을 통해 완성된다고 보았다. 그래서 알몸이 가장 완벽한 아름다움의 구현이라고 여겼다(그래서 어떤 사람들은 그런 환경에서 몸에 대한 찬미가 자연스럽게 호모섹슈얼로 나타나는 경우가 있다고도 한다). 그러니 고대 그리스 시대 남자들이 외모에 대해 신경을 쓰는 건 너무 자연스러운 일이었을 것이다. 남자들은 몸매 가꾸기에 여념이 없었다. 몸매 가꾸는 데만 신경 쓰는 만큼 정신에 대한 관심은 줄었을 것이다. 그래서 이런 현실을 안타깝게 여긴 현자가 몸매만을 가꾸는 이들에게 따끔하게 일침을 가했다. "이놈들아! 그렇게 몸매만 가꾸면 뭐해? 먼저 정신이 제대로 박혀야 할 거 아냐!"

그런데 흔히 격언이란 게 그렇듯 이런저런 곁가지는 잘라내고(동시대인들이야 그 문맥을 알고 있으니 그런 축약이 더 깔끔하고 세련되게 느끼겠지만) 달랑 알맹이 단어만 남겨 놓은 게 바로 'anima sana in corpore sano'라는 그리스 문장이었다(일본인들은 이걸 재빨리 머리글자만 따서 '아식스 ASICS'라는 상표로 만들었다. 재빠른 상혼이라고 탓할 일만은 아니다. 그런 걸 떠올렸다는 것만으로도 대단한 일이다).

이 말을 해석하자면 '건강한 몸에(반드시) 깃들어야 하는 건 강한 영혼' 쯤 되겠다. 몸과 정신이 함께 건강해야 올바른 사람이 된다는 뜻이다. 그런데 지금은 마치 몸만 건강하면 정신도 '자동으로' 건강해진다는 의미쯤으로 쓰이고 있다.

"인생은 짧고 예술은 길다life is short, art is long"라는 표현도 마찬가지다. 이 말을 한 사람은 다름 아닌 서양 의학의 아버지로 불리는 히포크라테스였다. 이 표현은 히포크라테스가 자기에게 의술을 배우고 떠나는 제자들에게 한 말이다. 의사가 인간의 몸을 모두 알고 고치는 법을 제대로 배우는 데는 시간이 아주 많이 걸린다. 그러기에는 의사의 인생은 너무 짧다. 그러니 의사들은 교만하지 말고 항상 겸손한 자세로 환자를 대하라! 뭐 그런 뜻이었다. 그 말에 이어지는 "기회는 금세 사라지고, 경험은 믿을 바가 못되며, 판단은 매우 어렵다Opportunity fleeting, experiment uncertain, and judgment difficult"라는 말을 함께 본다면 쉽게 이해할 수 있을 것이다.

그런데 이 말이 로마로 건너가면서 라틴어로 바뀔 때 그리스어 'aréte'가 'art'로 바뀌었고, '예술과 기술' 두 의미 중 기술은 쏙 빠지고 예술로만 사용되었다. 그리고 지금은 마치 예술의 위대성만을 뜻하는 것으로 이해되고 있다. 물론 예술은 위대하다. 하지만 '예술'은 그 본디 뜻이 사람을 고

치는 '기술'이었다. 예술가들이 들먹일 말이 아니라 의사들이 새겨야 하는 말이다

이처럼 시간이 흐르면서 본디 뜻은 희석되고 엉뚱하거나 다소 다른 뜻으로 바뀐 경우는 많다. 엄밀하게 말하자면, 주객이 전도된 표어가 되는 셈이다. 물론 오늘 우리가 쓰는 격언의 의미는 그대로 살아 있고 그 가치가 충분하다. 하지만 원래의 뜻을 제대로 새기는 것은 반드시 필요하다.

▯━━▫ 브레인스토밍 메뉴
- -
sound body, sound mind / 정신과 육체 / 말의 함의含意

호랭이는 가죽 땜시 죽고,
사람은 그 잘난 이름 땜시
개죽음 당허는겨!

　제목에서 호랑이를 언급했지만, 대개 사람들이 쓰는 것을 그대로 따른 것이고, 원래는 호랑이가 아니라 표범이다(호랑이건 표범이건 뭐 크게 다르랴 싶지만!).

　'표사유피 인사유명豹死留皮 人死留名'이라는 말은, "짐승도 가죽을 남겨 세상에 이익을 주는데 하물며 사람은 더 훌륭한 일을 해 좋은 이름을 남겨야 한다"는 깊은 뜻을 담고 있는 속담이다('호사유피虎死留皮'라는 고사성어도 있으니 '표범' 뿐만 아니라 '범'도 되겠다. 하지만 원래는 표사유피, 표범이 맞다). 하지만 그건 호랑이답게, 사람답게 살아서 오는 자연스러운 결과지, 그걸 의도하고 지향한다고 해서 얻어지는 게 아니다. 오히려 그 말에만 매달리면 자칫 그 굴레에 묶여 자신도 잃고 다른 사람들까지 힘겹게 만드는 경우가 많다.

영화 〈왕의 남자〉로 상종가를 친 이준익 감독의 전작 〈황산벌〉은 기존 역사물과는 달리 백제와 신라의 방언을 그대로 사용해서 사람들의 주목을 끌었다. 〈황산벌〉에서 백제의 장수 계백이 패배가 뻔한 전장에 나가기 전, 가족이 적의 손에 죽기보다는 제 손으로 죽이는 게 낫다면서 아내와 자식들을 몰살시키려 했을 때, 계백의 아내가 내뱉었던 대사가 압권이었다.

"뭐시여? 호랭이는 뒤져서 가죽을 냉기구, 사람은 뒤져서 이름을 냉긴다구? 웃기고 자빠졌네. 입은 삐뚤어져도 말은 똑바루 혀야제. 호랭이는 그 잘난 '가죽' 땜시 뒈지고, 사람은 그 잘난 이름값 허느라 개죽음 허는겨! 이 화상아!"

사람들이 호랑이건 표범이건 잡아 죽이려는 이유는 그 가죽이 탐 나기 때문이다. 호랑이나 표범은 그래서 죽는 거니까 〈황산벌〉에서 계백의 처가 내뱉은 한탄이야말로 진리 중의 진리다. 사람도 마찬가지다. 제 이름 석 자 남기려는 허명虛名을 좇다가 헛된 망상과 명예욕으로 망치는 삶이 얼마나 많은가? 게다가 자기 혼자만 망하고 죽으면 괜찮지만 애꿎은 가족이며 주변 사람들까지 온갖 골병 다 들게 한다. 자기야 잘되건 못되건, 그래도 한 번 사는 삶, 원하는 거 하다가 말아먹어도 나름대로 회한은 덜하겠지만, 그 뒷바라지 하느라

곁다리에 부록으로 삶을 망친 주변 사람들은 어찌할 것인가?(그런데 문제는 이 명예가 개인뿐 아니라 '가문의 명예'와도 직결된다고 여기는 데 있다. 그런 점에서 우리와 동양인들은 개인보다는 집단적 사고에 길들어 있다는 뜻이겠다. 물론 그래야만 하는 상황도 무시하지 못할 것이고. 수렵을 위주로 하는 사람들도 물론 협동 노력이 필요하지만, 노동집약적인 농경사회에서는 그게 더 심하다).

국회의원 선거에 여덟 번, 아홉 번 떨어지고도 또 출마하려는 사람이 정말 그 사람의 말대로 애국과 애족을 위해서 그럴까? 그쯤이면 이미 이성적 판단도 없고, 오기와 자기도취만 남기 마련이다. 마지막 남은 한 가닥 희망은 바로 "못 먹어도 고! 사람은 죽어서 이름을 남겨야 하는 거야!"다. 그런 이름 한 자 남기려고 내 인생도 모자라 남의 인생까지 싸잡아 망쳐놓는다. 권위가 그렇듯, 이름도 남기려고 한다고 남겨지는 게 아니라 제대로 잘 살다 보니 남들이 그 이름을 기억해 주는 거다. 내 삶에 찾아온 이들의 방명록方名錄에 스스로 방향方香을 가득 채우는 삶이 이름을 남기게 만들어줄 뿐이다.

"닷새를 굶어도 풍잠風簪 멋으로 굶는다"라거나 "양반은 추워도 곁불을 쬐지 않는다"는 말은 그만큼 체면치레에 묶여

사는 우리네 강박관념을 그대로 드러내 보인다. 이거야말로 '입신양명 유방백세立身揚名 流芳百世'에 대한 강박증이다. 아마도 옛사람들이 그토록 명예에 집착했던 건 제사 문화 탓이기도 하다. 묘비명이나 지방紙榜에 관직이나 명예에 관련된 수식어가 들어가면 그게 대대로 이어지는 가문의 명예라고 생각했기 때문에 이름에 대한 집착이 더 심했을 것이다. 하지만 그릇된 명예에 대한 욕구는 자칫 삶을 망가뜨리기 쉽다.

높은 자리 차지하거나, 많은 재산 모은다고 이름이 높아지는 게 아니다. 내게 주어진 삶에 최선을 다하고 열심히 살아서 함께 산 이들에게 기쁨을 주면 그것만으로 충분히 이름값 한 거다. 억지로 이름 드높이려 하는 건 탐욕일 뿐이다.

브레인스토밍 메뉴

표사유피 인사유명 / 명예욕 / 개인의 영광과 가문의 영광

'졸라' 빠르고 '열라' 짱나?
욕의 일상화, 예끼 이놈들아!

어느 시대나 은어나 축약어는 있게 마련이다. 젊은 층이 남들, 특히 어른들은 모르고 자신들만 공유할 수 있는 소통 체계를 갖는 건 은밀한 유쾌함 때문이다.

하지만 요즘은 그게 너무 심해서 세대 간 의사소통이 자칫 불가능해지지는 않을까 하는 걱정까지 들 정도다(〈세대공감 올드&뉴〉라는 텔레비전 프로그램을 보면 세대 간의 '공감'이 아니라 '괴리감'을 느낀다).

세상이 험하고 거칠면 욕설이 는다. 특히 청소년들은 그런 문화를 빨리 흡수한다. 게다가 욕설이 변형되어 사용되는 경우도 많다. 그걸 욕이라고 느끼지도 못하고 쓴다. 직접적이든 변형된 것이든 욕설은 좋은 소통 방법은 아니다. 언어는 나름의 힘을 갖고 있기 때문이다.

물론 욕설에는 카타르시스 기능이 있다. 그러나 욕설은 그 욕설이 담고 있는 거친 성정까지 욕을 하는 사람들의 사고와 행동에 영향을 끼친다.

예를 들어 "졸라 쩔어. 왕짜증 급삐침. 완소남 원츄!" 하는 말을 보자. 뒤에 있는 말들은 축약어들이니까 풀어서 이해하면 재미 삼아 그럭저럭 웃어넘길 수 있지만, 맨 처음 낱말인 '졸라'는 문제가 다르다.

이 말은 '좆나게'라는 말에서 비롯한다. '좆나게'를 줄여서 '좆나'라고도 쓴다. 그 말이 의도하는 바야 '아주', '매우', '되게' 뭐 이런 것이겠지만, 사실은 '좆'이란 남자의 성기를 저속하게 지칭하는 말이다. 그걸 노골적으로 사용하는 게 조금 무안했던지 은근슬쩍 '졸라'로 바꾸고, 그 말에서도 연상되는 게 있으니까 한 번 더 변형해서 '열라' 따위의 말로 쓰며 굳어진 것이다. 여학생들까지 이런 말들을 거침없이 쓰는 걸 보면 낯이 뜨겁다. '쟤들이 저 말의 본디 말과 뜻을 알고나 쓰는 걸까?' 하는 우려도 생긴다.

욕이란 긍정적인 면과 부정적인 면을 함께 지닌다. 감정의 응어리를 담아두지 않고 발산함으로써 정신을 건강하게 만든다는 점에서 긍정적인 면도 있지만, 욕설을 하다 보면 그 정제되지 않은 감정에 익숙해져서 참거나 순화하려는 자기 노력에 소홀하게 될 우려도 있다.

욕을 하게 되면 감정은 발산될 수도 있겠지만 그 감정의 원인을 자신도 모르게 억제하지 못하는 수가 많다. 그래서 욕설과 함께 주먹이 나가기 쉽다. 욕설은 그 자체가 언어폭력이기도 하지만 실제로 물리적 폭력을 수반하는 경우가 많다. 아이들이 욕설을 거리낌 없이 하는 것도 따지자면 감정을 추스르고 다스릴 줄 아는 법을 제대로 배우지 못한 까닭이다. 또 그만큼 아이들이 거칠고 메마른 환경 속에서 살고 있다는 반증이기도 하다.

우리나라의 욕설에는 큰 특징이 있는데, 다른 나라와는 달리 법률과 연관된 욕들이 많다. '우라질'(오라질. 포승줄에 묶여 갈……), '경(黥)칠'(죄수로 잡혀 얼굴에 문신을 하게 될……) 등의 욕설이 대표적이다. 예전에는 관아에 끌려가는 게 평생의 수치였고, 그 처벌도 호됐기 때문에 그럴 법도 하다. 그만큼 권력의 횡포와 자의적 행사에 따른 불편과 불이익이 많았다는 반증이기도 하다. 지금도 경찰서나 법원 드나들 때 오금 저린 건 어쩌면 그런 세태의 유전적 표현인지도 모르겠다.

물론 대부분의 문화권에서 욕설의 공통점 중 첫 번째는 성(性)과 연관된 것들이다(그러나 특이하게도 일본에는 성과 연관된 욕설이 거의 없다. 그건 일본인들의 성의식이 우리와는 다르기 때문이다). 그런데 욕설 중에는 '졸라'가 그랬던 것처럼, 너무 노골적이고 직설적인 게 부담이 되면서 살짝 변형된 것들이 많은데, 그게 굳어져서 본뜻을 잘 모르는 경우도 있다.

'니기미', '지미랄'(네 엄마랑 흘레붙을……, mother-fucking) 같은 게 대표적이다. 이 말은 그래도 대부분 알고 있다. 그러나 '제기랄'도 알고 보면 낯 뜨거워 못 쓸 말이다. 그 말은 '제 애기(딸이나 며느리)랑 흘레붙을'이라는 경악스러운 욕설이다('제미랄', '지미랄'을 비교하면 금세 알 수 있을 것이다).

금기를 건드리는 게 욕이 지닌 대리 배설의 클라이맥스라지만, 근친상간을 암시하는 이런 욕설은 매우 충격적이고 모욕적인 말이다.

그냥 웃고 넘기는 게 때론 좋을 수도 있지만, 아무 생각 없이 '졸라' 같은 말을 많이 쓰는 건 문제다. 그런데 매스컴에서도 그걸 아무 여과 없이 쓰고 있으니 답답한 일이다. 한두 번은 애교일 수 있지만, 욕설을 자꾸 쓰다보면 그 감성이 고스란히 몸에 배게 된다.

욕설을 습관적으로 쓰는 건 자신을 파괴하고 사회를 병들

언어를 통한 생각의 프레임

게 할 수 있다. "말 한마디에 천냥 빚을 갚는다"는 말의 시작은 감정을 다스려 욕설을 자제하는 것부터가 아닐까?

브레인스토밍 메뉴

은어 / 축약어 / 욕설 / 카타르시스 / 언어 폭력

갈매기살?
고깃집에 왠 새를 파는거!

　요즘 고깃집에 가면 부위마다 다른 이름으로 주문을 받기 때문에 헷갈리고 어떤 때는 곤혹스럽기도 하다. 그냥 쇠고기 한 근, 돼지고기 한 근이 아니라 '살치' 니 '제비추리' 니, '가브릿살' 이니 '갈비삼겹' 이니 해서 사람 헷갈리게 하는 경우가 많다. 고기 부위별 이름을 일일이 다 알고 먹는 사람은 흔치 않을 것이다. 언제부터 우리가 그렇게 고상하게 고기 부위별로 이름을 따로 붙이고 부르면서 먹었나? 그건 어지간히 먹고살 만해진 때부터다. 입맛대로 골라 먹을 수 있는 형편이 된 때부터다.

　사람들은 식당 메뉴에 '갈매기살' 이란 걸 보면 어떤 생각을 할까? 어떤 사람은 그게 정말 하늘을 나는 갈매기가 아닐까 '용감하게' 말한다. 예전에 퇴계로에 그런 전문 식당이

언어를 통한 생각의 프레임

많았다. 그때 식당 간판에 '갈매기 전문'이라고 쓰인 걸 보고 의아한 적이 있었다. "고깃집에서 파는 걸 보면 분명 새는 아닌데, 그렇다면 뭘까?"

갈매기살은 돼지 횡격막橫膈膜에 붙어 있는 부위의 고기를 지칭한다. 횡격막을 우리말로 하면 '가로막'이다. 뱃속을 가로로 막고 있는 막이라서 붙은 이름이다. 그 가로막에 붙어 있는 살이 바로 '가로막살'이다(안창고기라고도 한다). 본디 예전에는 이 부위를 잘 먹지 않았다. 주로 힘살로 되어 있어서 너무 질겼기 때문이었다. 사람들이 먹지 않으니 자연히 가로막살의 가격은 쌌다. 그래서 주머니 넉넉하지 않은 사람들이 즐겨 찾게 되었는데, 먹어보니 의외로 맛이 담백해서 사랑을 받게 된 고기가 가로막살이다.

이런 경우가 얼마나 많은가? 예전에야 돼지에서 목살이 최고였지만, 지금은 찬밥 신세다. 사람들의 취향이 삼겹살에 쏠린 까닭이다. 수제비는 또 어떻고? 예전에는 먹을 게 없어서 밀가루 반죽해서 그냥 뚝뚝 찢어서 감자 삶은 물에 끓여 먹었던 '구황救荒' 식품이 바로 수제비였는데, 지금은 웰빙 음식이 되었다. 지금이야 녹두가 귀하고 비싸지만, 예전에 빈대떡은 '빈자떡'이라고도 불렀다. 가난한 사람들이 부쳐 먹는 전이라는 뜻이다(왜 있잖은가? "양복 입은 신사가……

돈 없으면 집에 가서 '빈대떡이나' 부쳐 먹지……" 하는 그 노래!).

'가로' 막살이 축약되어 '갈' 막살이 되었고 발음을 유연하게 해주기 위해 'ㅣ' 모음이 삽입되어 갈막이살이 되고, 이게 다시 연음화해 '갈마기살'이 된 뒤에 '이모음 역행동화'가 이뤄져서 바로 '갈매기살'이 되었다.

고기 부위에 따라 이름이 다 다르고 맛도 다르며 가격도 천차만별인 건 그만큼 우리 사는 게 넉넉해졌기 때문일 것이다. 한 묶음으로, 양으로 먹는 게 아니라 맛 따라 가려 먹는다는 건 사는 즐거움을 크게 해주는 것이리라. 이왕이면 이름의 의미와 연유도 함께 알며 먹는다면 더 재미있지 않을까? 국어 공부도 될 겸! 교과서에만 웅크려 있는 따분하고 재미없는 언어가 아니라 생생하게 살아 있는 언어를 찾아보는 건 그래서 즐거운 일이다.

🔲 브레인스토밍 메뉴
- -
갈매기살 / 어원 / 말의 분화

09

25시가 밤샘 영업이라고?!

주변을 잘 살펴보면 'xx25'라는 편의점이 있다. 또 '정주영 25시' 따위와 같은 책 제목이나 기사 제목도 흔히 볼 수있다. 이때 '25시'라는 말은 '연중무휴', '종일 영업'을 의미하거나, 한 사람에 대해 철저히 해부하고 분석한 책이나 기사 등을 뜻하는 걸로 우리는 쓰고 또 이해한다. 하지만 25시는 본디 그런 뜻이 전혀 아니다.

하루는 24시간이다. 그건 예외가 없다. 더운 곳에서도 추운 곳에서도, 과거에도 현재에도 불변하는 사실이다. 24시는하루의 시간을 나눈 틀이다. 또한 24시간은 질서를 상징한다. 그럼 25시는? 25시는 시간의 틀에서 벗어난 '무질서'를뜻한다. 또한 25시란 세상의 타락이 심각해져서 메시아가 재림한다 해도 도저히 손쓸 수 없을 만큼의 상황을 상징한다.

이 '25시'라는 용어가 널리 알려진 건 제2차 세계대전 직후 (1949년), 전쟁을 고발하는 소설이 쏟아져 나왔을 때다. 이 때 나온 소설 중에 대표적 작품이 루마니아 작가 게오르규 Constantin Gheorghiu의 《25시》였다(앤서니 퀸이 열연한 같은 제목의 영화도 있다). 게오르규는 《25시》를 통해 서구 산업사회가 멸망하는 환상을 상징적으로 표현했다. 게오르규는 특히 나치와 볼세비키의 학정과 비인간화 과정을 신랄하게 비판하면서 인간의 타락을 개탄한 작품을 썼다.

《25시》의 내용은 이렇다. 선량한 농부 모리츠는 유대인으로 오인 받아 헝가리로 탈출했다. 하지만 결국 '적성敵性 루마니아인'으로 체포되어 나치의 강제노동 수용소로 보내진다. 그런데 엉뚱한 일이 벌어진다. 수용소에서 게르만 민족 연구가인 한 독일군 장교에 의해 모리츠가 게르만 영웅족英雄族의 순수한 혈통을 이어받은 후예로 뽑힌 것이다. 모리츠는 게르만의 원형으로 평가되고 연구 대상의 표준 모델이 되면서 수용자가 아니라 강제노동의 감시병이 되었지만 끝내 연합군 지역으로 탈주한다.

거기에서는 그의 비극이 끝난 줄 알았다. 하지만 그건 모리츠의 순진한 생각이었을 뿐이다. 모리츠는 적국 병사로 잡혀 수용소에 갇히고 만다. 전쟁은 개인의 인격에 대한 아무런 관심도 없다. 개인은 오로지 적이냐 아군이냐로 나뉠 뿐이며 적이면 제거의 대상이 될 뿐이다. 아무리 자신이 적이 아니라고 항변해도 소용이 없다. 결국 지긋지긋한 전쟁이 끝나 간신히 석방되어 가족을 만난 모리츠. 하지만 18시간 뒤다시 감금된다. 제3차 세계대전이 일어나 서유럽에 사는 동유럽인들이 갇히게 되었기 때문이다. 그러니까 이 소설은 단지 나치의 패덕만을 비판한 게 아니라 탐욕으로 붕괴하는 서구 문명에 대한 예언적 비판서였던 셈이다.

이처럼 25시는 무질서 또는 신도 어쩔 수 없는 상황을 의미하는 말이다. 그런데 사람들이 25시를 엉뚱하게 '온종일' 또는 '샅샅이' 라는 뜻으로 오해해 사용하고 있는 것이다. 24시만으로는 성에 차지 않아 강조한다는 의도로 그렇게 한 시간을 늘려 붙였을 것이다. 하지만 25시라는 말이 그렇게 '쉬지 않고 항상' 또는 '샅샅이' 라는 뜻이 아니라는 걸 과연 알고 썼을까?

1960년대 인기를 얻었던 프랑스 작가 사강Françoise Sagan의 《슬픔이여 안녕》(1954)이라는 소설도 '굿바이' 라는 뜻이 아니라 '봉주르' 였던 것인데, '안녕' 이라는 의미가 작별을 뜻하는 줄 알고 그대로 변형해서 쓴 경우도 있었다)

    * '제8요일'도 시간의 법칙 틀 밖에 있다는 함축이다. 신이 세상을 창조할 때 7일 걸렸다. 8일은 본디 예수가 부활하는 날, 즉 인간성의 재생을 뜻하는 요일이다. 영화 〈제8요일〉에서 주인공은 앓고 있다. 이 영화의 제목은 창조주가 세상을 만든 뒤 뭔가 부족해서 '사랑과 미소'를 깨우쳐주기 위해 늘 티없이 웃는 주인공 조지를 만들었다는 뜻을 담고 있다.

산수갑산? 잘 나가다가 웬 삼천포!

'산수갑산'이라는 간판을 단 한식당들이 많다. 산수갑산이란 이름의 식당도 많고, 사람들도 그렇게들 말하니까 모두 산수갑산이 맞는 말이라고 생각하는 모양이다. 그래서 누군가 '삼수갑산'이라고 하면, 그의 발음을 교정해 주거나 잘못된 지식을 바로잡아 준다며 일장연설을 아끼지 않는다. 실제로 식당치고 '산수갑산'이 많은지 '삼수갑산'이 많은지 직접확인해 보라. 후자를 찾기는 쉽지 않을 것이다. '악화가 양화를 구축한다'는 그레셤Thomas Gresham의 법칙 때문인지, 세 사람이 말을 맞추면 없는 호랑이도 만들어낼 수 있다는 '삼인성호三人成虎'라는 고사성어의 효과 때문인지, 이젠 아예 산수갑산이 표준처럼 굳어버렸다.

그러나 '삼수갑산'이 맞다. 삼수갑산은 우리나라 북쪽 함경도에 있는 '삼수三水'와 '갑산甲山'이라는 지역 이름이 한데 묶인 말이다. 삼수와 갑산은 우리나라에서 최북단에 속하는, 백두산 밑 개마고원 지역으로 가장 춥고 살기가 어렵다는 곳이다. 그래서 예부터 사람들이 별로 살지 않았고, 여진족들이 드나들던 곳이다. 춥고 살기가 어렵다 보니 나라의 큰 죄인을 유배 보내는 곳 가운데 첫손가락으로 꼽히기도 했다. 그러니 사람들에게 '삼수갑산' 하면 끔찍하고 힘든 곳이라는 인식이 박혔다. 표준국어대사전 '삼수갑산' 항목에 관용어로 올라 있는 "삼수갑산에 가는 한이 있어도", "삼수갑산을 가서 산전을 일궈 먹더라도", "삼수갑산을 갈지언정 중강진은 못 간다"는 말들을 보더라도 그런 의미를 읽을 수 있을 것이다.

그런데 어째서 '산수'라는 말로 잘못 바뀌어 익숙하게 됐을까? 아마 그건 '산수'라는 지명(?)의 '산과 물'이 서로 호응관계이기 때문에, 그리고 사람들의 발음이나 인식에서 산수라는 말이 익숙했기 때문이 아니었을까? 들어보긴 했으나 가보진 못한 곳이라서 그 정확한 발음에는 신경도 관심도 기울여지지 않았다. 게다가 해방 이후 북쪽은 낯설고 기피하는 곳이 되면서 그쪽의 정확한 지명 따위에는 관심도 갖지 않았기 때문에 '삼수'와 '산수'의 혼란이 초래됐을 것이다.

게다가 '삼수'는 갈 수 없는 북한에 있는 데다가 오지 중의 오지라서 '지명으로서 관심'이 아예 없어져서 지명이 엉뚱하게 바뀌어도 아무도 눈치를 채지 못했기 때문일 거다(참고로, 삼천포는 1995년 행정구역 개편으로 사천군과 합쳐서 사천시가 되었다. 이제는 없는 지명이다).

그러다 보니 '사람이 차마 제 발로는 찾아가 살 곳이 못 되는 곳'이라는 의미가 담긴 '삼수' 갑산은 잊히고, 엉뚱하게도 '웰빙'의 뜻으로 여겨지는 '산수' 갑산으로 개명된 것이다. 이와 비슷한 또 다른 예로, "말 타면 견마牽馬(마부를 두는 것) 잡고 싶어한다"는 말이 '경마 잡다'는 말로 쓰이기도 했다. 본디 '경마 잡다'는 말은 남이 탄 말의 고삐를 잡고 몰고 간다는 뜻이고, '경마'는 남이 탄 말을 통제하기 위한 고삐를 지칭하는 순 우리말이다. 그런데 이 말을 엉뚱하게도 '경마競馬'로 착각하는 사람들이 생겨, 마치 '말을 타면 경마를 하고 싶어지는 것처럼 욕심이 점점 더 커진다'라고 잘못 쓰이는 일도 있다.

내 나라 말부터 제대로 써야 한다. 그렇지 않으면 엉뚱한 의미로 쓰이면서도 정작 그 말의 유래나 본디 뜻을 완전히 왜곡해서 이해하게 된다. 그런 게 어디 한두 가지일까? 내 나라 말이라고 쉽게 생각하면 안 된다. 다른 나라 말이야 남의

언어를 통한 생각의 프레임

063

말이니까 틀릴 수도 있다 할 수 있을지 몰라도 제 나라 말 제대로 모른다는 건 변명할 수 없는 허물이다. 정신 바짝 차리고 내 나라말에 관심 가져야 한다.

이왕 말 나온 김에 '삼수갑산'을 소재로 한 김억의 〈삼수갑산〉과 김소월의 〈차안서선생 삼수갑산운次岸曙先生三水甲山韻〉이라는 시를 읽어보는 것도 유익하겠다(제목에서 알 수 있듯 소월은 스승 안서 김억의 시 〈삼수갑산〉이라는 시의 운을 빌어 답글의 형식으로 시를 지었다).

o━━ 브레인스토밍 메뉴
- -
산수갑산과 삼수갑산 / 발음의 오류 / 한자와 우리말

사전오기? 우째 그런 일이!

1977년 11월 27일, 나는 지금도 그날을 잊을 수 없다. 멀리 파나마에서 벌어진 WBA(World Boxing Association 세계권투협회) 주니어페더급 초대챔피언 결정전에서 홍수환은 파나마의 신성 카라스키야에게 그야말로 '떡'이 되게 맞았다. 이 경기에서 홍수환은 한 라운드에 세 번이나 쓰러지기도 했다.

당시 WBA 규정에 따르면 한 라운드에서 세 번 다운된 선수는 자동으로 KO패였다. 그러나 돌주먹을 과시하려는 카라스키야 측에서 경기 전 조인식 때 합의 규정으로 프리녹다운제를 내세웠기 때문에, 홍수환은 KO패를 면할 수 있었다. 하지만 우리로서는 차라리 홍수환이 지더라도 경기가 빨리 끝나기를 바랐다. 경기를 더 해봐야 수치스러울 뿐인, 결과가 뻔한 걸 어찌 지켜볼 수 있겠는가? 화려한 테크닉과 뛰어난 쇼맨십으로 많은 권투 팬이 있었던 홍수환. 그가 외국 선수 앞에서 더 비참하게 무너지는 건 차라리 보고 싶지 않았다. 그래도 홍수환은 다운될 때마다 벌떡벌떡 일어났다. "저러다가 혹시 극적으로 뒤집을 수도 있을까? 아냐! 말도 안 돼. 저거 봐. 저거. 카라스키야가 퍽! 치면 홍수환이 나자빠지는데." 우리의 영웅은 캔버스에 나뒹굴었다. 안타깝지만 그게 현실이었다.

홍수환이 처음 세계 챔피언이 되었을 때인 1974년 나는 중학교 3학년이었다. 홍수환은 아무도 주목하지 않은 채 챔피언이 되기 위해 홀로 떠났다. 남아프리카 더반에서 벌어진 WBA 밴텀급 타이틀매치를 등교 길 버스에서 라디오로 듣다가 하차한 뒤에도 학교 근처 전파상 앞에 모여 끝까지 들었다(결국 나는 지각해서 선생님께 야단을 맞아야 했는데, 홍수환 권투 중계를 듣느라 늦었다고 했더니, 선생님께서 결과를 물으셨다. 내가 도전자 홍수환이 아널드 테일러를 물리치고 챔피언이 되었다고 했더니 선생님은 기분이 좋아지셔서 나를 그냥 교실로 돌려보내셨다. 그 선생님은 체육선생님이었다!). 내가 중학생이던 때는 지금처럼 지하철에서도 텔레비전 중계를 볼 수 있는 때가 아니었다. 그러나 그때의 감동만큼은 대단했다. "엄마, 나 챔피언 먹었어!" "그래 수환아, 대한국민 만세다!"라고 주고받던 모자의 대화가 두고두고 회자되었던 추억의 주인공 홍수환이었기에 카라스키야에게 두들겨 맞는 장면이 한국 사람들에게는 더 마음 아팠다.

그런데 기적이, 정말 기적이 일어났다! 파나마 관중들은 이미 경기가 끝난 거나 마찬가지라며 자신들의 영웅 카라스키야가 홍수환을 완전히 때려 눕혀 화려하게 왕좌를 차지할 걸 확신하는 듯했다. 그런데 홍수환은 아무도 예상하지 못한 일을 보여줬다! 2회에 네 번이나 다운됐던 홍수환은 라운드가 바뀌자 언제 맞았냐는 듯 벌떡 일어나 카라스키야에게 달려들었다. 그러더니 어느 틈에 카라스키야를 캔버스에 완전히 뻗어 눕게 만든 것이다. 우째 그런 일이! 그때 대한민국은 난리가 났다. 그건 파나마나 우리나 마찬가지였을 것이다. 아니 세계가 다 깜짝 놀랐다.

카라스키야와 벌인 경기 이후에 홍수환 선수를 소개할 때마다 '사전오기四顛五起 신화의 주인공'이라는 말이 반드시 따라다녔다. 하지만 따져보면 '사전오기'라는 말은 틀린 표현이다. 도대체 무슨 재주가 있어서 네 번 쓰러지고, 다섯 번 일어날 수 있었을까? 홍수환은 정확하게 '네 번' 캔버스에 쓰러졌다. 그리고 정확하게 '네 번' 일어났다. 네 번 쓰러졌는데 어떻게 '다섯 번' 일어날 수 있는가? 우째 그런 일이!

언어를 통한 생각의 프레임

제갈량이 남만을 원정했을 때 맹획을 일곱 번 사로 잡았다가 일곱 번 놓아줌으로써 그를 진정으로 복종하게 했다는 데서 나온 고사성어가 '칠종칠금七縱七擒'이다. '일곱 번' 잡아 '일곱 번' 풀어줬다고 '분명하게' 표현되었다. 물론 사전 오기란 말이 불굴의 의지를 강조하는 과정에서 '한 번 더' 일어났다고 덧붙인다고 해서 까칠하게 따질 건 아니다. 오히려 넘어진 횟수보다 한 번 더 많이 일어나려는 의지가 표현된다는 점은 눈감아줄 수 있는 과장법이다. 그러나 이런 과장된 표현을 아무 거리낌 없이 쓰다가 익숙해 진다는 게 문제다. '칠전팔기'니 하는 말이 그렇게 자리를 터~억 하니 잡는 게 과장된 표현이 익숙해 졌기 때문 아니겠는가?

◦━ 브레인스토밍 메뉴

사전오기와 칠종칠금 / 일상 표현의 오류 / 과장법의 익숙함

눈도 못 뜬 하룻강아지가 호랑이를 볼 수 있을까?

연주자가 멋진 연주를 하거나, 연사가 뜨거운 연설을 마치면 사람들은 '우뢰'와 같은 박수를 친다? 하지만 우뢰는 틀린 말이다.

본디 우리말 '우레'는 천둥을 가리키는 말이었다. 그런데 먹물 좀 든 사람들이 우레와 발음의 유사성을 근거로 한자로 '우뢰雨雷'라고 썼다. "자식들! 무식하게 우레가 뭐냐? 우뢰지!" 하고 헛폼을 잡으면서 헷갈리게 쓰게 된 말이 바로 우레다. 요즘에야 우레라는 알짜배기 우리말이 다행히 제자리를 잡았지만, 한동안 태연하게 '우뢰'라는 국적 불명의 낱말이 쓰였다. 이런 걸 '민간어원설'이라고 한다.

그런데 "하룻강아지 범 무서운 줄 모른다"는 말은 이제는 그냥 굳어진 말로 자리 잡고 본디 뜻에 자리를 내줄 생각을 아예 하지 않는 듯하다.

도대체 태어난 지 하루밖에 안 된 강아지가 범을 볼 수나 있을까? 하룻강아지는 눈도 뜨지 못한 핏덩이에 불과한 강아지다. 어떻게 그런 '도에 넘치는' 과장이 쓰였을까?

원래 이 문장은 "하릅 강아지 범 무서운 줄 모른다"였다. '하릅'이란 동물들의 나이를 셀 때, 한 해를 지난, 그러니까 한 살배기 동물 가운데 소나 말 또는 개 등을 가리키는 말이었다. 비슷한 의미로 '한습'이란 말도 쓰였다. 그러나 하릅이나 한습이란 말이 거의 사용되지 않으면서 자연스럽게 발음도 비슷하고 아주 어리다는 뜻이려니 하는 짐작으로 '하루'라는 말로 바뀐 것이다. 다행히 뜻도 크게 어긋나거나 왜곡되지는 않았으니 이를 탓하는 이도 없었다. 이제는 국어사전에도 '하릅강아지'는 찾기 어렵다. 어떤 사전에는 아예 그 낱말이 없다.

이런 예는 얼마든지 많다. 흔히 갑자기 사람들이 몰려올 때 "개 떼같이 몰려든다"고 한다. 하지만 어디 개가 떼를 지어 다니는 것을 본 적 있는가? 떼로 몰려다니는 건 '개'가 아니고 '게'다. 그러니까 '개 떼'가 아니라 '게 떼'가 맞다.

정말 못 쓴 글씨를 보고 '개발새발' 썼다고 한다. 개야 땅바닥에 발자국을 남기지만 새야 어디 땅에 앉는 게 흔한가?

이 말은 "고양이 발 개 발 같다"고 해서 '괴발개발'이라고 해야 맞다. 복모음이나 이중모음을 제대로 신경 써서 발음하지 않는 습관이 말을 '개발새발' 엉망으로 만들었다.

그뿐인가? 날짜 여유가 넉넉할 때 '새털같이 많은 날'이라고 한다. 물론 새도 털이 있다(하지만 엄격하게 말하자면 그건 털이 아니라 깃이다). 그러나 정작 그 수가 많은 건 터럭이다. 소의 터럭은 더 말할 것도 없다. 그러니 새털이 아니라 '쇠털'이, '쇠털같이 많다'가 맞다.

이미 쓰이지 않는 말을 억지로 되살리려고 하는 것도 어색하기는 매한가지다. 그러나 지금 쓰는 말들도 그렇게 되지 말라는 법은 없다. 제대로 알고 제대로 쓰지 않으면 앞으로도 어떤 낱말이 어떻게 변형되거나 왜곡된 채로 쓰일지 모른다. 국어는 국어학자들만의 몫은 아니지 않은가? 지금 있는 제 나라말도 제대로 쓰지 못하면서 많은 사람들이 토플이나 토익에만 정신이 팔려 있으니 참 괴이쩍은 일이다.

브레인스토밍 메뉴

하룻강아지와 하릅강아지 / 우뢰와 우레 / 민간어원설 / 발음의 오류

12

금자탑이 궁금해?
이집트에 가보셔!

위대한 업적을 달성했거나 상당한 의미가 담긴 어떤 일을 완수한 사람을 보고 우리는 그가 위대한 '금자탑'을 쌓았다고 한다. 발음도 '금자탑'이다. 그러나 제대로 발음하자면 '금짜탑'이 맞다. 한자로 '金字塔'인 걸 떠올리면 금방 수긍이 된다. 사람들은 금자탑을 어떤 가상의 사물이나 개념쯤으로 여긴다. 마치 동양의 용이나 서양의 황금산처럼.

하지만 금자탑은 가상의 대상이 아니다. 실제로 존재하는 사물이다. 그건 바로 피라미드다. 중국인들이 피라미드를 자기네 나라말로 바꾸면서 음보다는 뜻, 더 정확하게 말하자면 '모양'을 따서 만든 말이 바로 금자탑이다. '금金'이라는 글자에서 갓을 길게 내리고 받침을 옆으로 늘이면 정확하게 삼각형 모습이다. 피라미드 생김새가 딱 그렇지 않은가? 피라미드가 예사로운 구조물이 아니라 크기도 엄청나고 왕이나 왕족의 무덤이기도 해서 중국 사람들의 관심을 더욱 불러일으켰을 것이다. 게다가 모든 광물 가운데 으뜸인 금gold의 뜻을 담아도 이와 썩 어울리는 셈이니까, 모양으로나 얼추 뜻으로나 제법 근사한 번역어가 된 게 바로 금자탑이다.

금자탑도 처음에는 분명 구체적인 사물을 지칭하는 말이었지만, 시간이 흐르면서 그 사물은 잊히고(그럴 수 밖에 없는 게 보통의 중국 사람들이 피라미드를 본 적이 없으니) 그냥 단어에 담긴 뜻만 쓰게 된 것이다. 분명 처음은 '금金' 모양의 '문자文字'라고 썼겠지만, 나중에 金은 모양이 아니라 뜻으로만 받아들이면서 마치 '금으로 쌓은 거대한 탑' 쯤으로 여기고 쓴 셈이다. 어디 이런 게 한둘이겠는가?

뜻으로도 얼추 비슷하게 쓰이니 그나마 다행이라고 한다면 어쩔 수 없다. 하지만 이왕이면 제대로 알고 써야 하지 않겠는가? 물론 지금도 중국에서는 피라미드를 '금탑', '금자탑'이라고 쓴다. 그런 걸 보면, 중국식 문자 브랜딩은 참 다양하고 재미있다. 때론 기발하기까지 하다. 때로는 발음만 따오고(터키土耳其, 워싱턴華盛頓) 때로는 발음의 앞만 따오고 뒤는 뜻으로 묶는(로스앤젤레스羅城, 샌프란시스코桑港) 때로는 음과 뜻을 교묘하게 섞어서(코카콜라可口可樂) 말을 만들기

도 한다. 피라미드와 금자탑. 중국식 외래어 수용을 보여주
는 재미있는 예다.

금자탑과 피라미드 / 조어법造語法 / 외래어의 수용

정상위라니?
그럼 나머진 비정상이야?

　성性은 누구에게나 아주 중요한 삶의 요소다. 사람들의 관심도 아주 많다. 예전처럼 눈치 보거나 누가 들을까 쉬쉬하지도 않는다. 또한 당당한 성담론은 우리를 건강하게 해준다. 성에 대해 많이 알수록 올바른 성의식을 갖추게 되고 삶도 건강해진다. 그러나 여전히 많은 사람들이 성에 대해선 부담스러워 하고 부끄러워 한다. 흔히 부부가 이혼할 때 '성격차' 때문이라고 말하는 경우가 많다. 성격이 맞지 않는 사람이 함께 사는 건 쉽지 않다. 그러나 '성격차' 라는 말 속에는 또 다른 뜻이 담겨 있는 경우도 많다. '성격의 차이性格-差'뿐 아니라 '성의 격차性-隔差' 때문에 이혼하는 사례가 갈수록 늘고 있다.

　예전과는 달리 성에 대한 태도가 적극적으로 변하고 있

다. 그에 따르는 상당한 지식과 정보도 제공된다. 그런데 성에 관한 지식 가운데 성적 체위를 언급할 때마다 눈에 거슬리는 게 있다. 바로 '정상위'라는 용어다. 정상위正常位라는 건 무엇을 의미하는가? 영어의 'missionary position'을 일본인들이 정상위라고 번역한 모양인데, 그걸 우리가 그대로 받아쓰고 있다. 예전에야 적극적인 성적 표현이나 시도를 꺼리고 죄악시했고, 성적 주도권을 오로지 남성이 주도해야 한다는 생각 때문에 남성이 여성의 위에서 성관계를 맺는 것을 정상적이라고 했을 것이다. 그러나 정상위라는 말을 그대로 받아들인다면, 다른 체위는 비정상이란 말인가?

건강하고 올바른 성지식이 전제되지 않으면 올바른 성 정체성도, 성을 통한 바람직하고 건강한 사랑도 자칫 왜곡되거나 일방적인 방식으로 굴절되기 쉽다. '정상위'에 대한 대립 개념이 '비정상위'가 아니라 '여성상위'라면, 정상위란 말은 '남성상위'로 써야 맞다. 성은 남녀의 대등한 관계이며, 사랑의 원초적이며 적극적인 초언어적 표현이다. 그런데 그런 성적 관계를 불공정하게 세워서야 되겠는가? 흔히 섹스를 '성기의 삽입'으로만 정의하는 경우도, 엄밀하게 따지자면 '남성의 입장에서' 본 개념이다. 여성의 입장에서는 삽입이 아니라 '흡입'이라고 할 수 있을 것이다. 가치중립적으로 혹은 중립적으로 '성기의 결합'이라고 표현해야 맞을 것이다.

아무렇지도 않은 것 같지만, 이런 사소한 언어에도 남녀의 성적 불평등과 차별성이 내재되어 있다는 건 놀라운 일이다. 아직도 세상에 수많은 성차별과 억압, 성착취가 남아 있다. 이런 불합리한 현실을 고치기 위한 본질적인 노력은 바로 섹스에서의 평등성을 정립하는 것이다. 아무런 편견 없이 두 사람이 원초적으로 관계를 맺지 않고서는 진정한 평등이란 불가능하다.

당당하게, 그러나 배려와 이해를 바탕으로 남녀 성 관계를 정립해야 한다. 그런데 바로 거기에 고스란히 남아 있는 불평등한 잔재들은 안타깝다. 그러면서도 너무나 익숙해서 그걸 아무렇지도 않게 생각하고 있다는 게 더 큰 문제다. 성을 통한 올바른 인간관계, 사랑의 표현과 행복 등은 숨어서 몰래 전달되는 엉뚱한 지식과 잘못된 관념을 통해서는 제대로 실현될 수 없다. 이제 그런 잘못되고 불평등한 언어부터 제거해야 하지 않을까?

브레인스토밍 메뉴

정상위와 비정상위 / 여성상위와 남성상위 / 성기의 삽입과 흡입 / 언어 속 성차별

15

틀려도 좋다, 가끔은!

　리차드 바크의 《갈매기의 꿈》은 장편시와 같은 깊은 성찰을 준다. "높이 나는 새가 멀리 본다." 이 얼마나 근사한 표현인가! 이 한마디가 어떤 이에게는 인생의 길잡이가 되었을지도 모른다.

　그러나 이 《갈매기의 꿈》의 표현과 메타포는 아름답고 강렬하지만 사실 갈매기는 근시라서 아무리 높이 날아도 멀리까지 볼 수는 없다. 갈매기 조너선 리빙스턴 시걸은 참 특이한 새다. 동료 새들은 아무도 관심 없어 하는 고공비행을 시도하다가 무리에서 쫓겨나도 개의치 않았다. 보다 멀리, 보다 빠르게 날고 싶어서 끊임없이 높이 나는 일을 시도했다(이건 완전히 올림픽 슬로건이다!). 그러나 근시인 갈매기에게 사실 높이 나는 건 의미가 없다. 그저 우리 눈에 비친 그 모습이 그렇다는 것 뿐이다.

한때 염상섭의 소설 《표본실의 청개구리》가 우리나라 최초의 자연주의 소설이냐 아니냐 하는 문제로 시끄러웠던 적이 있다. 이어령 선생은 염상섭이 청개구리 해부를 실제로 해본 적이 없었을 거라며, 몇 가지 반증을 제시했다. "내가 중학교 이 년 시대에 박물 실험실에서 수염 텁석부리 선생이 청개구리를 해부하여 가지고 더운 김이 모락모락 나는 오장을……"이라는 대목을 지적하며 냉혈동물인 개구리에서는 김이 모락모락 날 수 없다고 비판했다. 그 반론에 대한 재반론이 이어졌다. 개구리는 냉혈동물이지만 기본적인 체온은 있으며, 추운 교실에서는 가능하다는 반론이었다. 마치 찬물도 겨울에 김을 모락모락 피우는 것처럼 말이다.

이 논쟁은 소설이 반드시 사실에 호응해야 하느냐하는 또 다른 문제를 야기하기도 했다. 옛날 유행가인 〈찔레꽃〉 가사 중에 '찔레꽃 붉게 피는 남쪽나라 내 고향~' 이라는 대목도 그렇다. 찔레꽃은 대부분 흰색이다. '찔레' 꽃에서 '찌르다'를 연상해서 피가 나는 모양을 상상해 내고는 '붉게 피는' 이라는 노랫말을 떠올렸던 모양이다. 그렇다고 가사에 이런 오류가 있다고 해서 이 노래가 파기된 건 아니다. 〈찔레꽃〉 가사에는 그 나름의 의미가 있다.

동요 가운데 '돛대도 아니 달고 삿대도 없이~' 하는 〈반달〉의 가사도 그렇다. '돛sail/canvas'은 '올리는' 것이고, '돛대mast'는 배에 '박는' 것이다. '돛'과 '돛대' 모두 '다는' 게 아니다. 문학평론가 김윤식 선생은 이런 표현들은 '시적, 소설적 특권'이라고 부른다. 문학이 지닌 '의미화'가 그 근거가 될 것이다. 이것과는 조금 어긋나지만 김유정의 〈동백〉에 나오는 동백은 우리가 흔히 보는 붉은 꽃을 피우는 동백이 아니다. 강원도 방언으로 생강나무를 동백이라고 부른다. 그래서 '노란' 동백꽃이라는 표현이 작품에 나온 것이다. 그걸 모르고 왜 동백이 '노랗다'라고 하느냐고 결기를 세우진 말일이다. 하기야 요즘 학생들의 경우는 감성이 너무 희박해서 문제란다. 감성도 상상력도 빈곤하다는 건 안타까운 일이다. 그런 빈곤에서는 〈반지의 제왕〉이나 〈해리포터〉 같은 작품은 결코 나올 수 없다. 컴퓨터 그래픽이 아무리 뛰어나도 상상력이 없으면 빈 껍데기일 뿐이다.

물론 사실과 어긋난 표현을 실재 사실로 이해해서는 안 될 일이다. 그러나 때론 그렇게 서로 어긋나도 의미는 고스란히 살아서 우리를 일깨워 주는 것쯤은 슬쩍 눈감아주는 것도 즐겁다. 그게 바로 예술의 특권이자 존재의미이기도 하다. 눈에 거슬리지 않는 파격'을 누리지 못한다면, 문학과 예

술을 즐길 이유가 있을까? 삶에도 때론 그런 '엉뚱한 착각'
이 고스란히 받아들여지는 즐거움이 있는 법이다. 날을 세워
까칠하게 살 건 없다. 문학은 그런 '눈에 거슬리지 않는 파
격'을 맛볼 수 있어서 즐겁다.

브레인스토밍 메뉴

시적·소설적 특권 / '오래된 미래' / 일상어와 문학어 / 언어와 상상력

상식을 통한 생각의 프레임

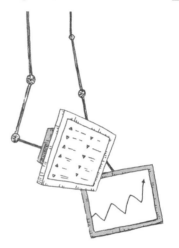

날마다 보는 일, 늘 들었던 것들이라서 당연하고 마땅하다고 여기는 일들이 세상에는 참 많다. 물구나무서서 세상을 바라본 적이 있는가? 세상이 낯설고 어색할 것이다. 전혀 새로운 느낌으로 다가설 것이다. 세상은 늘 있는 그대로지만, 내가 그걸 어떻게 보느냐에 따라 달리 보인다. 같은 길이지만 갈 때와 돌아올 때 비치는 모습은 다르다. 가끔은 가던 길 멈추고 잠깐 돌아보는 여유가 여정을 행복하게 해준다.

세상도 변하고 나도 변한다. 그런데 생각은 멈춰 있다면 그건 퇴행이고 죽음일 뿐이다. 안타까운 일이다. 익숙한 것일수록 때로는 나를 기만하거나 나태하게 할 수 있다. 끊임없이 묻고 따지고 의심해 보는 게 좋다. 답은 하나지만 물음은 끝이 없다. 꼬리에 꼬리를 물고 이어지는 물음의 사슬이 나를 살찌운다.

16

서당 개 3년에도
글 한 자 못 읽을 수 있다!

어떤 일을 진득하게 하면 뭔가가 이뤄진다고 할 때 우리는 흔히 "서당 개 3년이면 풍월을 읊는다"고 말한다. 어느 정도는 그 말의 뜻이 크게 어긋나지는 않을 거다. 그러나 정말 그럴까? "개 꼬리 3년 묵힌다고 족제비 꼬리 될까?"라는 말을 굳이 꺼내지 않아도 '서당 개' 얘기는 그리 녹록한 말이 아니다.

개 가운데는 서당에서 기르는 개가 풍월을 따라 짓기에 가장 좋은 환경에 있다. 그러나 서당에서 그냥 3년을 지낸다고 개가 저절로 풍월을 따라 할 수 있는 건 아니다. 부지런히 풍월을 듣고 연습해야 한다. 그러니까 이 속담은 '비록' 서당 개라 할지라도 '최소한' 3년은 부지런히 익혀야 '겨우' 풍월을 읊을 수 있다는 뜻으로 받아들여야 한다.

우리는 흔히 뭔가를 잘하는 사람들을 볼 때 부러워한다. 누군가 재즈카페에서 멋지게 피아노를 치며 노래를 하면 우리는 감탄한다. 누구나 "나도 저렇게 연주나 노래를 잘했으면 좋겠다"고 생각한다. 그러나 정작 그 사람이 그렇게 잘할 수 있기까지 들인 공과 노력은 보지 않는다. 매일 놀고 쉬고 싶은 생각 없는 사람 있을까? 하지만 대부분의 사람들은 오직 결과만 부러워한다. 그렇게 하는 사람들은 평생 남 잘하는 거 부러워만 할 뿐 자신은 그걸 즐길 수 없다.

그렇다고 좌절만 할 건 아니다. "개 꼬리 3년 묵은들 족제비 꼬리 되랴?"라는 말도 담아두고 살짝 바꿔서 새겨두면 좋다. 아무리 늦어도, 설령 특출한 재능이 없어도, 또 프로가 되지 않더라도 그걸 제대로 즐기려면 3년을 꾸준하고 부지런히 투자하면 제법 쓸 만한 솜씨로 다듬어질 거라는 믿음이다. 뭐든지 처음 3주가 힘들고, 3개월 버티는 게 어렵다. 초보 수준일 때는 즐거움보다는 거기에 익숙해지기까지 견뎌야 하는 괴로움이 더 크다. 대부분은 그 고비를 넘기지 못하고 중도 하차한다. 그러나 그 고비만 넘기면 3년 버티는 것도 그리 어려운 일이 아니다. 시간이 지날수록 조금씩 늘어나는 성취감과 그것을 즐기는 기쁨이 점점 더 커지는 걸 체험하면 그동안 버티길 잘했다고 믿게 된다.

무취미라고 무덤덤하게 말하는 건 자신의 삶에 대해 성실하지 않다는 고백일 뿐이다. 그건 자신의 일상에 최선을 다하지 않는다는 뜻일 수도 있다. 정말 자신의 모든 에너지가 소모될 만큼 일에 몰두하고 다시 에너지를 재충전하려면 단순히 아무것도 하지 않으면서 휴식을 취하는 것으로는 부족하다. 몸이 휴식을 필요로 하는 것처럼 정신도 감성도 새롭게 충전해 줘야 한다. 'recreation'은 're-creation', 즉 재창조의 과정이다. 취미는 단순히 애호가 수준이 아니라 거기에 몰입해서 일상을 온전하게 벗어나 즐거움에 깊숙하게 빠질 수 있을 만큼의 경지에 도달해야 한다. 그러기 위해서는 적어도 3년은 투자해야 한다. 3년이라 하면 적지 않은 시간이겠지만, 나머지 인생 전체를 고려한다면 그리 대단한 투자도 아니다. 현재에 충실하며 삶의 기운을 재충전할 수 있고, 미래의 삶도 더 풍요로워질 수 있다면 3년쯤이야 기꺼이 투자할 수 있지 않을까?

브레인스토밍 메뉴

서당 개 3년과 개꼬리 3년 / 자기계발 시간 / 자아실현

17

켄터키 할배,
여기가 닭집 맞아요?

지금은 '켄터키 프라이드 치킨Kentucky Fried Chicken'이라는 가게를 찾을 수 없다. 요즘 잘 쓰는 축약어로 흔히 '켄치'라고 했던 그 닭집은 이제 없다. 아니다. 정확히 말하자면, 없어진 건 아니다. 단지 '창씨개명'을 했을 뿐이다. 퉁퉁하게 생긴(요즘은 이 마스코트도 다이어트를 해서 제법 홀쭉해졌다), 흰색 양복에 흰색 수염의 할아버지가 입구를 지키고 있는 'KFC'가 바로 그 닭집이니까.

켄터키 프라이드 치킨은 원래 주유소에서 시작됐다고 한다. 1930년, 미국 켄터키 주 코빈에 있는 주유소에서 일하던 커넬 할랜드 샌더스(1890~1980)가 주유소를 찾는 여행객들을 위해 만든 음식이 소문이 나자 아예 주유소 건너편에 커다란 식당을 차린 게 그 시작이다. 1939년 독특한 양념 배합을 완성한 뒤 많은 사람들이 즐겨 찾게 된 이 닭집은 프랜차이즈 사업으로 발전해 전 세계로 뻗어나갔다. 그런데 그 잘 나가던 닭집 이름이 어느 날 갑자기 사라지고, KFC라는 짧은 이름으로 명찰을 바꿔 단 것이다.

왜 그랬을까? 1980년대 들어서면서 정크 푸드가 비만에 미치는 영향에 대한 논쟁이 불붙었다. 특히 미국에서는 비만이 사회적 질병으로까지 여겨지기 시작해, '비만과의 전쟁'이 시작되었다. 비만의 원인은 우선 지방과 단백질이다. 그런데 튀김닭의 경우는 'fried'라는 말에서 볼 수 있는 것처럼 '기름기'라는 이미지를 벗어날 수 없었다.

실제로 꾸준히 상승하던 켄터키 프라이드 치킨의 매출은 비만과의 전쟁 이후 답보 상태에 빠지거나 감소하는 현상이 나타났다. 켄터키 프라이드 치킨 경영진이 이런 상황을 두고 볼 리가 없었다. 그리고 그들은 매출 부진의 원인 가운데 하나가 바로 'fried'라는 낱말의 이미지 때문임을 알았다. 켄터키 프라이드 치킨은 그런 판단을 내린 뒤에 과감하게 이름을 바꾸기로 했다. 그렇다고 전혀 엉뚱한 이름을 단다는 건 자칫 자기 정체성을 잃게 될 위험이 높았고 긴 이름을 축약하는 게 깔끔한 데다가 무엇보다 문제의 'fried'를 제거할 수 있기 때문에 1991년에 상호를 KFC로 바꾼 것이다.

이름을 바꾼다고 '튀김닭'이 '찜닭' 되는 건 아니겠지만, 사람들은 켄터키 프라이드 치킨의 fried' 라는 낱말에서 받던 머뭇거림과 스트레스를 떨치고 맛있게 KFC 닭다리를 뜯게 됐다. 웰빙이니 피트니스니 하는 말이 열풍이 되는 걸 보면 이름 한번 일찍이 잘 바꿨다는 생각이 든다. 우리는 똑똑하다고 빼기고 으스대지만, 이걸 보면 꼭 그렇지만도 않다는 느낌이다. 흰색 양복에 흰색 수염의 할아버지가 "이름 하나 바꿨을 뿐인데!" 하고 아마 속으로 웃었을걸?

* KFC의 또 다른 이야기: 니콜라스 부스먼이 쓴 《90초 안에 관계를 결정하라》를 보면, KFC는 켄터키 프라이드 치킨이 아니라 K(Know what you want), F(Find out what you're getting), C(Change what you do until you get what you want)의 약자라고 익살을 부린다.

꼬── 브레인스토밍 메뉴
- -
켄터키 프라이드 치킨과 KFC / 브랜드 네이밍 / 이미지 메이킹

18

햄릿이 우유부단하다고? 천만에!

　사람들은 흔히 우유부단한 사람을 가리켜 '햄릿형 인간', 좌충우돌하는 사람을 가리켜 '돈키호테형 인간'이라고 한다. 하지만 햄릿은 결코 우유부단한 인간의 전형이 아니다. 햄릿은 오히려 보기 드문 '복수의 화신the incarnation of revenge'의 전형이다.

　햄릿의 숙부 클로디어스는 햄릿의 아버지이자 자신의 형을 암살하고 왕이 된다. 당연히 햄릿이 왕위를 계승해야 하지만 그는 멀리 다른 나라에 가 있었기 때문에 클로디어스가 왕위 보궐 상태를 빌미로 왕위에 오른다. 클로디어스는 아마 일찌감치 손을 써서 햄릿을 유학 보내도록 왕을 꼬드겼을 것이다. 돌아온 햄릿은 미칠 지경이다. 아버지는 죽었고, 자신은 끈 떨어진 갓 신세며, 게다가 어머니는 음흉한 숙부와 결혼을 하겠단다(우리가 흔히 알고 있는 것처럼, "약한 자여, 그대 이름은 여자니라Frailty, thy name is woman"란 말은 여자가 가냘프다가 아니라 '정조 없음'이란 뜻이다. 'frailty'란 단어를 사전에서 찾아볼 것!) 결국 아버지 유령의 등장으로 사건의 전모를 알게 된 햄릿은 절치부심 복수를 꿈꾼다. 햄릿은 자신의 연인인 오필리어마저도 포기한다(젊은이가 사랑을 포기하는 건 미래를 포기한다는 의미거나 목숨을 버릴 각오가 되었다는 뜻이 아니겠는가!). 그에게는 오직 숙부에 대한 복수, 복수뿐이었다.

우리 역사에도 이와 유사한 정치적 복수를 연산군의 예에서 찾아볼 수 있을 것이다. 하지만 그는 왕이 된 이후에야 어머니의 죽음을 둘러싼 음모를 알게 되었고 무한 권력을 지닌 임금으로서 복수를 자행했다. 아무도 그의 광기를 제어할 수 없었다. 본인 스스로도 그것을 제어할 수 없었을 것이다. 연산군은 언제든 마음만 먹으면 복수를 할 수 있는 조건을 갖춘 셈이다.

그러나 햄릿에게 복수할 기회는 좀처럼 오지 않았다. 왕의 주변에는 항상 무장한 경호원들이 있었다. 그리고 어느 누구도 왕에게 다가설 때는 무기를 지닐 수 없었다. 햄릿은 현실의 벽에 좌절한다. "죽느냐 사느냐, 그것이 문제다to be or not to be"라는 유명한 독백은 햄릿의 우유부단함을 뜻하는 게 아니다. 햄릿에게 '사는' 의미는 바로 '복수'다. 그러니 복수하지 못할 바에야 차라리 죽는 게 낫다는 뜻이다. 이 이상 복수로 똘똘 뭉친 대사가 어디에 있겠는가?

그런데 마침내 기회가 찾아왔다. 어느 날 저녁 무렵, 산책에서 돌아온 햄릿은 왕의 침소를 지나다가 열린 문틈으로 왕을 보게 된다. 호위병사도 없고, 게다가 왕은 잠옷 차림에 등을 지고 있으니 어찌 하늘이 준 기회가 아니겠는가? 햄릿은 살금살금 왕에게 접근해서 단검을 뽑는다. 그대로 등에 찌르기만 하면 그토록 벼르던 복수가 완성되는 찰나! 아니 그런데 이게 웬일인가? 햄릿은 단검을 왕에게 찌르지 않고 그냥 돌아 나온다. 뭐 이런 바보 같은 놈이 다 있지?

하지만 햄릿의 생각은 달랐다. 원수인 숙부는 그때 저녁 기도를 하고 있었다. 만일 숙부가 기도하면서 신에게 참회를 하고 있었다면, 그리고 그때 햄릿이 그를 찔렀다면? 신의 용서를 받아 죄가 덜어질 때 죽게 되면 왕은 지옥으로 떨어지는 게 보장되지 않는다. 그건 햄릿에게는 복수가 아니라 자선이 될지도 모를 일이 아닌가. 햄릿의 복수는 단순히 이승에서 왕의 숨통을 끊는 것으로 그치는 게 아니다. 왕으로 하여금 죽어서도 죗값을 톡톡히 치르도록 해야 한다고 생각했기 때문에 그순간 햄릿은 칼을 거뒀다. 그러니까 숙부의 악행이 극에 달했을 때 죽여야 숙부를 지옥불로 바로 보낼 수 있다고 생각했기 때문에 햄릿은 숙부를 죽이지 않았던 것이다. 햄릿, 참 지독한 젊은이다.

햄릿보다 더 철저한 복수의 화신을 본 적이 있는가? 그는 더 이상 우유부단한 인간의 전형이 아니다. 그건 우리의 잘못된 고정관념일 뿐이다. 섣불리 어떤 전형을 세우는 건 그렇게 위험할 수 있다. 그리고 맹목적으로 그 전형을 받아들이는 것 또한 위험할 수 있다.

⊶ 브레인스토밍 메뉴

햄릿형 인간과 돈키호테형 인간 / 고정관념 / 복수와 용서

19

조삼모사,
원숭이는 재테크의 달인?!

눈앞에 보이는 차이만 알고 결과가 같은 것을 모르는 어리석음을 비유해 간사한 꾀로 남을 속여 희롱함을 이르는 경우, 우리는 '조삼모사朝三暮四'라는 말을 쓴다. 《열자列子》〈황제편黃帝篇〉에 나오는 고사다. 춘추전국시대 송나라의 저공狙公이 원숭이를 많이 길렀는데 먹이가 부족했던 모양이다. 그래서 원숭이들에게 "앞으로는 도토리를 아침에 3개, 저녁에 4개 주겠다"라고 말했다. 그 말을 들은 원숭이들이 길길이 뛰며 손사래를 쳤다. 저공이 "그럼 아침에 4개를 주고, 저녁에 3개를 주마"라고 했더니, 원숭이들이 그제서야 손뼉 치며 좋아했다는 일화에서 나온 말이다.

참으로 어리석은 원숭이들이다. 아침에 3개를 주든 4개를 주든 결국 하루에 먹을 수 있는 총량은 7개로 동일하지 않은

가? 그런데도 원숭이들은 당장 먼저 먹을 수 있는 아침에 4개를 받는 걸 좋아했다. 제 딴에는 잔머리를 굴린다고 한 게 결과는 똑같은 것이었다. 옛날에는 이 말이 모자람 없이 맞는 말이었다. 그러나 이제는 그렇지 않을 수 있다.

예를 들어, '하루'와 '도토리 7개'의 조건을 '1년'과 '7억'이라고 가정해 보자. 1/4분기에 3억을 받고, 4/4분기에 4억을 받는 것보다는 그 반대의 경우가 훨씬 더 이익이 크다. 1년에 1억이라는 돈이 만들어낼 수 있는 이자만 따져도 그게 훨씬 더 유리하다는 걸 모르는 현대인이 있을까?

또 다른 경우를 생각해 보자. 예전에는 우리가 생각할 수 있는 길이의 최단성은 1/100미터, 즉 1밀리미터 정도였다. 그러나 요즘은 1/10억 미터인 '나노'의 시대다. 이건 단순히 관념상의 수치가 아니다. 실제로 작용하는 길이의 단위. 물리학에서는 1/1,000조 초 단위인 '펨토femto'도 따지는 세상이 되었다. 그러니 하루를 그런 단위로 쪼갠다면 엄청난 시간이 될 수도 있다. 우리가 일상에서 나노를 느끼며 살 수는 없지만 이미 우리 삶의 여기저기에서 나노가 작용하고 있다는 점은 적어도 의식으로는 포착하며 살고 있지 않은가? 그렇다면 하루는 짧은 시간이 아니라 엄청나게 긴 시간일 수 있다. 굳이 하루살이가 아니더라도 말이다. 세상이 바뀌었다. 당연히 생각도 바뀌어야 한다. 경제적인 의미로 원숭이들이 조삼모사 대신 '조사모삼朝四暮三'을 요구하는 건 시간과 돈의 단위를 세밀하게 또는 크게 늘렸을 때 확실히 달라진다. 하지만 원숭이들이 미래의 기대나 희망보다는 당장 눈앞의 만족과 소비에만 몰두하는 건 여전히 우리에게 따끔한 경고일 수 있다. 우리 자신이 그렇게 단견적 이해에만 얽혀 사는 한⋯⋯.

그렇다 하더라도 조삼모사의 새로운 의미는 눈여겨봐야 한다. 상황이 이쯤 되면 원숭이가 이렇게 말하지 않을까? "너희들이 도토리를 알아? 너희들이 하루를 알아?" 그렇게 말하거나, 혹은 "짜식들. 거봐. 뭐, 우리가 바보처럼 잔머리를 굴렸다고? 너희들 주식 0.1포인트에 죽고 못 살지? 우리가 너희들에 비하면 대붕大鵬인겨. 너나 잘하세요!"라고. 원숭이는 그런 점에서 재테크의 대가 중 대가라고 할 수 있다. 관점은 다양하고 상황에 따라 달라질 수 있다. 그런데 우리는 그 갈래를 보지 못하고 그저 내 관점에서만 보려고 한다. 남의 처지와 관점은 모르고 그 가치를 깨닫지도 못한다.

원숭이들은 이렇게 말할지도 모른다. "너희들 너무 조변석개朝變夕改하는 거 아냐? 우린 도토리라도 있지. 그런데 너흰 뭐냐? 그건 낭비거나, 너희들이 돌대가리라는 뜻 아냐?"

* 어떤 이는 말한다. 경제학 입장에서 본다면 저공의 지혜 또한 훌륭하지 않느냐고. 실제로 준 건input 7개로 똑같으면서 저공은 자신이 원하는 결과output(원숭이의 만족)를 얻어내지 않았느냐고. 그것도 맞는 말이다. 어떤 입장에서 어떤 관점으로 보느냐에 따라 이렇게 달라질 수 있다는 건, 참 즐거운 일이 아닌가?

▯— **브레인스토밍 메뉴**

- -

조삼모사와 조사모삼 / 역지사지 / 입장과 관점 / 상대성

20

하로동선이 어리석은 짓이라고?

　　여름철에는 기승부리는 무더위에 화로를 끼고, 겨울철 찬 바람 부는 추위에 부채를 흔든다면 얼마나 어리석은 짓일까? '하로동선夏爐冬扇'은 그런 어리석음을 가리키는 말이다. 아무 소용이 없는 말이나 재주를 빗대서 쓰거나 철에 맞지 않거나 쓸모없는 사물을 일컫는 말이기도 하다. 하로동선의 출처는 왕충王充의 《논형論衡》〈봉우편逢遇篇〉이다. "이로울 것이 없는 재능을 바치고 아무런 보탬이 되지 않는 의견을 내는 것은, 여름에는 화로를 권하고 겨울에 부채를 내미는 것과 같다作無益之能 納無補之說 獨如以夏進爐以冬奏扇 亦徒耳"

　　《논형》은 후한後漢의 학자며 사상가였던 왕충의 대표적 저서다. 이 책에서 그는 당시의 전통적인 정치와 학문을 비판했다. 왕충은 세상 사람들이 학문이 높고 재능이 있는데도 연이 닿지 않아 불우한 처지에 있는 사람을 '하로동선'처럼 취급해 너무 쉽게 말하며 비난하는 것을 비웃는다. 그러니까 오늘날 우리가 보통 쓰는 그 말과는 그 새김이 조금 다르다고 할 수 있다. 왕충은 비록 여름날의 화로라 해도 화로로 젖은 것을 말릴 수 있고, 한겨울의 부채라 해도 불씨를 일으키는 일을 할 수도 있다며, '물건은 사용하기에 따라 유용하기 마련'으로 무용지물은 없다고 가르친다.

오늘날에도 그런 게 얼마나 많은가? 여름철에 겨울옷 또는 겨울철에 여름옷을 세일할 때 사두면 제 계절보다 가격이 절반 이하로 싸다. 회사 입장에서는 창고 비용도 줄이고 회전 자금도 마련할 수 있으니, 회사는 회사대로 이익이다. 그래서 요즘에는 에어컨을 겨울부터 판매한다. 늦봄 과일인 딸기는 겨울에 출하하면 제철보다 세 배가 넘는 가격을 받는다. 이런 걸 어리석다고 할 사람이 있을까? 요즘에는 이렇게 계절을 거스르거나 엇갈리게 하는 게 다 돈이 되는 세상이다. 그러니까 하로동선은 예전 뜻과는 분명 다르다.

현대에 하로동선은 준비성과 경제성을 동시에 담고 있는 말로 쓰일 수도 있다. 실제로 지난 1997년 노무현, 박계동, 원혜영, 유인태 등 국회의원 선거에 떨어진 정치인이 모여 강남에 고깃집을 내면서 옥호屋號로 삼았던 게 바로 이 '하로동선'이었다. 낙선한 처지지만, 절치부심切齒腐心하면서 다음 때를 준비하고 다듬겠다는 뜻이었을 것이다(스무 명이 넘는 인원이 동업한 이 집은 결국 얼마 못 가 망했다. 사랑방 노릇은 했겠지만).

경제성 면에서도 물류 저장 시스템만 넉넉하게 갖추고 있는 기업이라면 하로동선은 미리 재료를 구입해 원가를 절감하고 결국 이익을 크게 낼 수 있는 경영방식 가운데 하나가 될 수도 있다(그걸 매점매석이라고 할 일은 아니다. 실패의 부담을 안고 있는, 일종의 투자니까). 그러니까 기업에서는 이미 하로동선을 적극적인 마케팅 전략으로 채택하고 있는 셈이다.

같은 말이라도 처음 뜻과 나중 뜻이 다르고, 그걸 또 다르게 생각하면 거기에서 많은 의미와 교훈을 얻을 수도 있다. 옛 뜻에만 갇혀 있는 '하로동선'을 그 옛날 왕충은 진작부터 뜯어 고쳐 쓰지 않았는가!

o— 브레인스토밍 메뉴

하로동선과 하갈동구夏葛冬裘 / 준비성과 경제성 / 무용지용無用之用

무능력자의 전형,
흥부가 기가 막혀!

우리나라 사람 중에 《흥부전》 모르는 사람은 없을 것이다. 대개의 고대소설이 그렇지만, 유독 《흥부전》은 권선징악의 극적 효과가 도드라지기 때문에 많은 사람들에게 강한 인상으로 남아 있다. 그런데 《흥부전》은 곰곰 따지고 보면 당시대 사람들의 세상 보는 관점을 고스란히 드러내고 있다는 점에서 흥미롭다.

이 소설 역시 임진년(1592년) 조일전쟁(임진왜란) 이후의 작품인 건 분명하다. 큰 변란 이후에는 사회적, 문화적 변화가 뒤따르는 법이다. 사설시조가 그랬고 신분제도 역시 마찬가지였다. 그런데 특이한 건 조일전쟁 이후 판에 박힌 가부장제도가 본격화하기 시작했다는 점이다. 조일전쟁 이전에는 여자들에게도 상속이 되는 등(신사임당의 경우가 대표적

이다. 강릉 부호인 신사임당의 친정은 유산을 딸에게도 물려
줬다. 그래서 남편 이원수가 여러 차례 과거시험을 볼 수 있
었고, 아들 이율곡 또한 마찬가지였다) 조선 후기보다 신분
제도(가족제도와 상속제도)가 훨씬 탄력적이었다. 그러나 격
변을 겪은 후 가문의 승계라는 절대 가치에 대한 집착이 강
해지면서 자연스럽게 장남에게 모든 유산을 물려주는 변화
가 생겼다. 제사를 지내주는 장남에게 집착하는 사회 분위기
는 이전과 다르지는 않았지만, 전쟁은 가문의 계승에 대한
확실한 매듭을 요구했다. 그래서 장남 위주로 유산 상속이
이뤄진 것이다(최근까지만 해도 우리의 상속제도는 이런 전
통을 따랐다. 그러나 최근에는 출가외인인 딸도 상속의 당당
한 권리를 행사할 수 있고, 소송의 주체가 될 수도 있다. 이
건 그만큼 우리 사회가 전통적 규범에 순치되었다는 뜻이기
도 하고, 여전히 가족과 사회제도가 불안정했다는 반증이라
고 할 수도 있을 것이다).

그렇게 되니 가장 황당해진 건 장남 이외의 자식들이다.
《흥부전》은 바로 그런 세태에 대한 풍자였다. 사실 유산을
독차지한 놀부는 법적으로 잘못한 게 없다. 물론 도덕적으로
볼 때, 가난한 동생을 돌보지 않은 건 형 놀부의 허물일 수
있다. 그러나 놀부가 사람들에게 지탄을 받게 된 배경은 무

엇일까? 그건 모든 유산을 독차지하는 장남에 대한 반감의 표출이었다. 그러니까 《흥부전》은 따지고 보면 사회상의 변화에 대한 집단적 풍자였던 셈이다.

흥부가 제비를 살려준 덕택에 보은으로 받은 박을 타는 장면을 보자. 첫째 박에서는 만병통치약이 나왔다. 둘째 박에서는 《경서經書》가 나왔다. 셋째 박에서는 금은보화가 나왔다. 넷째 박에서는 미녀가 나왔다(눈치 빠른 흥부의 아내는 그걸 짐작하고는 넷째 박을 타지 말자고 하지만 욕심이 난 흥부는 아랑곳하지 않았다). 이게 과연 무엇을 의미하는가? 요즘으로 따지자면 로또 당첨쯤 될 것이다. 독자들은 당시 사람들이 꿈꾸던 것들의 우선순위가 박의 순서와 같다는 걸 알아챘을까? 첫째 박은 건강의 축복을 상징한다. 모든 사람들이 가난하더라도 건강하고 싶다는 순수한 열망이 표출된 것이다. 둘째는 뭘까? 열심히 학업에 정진해 출사하면 자신도 팔자를 고칠 수 있다는 염원이다. 셋째는 부자 되기, 넷째는 쾌락을 맛보고 싶은 걸 상징한다. 그러니까 당시대 사람들의 자연스러운 희망사항이 흥부 박 타는 장면에서 순서대로 열거된 것이다.

《흥부전》은 그런 의미에서 단순한 권선징악에 그치는 게 아니라 당대의 제도와 풍습에 대한 사람들의 풍자와 바람을 담고 있는 소설인 셈이다. 오늘날이라고 다를까? 당대 소설을 읽어보면 그런 것들이 얼마나 공기처럼 자연스럽게 묻어나는가? 뒤집어 보거나 각도를 조금만 빗겨 보면 재미도 있고 알게 되는 것도 의외로 많다.

브레인스토밍 메뉴

《흥부전》과 《놀부전》 / 텍스트 다시 읽기 / 낯설게 보기

피아노는 악기여야 합니다!

 "침대는 가구가 아닙니다." 이게 무슨 자다가 봉창 뜯는 소리야? 처음에는 뜨악했다. 그러나 이어지는 멘트를 듣고는 빙긋 웃음이 나왔다. "침대는 과학입니다." 아무리 봐도 잘 만든 광고 카피였다. 그렇다면, "피아노는 악기가 아닙니다. 피아노는 가구입니다." 이렇게 말하면 사람들이 어떤 반응을 보일까? 우리는 이 말을 단호하게 부인하진 못할 것이다. 이미 집집마다 자리를 차지하고 있는(우리나라는 피아노 보급률이 세계에서 가장 높은 나라에 속한다) 피아노가 악기가 아니라 효율 낮은 선반쯤으로 사용되는 경우가 많으니까. 어째서 피아노가 가구로 전락했을까?

 부모들은 어린 자녀들에게 악기 하나쯤은 가르친다. 모든 부모가 자기 아들, 딸이 반드시 피아니스트가 되길 바라서 자녀들에게 피아노를 가르친 건 아닐 게다. 그저 내 아이가 좀 더 행복해지기를, 그래서 자기 삶을 즐기면서 살기를 바라서 그랬을 뿐이다. 그리고 거기에 부모의 허영도 작용했을 거다. 자녀가 피아노를 치는 게 '교양 있는 집, 또는 있는 집'으로 보일 수 있다는 심리에서 말이다.

그렇게 부모들은 자녀에게 피아노를 가르치기 위해 그 비싼 악기를 장만했다. 고사리 같은 손이 건반을 두드리는 게 얼마나 앙증맞고 대견스러운지 손님만 오면 제 아들, 딸 피아노 솜씨 자랑하느라 부모들은 여념이 없고 마음이 뿌듯했을 것이다. 그러나 아이는 이내 피아노가 지겹고, 재미도 없어서 별 흥미를 느끼지 못하다가 중학교 진학하기 전쯤 되면 거의 피아노를 그만두게 된다. 중학생이 되면서부터 입시에 올인해야 하는 이 나라의 반反전인교육 탓이다. 그 이후 피아노는 집 한구석에 처박혀 있는 신세가 되면서 악기로서 기능을 잃게 된다. 조율한 지 몇 년이 되었는지도 모른다. 그러면서 피아노는 선반의 기능만 하게 되는 경우가 허다해진다. 그러고도 사람들은 이사할 때마다 웃돈까지 얹어가며 피아노를 끌고 다닌다. 이때쯤 되면 피아노는 버리지도 못하고 쓰지도 않는, 영락없는 '닭갈비' 신세가 된다.

어째서 그렇게 되었을까? 음악이란 자기 마음속에 있는

느낌을 선율과 리듬 등을 통해 표현하고, 내가 그렇게 표현한 걸 다른 이가 느끼는 것이다. 그런데 우리는 다짜고짜 피아노 앞에 앉아 손가락 모양을 어떻게 하라느니, 계명은 어쩌니 하며 곧바로 음악적 기능만을 아이에게 가르친다. 아이는 피아노를 왜 배워야 하는지도 모른다. 그저 시키니까 할 뿐이다. 게다가 배우는 교본은 하나같이 별 재미가 없다. 아직도 많은 아이들이 《바이엘》과 《체르니》를 배운다. 그리고 《체르니》 40번쯤 하다가 그만두는 게 대부분이다.

《바이엘》은 19세기 중반 독일 작곡가 페르디난트 바이어Ferdinant Beyer가 만든 초보 피아노 교본으로 일본을 통해 우리나라에 소개되었다. 피아노를 처음 배우면서 익혀야 할 기본 훈련에 적합한 장점은 있지만 《바이엘》은 그 내용이 딱딱하고, 복음악적polyphonic 작품에 대한 초보곡이 하나도 없을 만큼 지루하다. 이 교본이 나온 시기가 독일 고전파의 전성기라는 점을 감안하면 지금 아이들이 배우기에는 재미없는 게 당연하다(물론 탄탄한 기초를 쌓는 데는 도움이 되겠지만).

그렇다면 《체르니》는 어떤가? 베토벤에게도 음악을 배웠던 카를 체르니Carl Czerny는 높은 음악적 완성도가 있는 연습곡을 작곡한 사람이다. 훌륭한 교본임에는 틀림없지만, 피아노를 즐기기에 《체르니》는 너무 기능적이고 반복적이다. 서양음악의 기본 구성인 대위법과 화성악에 충실한 교본인 것이다. 그런 점에서는 교육적 효과가 상당히 크다. 그러나 피아노 실력이 어느 정도 수준에 오르기 전까지는 《체르니》를 배우는 게 재미가 없다. 무엇보다 체르니(1791~1857)는 바이어(1803~63)보다도 더 이전 사람이다. 아마도 《바이엘》, 《체르니》를 우리만큼 줄기차게 피아노 교본으로 삼아온 곳도 찾기 어려울 것이다. 《바이엘》, 《체르니》가 피아노 교본으로 적합하지 않다거나, 배우지 말아야 한다는 게 아니다. 그보다 더 중요한 건 아이들이 음악을 즐겁고 신나게 맛볼 수 있는 마음을 먼저 갖게 해주는 일이라는 것이다. 대강의 기본을 익히게 하고 재즈 피아노를 배우게 하던지 동요 반주를 배우게 해서 아이들이 피아노를 통해 음악 자체를 즐길 수 있게끔 하는 게 더 중요하다. 그게 먼저 충족되지 않으면 여전히 피아노는 우리에게 '곧' 가구로 변해 버릴 비싼 악기일 뿐이다.

"피아노는 악기여야 합니다."

⊙— 브레인스토밍 메뉴

피아노와 가구 / 알기만 하는 사람vs좋아하는 사람vs즐기는 사람

한 우물만 파라?

"안 되면 되게 하라!" "하면 된다!"

이 말처럼 우리 한국인이 좋아하는 표어가 또 있을까? 한국인의 불굴의 추진력은 정말 높이 사도 모자랄 판이다. 이와 비슷한 말로 "한 우물만 파라"도 있다. 이 모두 아무리 힘들고 어려워도 좌절하지 않고 끝까지 하면 무슨 일이든 이루어진다는 강한 신념을 강조하는 말들이다. 그러나! 안 되면, 포기해야 할 때가 많다. 해도 해도 안 되는 일이 많은 게 인생이다.

땅 밑에 물길이 없는데, 아무리 깊이 판들 물이 치솟을 수 있을까? 애당초 그곳에 물이 있을지 면밀하게 조사하고 나서 우물을 파야 할 일이다. 그러고도 파도 파도 물이 나오지 않으면, 그곳은 그만두고 다른 곳에 다시 구멍을 뚫어봐야 한다. 나오지도 않을 우물을 백 번 파봐야 그저 땅 파는 수고 말고는 없다.

하나의 목적이나 목표를 정해 계속해서 파 들어가는 건 수직적 사고방식이다. 예전에는 이처럼 무조건 밀어붙이는 방식이 어느 정도 통했다. 그건 다른 실질적 대안이 없을 때, 어쩔 수 없는 선택이었다. 그리고 그 선택에 대해 다걸기(올인)를 하면 뭔가는 이뤄졌다. 그것도 한 사람의 힘이 아니라 모두가 함께 달려들어 온 힘을 기울이면 꿈이라고 여겨졌던 것도 마침내 이뤄내는 감격을 맛볼 수 있었다. 1960년대부터 우리 사회를 휩쓸었던 산업화니 뭐니 하는 게 그런 소산이었다. 물론 군사문화의 밝은 면과 어두운 면이 함께 드러난 경우이긴 하지만, 분명 이뤄낸 게 있었기 때문에 사람들은 그 미련에서 벗어나지 못한다.

도저히 이뤄질 수 없다고 생각했던 걸 마침내 성취해 냈을 때의 그 감격을 어찌 무시할 수 있을까? 하지만 엄밀히 따지자면 그 목표를 이뤄내기 위해 치른 값은 생각보다 훨씬 큰 경우가 많다. 이뤄낸 결과에만 초점을 맞추니까 성공의 이면에 있는 희생이 보이지 않을 뿐이다. '한 우물을 판다'는 건 그 노력을 다른 곳에 쏟았다면 훨씬 더 많고 큰 결과를 얻었을 수도 있었다는 걸 인정하지 않는 미련함일 수도 있다. 정말 해결해야 하고, 총력을 기울이면 할 수도 있는 일이 있다. 그리고 그 일이 큰 가치가 있는 경우도 분명 있다. 하지만 모든 일을 다 그렇게 '돌격 앞으로!' 하면서 끌고 가려 해서는 안 된다.

군사문화의 잔재는 이렇듯 무섭다. 이제는 무조건적이고, 일방통행적인, 수직 위계적 사고에서 벗어나야 한다. 이미 그런 식의 사고는 필요하지도, 또 해서도 안 되는 세상이 되었다. 한 우물을 판다는 건, 어찌 보면 지금까지 팠던 공이 아까워서 그대로 밀고 나가는 미련스러움일 수 있다. 경우에 따라서는 뭔가를 포기해야 하는 지혜가 정말 필요하다. 게다가 현대사회가 어떤 상황인가? 경우의수들이 즐비한 시대다. 하나에만 집착해서 다른 변화에 무심할 때 얻는 바가 과연 무엇일까?

인식적 측면에서 수평적 사고는 어떤 문제에 봉착했을 때 고정관념이나 과거의 지배적 사고만 고집하지 않고 새롭고 다양한 시각으로 문제에 접근하는 것이라고 할 수 있다. 그 대표적인 경우로 다윈C. R. Darwin을 꼽을 수 있다. 다윈의 《종의 기원》이야말로 수평적 사고의 산물이라 할 수 있다. 그는 이전의 생물학적 결정론의 시각에 매달리지 않았다. 갈라파고스 섬에서 본 여러 특이한 현상을 통해 그는 생물들의 특정한 적응이 각 생물의 생존에 유리한 방향으로 이끌어진다는 것을 발견했다. 그는 자신이 목격한 현상 앞에서 기존의 사고의 틀이 충돌하는 것을 고민했다. 이 고민의 실마리를 제공한 이론은 토마스 맬더스Thomas Manthus의 〈인구론〉이었다. 생산은 산술급수적으로 증가하지만 인구는 기하급수적으로 증가한다는 맬더스의 주장은 부족한 자연환경 속에서 각 종種이 어떻게 생존하는지를 관찰한 다윈에게 영향을 주었다. 진화론의 핵심 개념인 '적자생존'은 다윈이 맬더스의 저서를 통해 얻은 아이디어가 자신의 학문적 성취에 중요한 동기였으며 방법의 제시였다. 만약 다윈이 〈인구론〉을 읽지 않았다면 어땠을까? 이처럼 수평적 사고는 다양한 관점과 방법에 대한 수용적 태도를 길러준다.

창의력 전문가인 에드워드 드 보노Edward de Bono는 창의력은 수평적 사고lateral thinking에 의해 증가된다고 말했다. 그에 따르면, 우리가 수학을 배울 때 더하기를 먼저 배우고 곱하기를 나중에 배운다. 더하기를 아무리 배워도 곱하기의 메커니즘을 이해하려 하지 않으면 수학적 확장은 불가능하다. 수직적 사고는 새로운 지식과 정보를 기존의 유형에 맞춰가게 할 뿐이다. 새로운 가정hypothesis에 끊임없이 도전하는 게 바로 수평적 사고다. 수직적 사고로는 현대가 요구하는 창의력

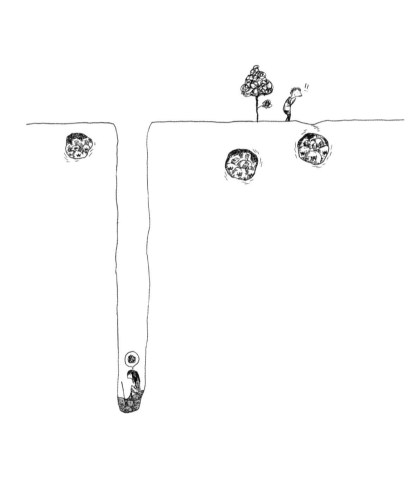

의 발휘가 불가능하거나 심각하게 제한받을 수밖에 없다.

"안 되면 되게 하라"가 아니라 "안 되는 건 과감히 포기하라", "막히면 돌아가라"는 것도 수용해야 한다. 그게 수평적 사고방식이다. 길이 막히면 지금까지 온 길이 아까워도 다시 돌아가야 한다. 그렇지 않으면 막힌 길 앞에서 그냥 말라 죽는 수밖에 없다. 그러니 "한 우물만 파라"라는 격언도 이젠 바꿔야 할 때가 되었다.

"파보다 나오지 않으면, 얼른 다른 우물을 파라! 다른 곳에도 얼마든지 우물은 있다!"

브레인스토밍 메뉴

한 우물과 열 우물 / 포기할 줄 아는 지혜 / 수직적 사고와 수평적 사고 / 군사문화 / 일방통행

베니스의 상인,
베니스인들은 승리한 게 아냐!

　셰익스피어의 작품 《베니스의 상인》을 읽은 사람들은 샤일록이 심판받는 반전을 가리켜 정의의 승리이며 자비의 개선이라고 말한다. 심지어 이 책을 읽지 않은 사람들도 거기에는 동의한다. 그런데 정말 그럴까?

　안토니오의 친구 바사니오는 방탕한 낭비벽 때문에 친구에게 돈을 빌렸지만 여전히 그 습관을 버리지 못하고 모두 탕진하고 말았다. 그러자 바사니오는 벨몬트의 부유한 상속녀 포샤에게 구혼하기 위해 다시 안토니오에게 돈을 청한다. 그러나 자신의 재산은 모두 배에 실려 바다에 나가 있었기 때문에 현금이 없는 안토니오는 유대인 고리대금업자 샤일록에게 돈을 빌리게 된다. 고리대금업자라는 이유 때문에(사실 기독교인들은 《성경》의 가르침 때문에 고리대금업을 할 수 없었고, 유대인들이 그 일을 대신했다) 안토니오가 자신을 모욕했던 걸 기억하는 샤일록은 안토니오에게 웃으며 돈을 빌려주지만 조건을 제시한다. 만약 기일 내에 갚지 못하면 안토니오의 '살 1파운드'를 떼어낸다는 조항이었다. 돈이 필요한 안토니오는 그 조항에 동의했다. 자신의 배만 돌아오면 보란 듯이 돈을 돌려주며 다시 한 번 샤일록에게 모욕을 주겠다고 다짐하면서.

하지만 안토니오의 바람과는 달리 그의 배가 풍랑을 만나 모두 침몰하는 바람에 안토니오는 돈을 갚을 수가 없게 된다. 당연히 샤일록은 법정에 안토니오를 고발한다. 샤일록에게는 안토니오에게서 받은 그동안의 수모와 모욕을 한꺼번에 갚을 수 있는 기회였다. 사정을 알게 된 포샤는 바사니오에게 거금을 주어 갚도록 하지만, 세 배를 갚아주겠다는 제안도 샤일록은 거절한다. 독자들은 그런 샤일록이 탐욕스러운 인간이라고 비난한다. 그러나 샤일록에게는 복수가 돈보다 더 중요했다. 할 수 없이 법정에 서게 된 안토니오. 우정을 위해 자신의 모든 걸 다 걸었던 고귀한 인격의 안토니오가 겪어야 할 고통은 안타까운 일이다. 그리고 마침내 복수하게 된 샤일록. 그런데 포샤는 몰래 판사로 변장해 법정에 나와 '그 잘난 명판결'을 내린다.

"계약서대로 살 1파운드를 떼 가되, 한 방울의 피도 흘려서는 안 되며, 정확히 1파운드에서 남아서도 안 되고 모자라서도 안 된다."

이렇게 해서 안토니오는 극적으로 살아나게 된다. 어떻게 정확하게 살 1파운드를 뗄 것이며 피를 흘리게 하지 않을 수 있겠는가? 법정은 환호의 물결이다. 정의의 승리를 외친다. 포샤는 샤일록이 기독교도의 생명을 위협했다는 이유로 재산의 반은 안토니오에게 주고 나머지 반은 국가가 몰수하도록 한다. 게다가 샤일록이 기독교로 개종해야 한다고 요구한다. 이게 정의란 말인가?

포샤는 신성한 법정을 모독했다. 그것으로도 모자라 법을 유린했다. 그녀는 판사가 아니면서도 판사복을 입고 재판을 했다. 도저히 용납할 수 없는 범죄다. 그런데 사람들은 포샤의 죄는 탓하지 않는다. 백 번을 양보해서 그걸 따지지 않는다고 치자. 그렇다면 과연 포샤가 내린 판결이 정말 정의로운가? 살아 있는 사람의 살을 베면 당연히 피는 흘리게 되는 법. 모든 약속은 상규常規에 따른다. 당연한 걸 구체적으로 적는 건 불필요한 일이다. 게다가 이 경우는 상규 정도가 아니라 필연이다. 살을 떼낼 때 피가 나지 않을 수는 없다. 그리고 정확하게 1파운드의 살이어야 한다고? 1파운드에서 모자라게 잘라내면 그건 채권자의 자비일 뿐이다. 1파운드의 살이란, 최대 배상을 뜻하는 거지 정확하게 1파운드의 살을 베어내라는 건 아니다. 가짜 판사에, 억지 판결, 거기에 개입된 종교와 인종에 대한 편견. 이쯤이면 《베니스의 상인》은 불의와 오만의 결정판이 아닌가!

이걸 자비와 정의의 승리라고 하는 건 셰익스피어뿐 아니라 유럽인들이 유대인에 대해 지니고 있는 편협과 아집일 뿐이다. 자신들이 유대인을 미워하는 정확한 이유와 근거도 제시하지 못하는 채 말이다. 유대인이 예수를 죽였다는 핑계는 도대체 말도 안 되는 억지다. 예수도 유대인이었다. 그것보다는 유대인들이 자신들의 문화에 동화하지 않고 개종도 하지 않을 뿐 아니라, 유대인들의 돈 집착에 대한 혐오 등이 덮어 쓰인 까닭이다.

사실 유대인들이 고리대금업을 했던 이유는, 부당한 불로소득을 금지한 그리스도교 교리상 기독교도들이 꺼렸던 일을 그들에게 떠맡겼기 때문이다. 그런데 살다보면 기독교도들도 어쩔 수 없이 돈을 빌려야 하는 상황이 온다. 그런데 그런 급전을 필요한 사람들의 삶은 대개 곤궁하다. 기독교도들이 빌린 돈 갚기가 어렵게 되면서 결국 담보물까지 고스란히 빼앗겼던 현실이 유대인에 대한 증오를 만들었을 뿐이다.

따지고 보면, 이건 일종의 집단적 린치에 불과하다. 유대인에 대한 편견이 켜켜이 쌓여서 20세기에 들어서 나치와 히틀러는 보란 듯이 유대인 학살을 자행했다. 베니스 상인에 대한 편견과 불의는 그렇게 길고 긴 역사를 지니고 있다. 나만 옳다고 우기면서 잘못된 근거를 대는 것이야말로 반드시 피해야 하는 뿔이다.

○━ 브레인스토밍 메뉴
- -
샤일록과 안토니오 / 유대인과 기독교도 / 편견과 아집

역사를 통한 생각의 프레임

슬기로운 사람은 역사의 잘잘못을 통해 따라 할 것과 반드시 고쳐야 할 것을 가릴 줄 안다. 그러나 어리석은 사람은 잘못된 역사를 되풀이한다. 거대담론으로서 역사에만 익숙한 사람들은 역사에 촘촘히 박혀 있는 숨결을 느끼지 못한다.

그저 연대기로 외우기만 한 역사교육과 역사의식은 그저 퀴즈용일 뿐이다. 그건 살아 있는 역사가 아니다. 낡은 종이에 갇힌 역사가 아니라 오늘 우리의 삶에 고스란히 살아 있는 역사를 어떻게 읽을 것인가? 바로 지금, 이 현재가 가장 생생한 역사다.

홍은동, 슬픈 운명의 여인?

서울시 서대문구 홍은동은 본디 홍제외리에서 '홍弘' 자와 은평면의 '은恩' 자를 따서 지은 명칭이라고 한다. 그런데 그런 공식적인 유래 말고 또 하나의 유래는 다소 슬픈 역사를 담고 있다.

1623년 광해군을 쫓아낸 정변(흔히 인조반정仁祖反正이라 부르지만, 그건 엄격한 의미에서 쿠데타였다. 광해군의 실정과 패륜, 그리고 사대事大하지 않은 무례 때문에 임금을 몰아낸다는 명분은 궁색한 것이었다. 실정이 임금을 몰아내야 할 만큼 큰 것도 아니었고, 모친을 쫓아냈다는 패륜은 일종의 정적의 제거였을 뿐이며, 무엇보다 사대하지 않았다는 건 명분주의자들의 소아적 모화사상慕華思想이었을 뿐이다)으로 정권을 잡은 인조. 이후 조선은 나라 밖의 상황은 전혀 모르고 오랑캐와는 타협할 수 없다는 고루한 태도(친명배금)를 고수했다. 심지어 청나라에 가서도 사신이 황제를 알현할 때 정식의 인사를 거부해서 매를 맞기까지 했다. 중원을 차지한 이상 그들은 단순한 오랑캐가 아니라 중국의 주인이었음을 인정하지 않으려 한 조선은 결국 전쟁의 참화를 두 차례나 겪어야 했다.

전쟁의 후유증은 컸다. 당시 조선 조정이 국제 정세를 정확하게 파악했다면, 1, 2차 조청전쟁(정묘호란과 병자호란)은 피할 수 있었던 전쟁이었다.

광해군은 모든 역량을 다 동원해서 중국의 판세 변화를 읽었다. 심지어 그는 어쩔 수 없이 조선군을 파병하면서도 도원수 강홍립에게 관형향배觀形向背(형세를 파악해 향배를 결정하라)의 밀지를 내려 청나라와 불필요한 마찰을 최대한 피할 수 있게 했다.

그러나 광해군을 쫓아낸 인조의 조정은 그런 판단력이 없었다. 조선 개국 이후 처음으로 인조는 침략군의 총사령관 앞에 끌려가 돌계단 아래에서 무릎을 꿇고 머리를 아홉 번 땅에 박아야 하는 수모를 겪었다. 그리고 소현세자와 봉림대군 등의 왕족과 김상헌 등의 대신들이 볼모가 되어 청나라로 끌려갔다.

그러나 가장 큰 고통을 당한 건 백성들이었다. 특히 강제로 청나라에 끌려갔던 여자들이었다. 그녀들이 중국에 끌려가서 모진 고난을 당한 건 말할 수 없을 정도였다. 다행히 큰돈을 주고 풀려난 이들도 있었다. 하지만 돌아온 그녀들을 맞은 건 냉대와 모멸뿐이었다.

여자(아내)들이 정절을 잃었다는 이유로 남자(남편)들은 임금에게 이혼을 청원했다. 환향녀環鄕女(이게 변해서 '화냥년'이 되었단다)들이 무슨 잘못이 있는가? 정작 잘못한 건 그녀들을 지켜주지 못한 조선의 못난 사내들이었다. 그러나 명분에만 사로잡힌 남자들은 막무가내였다. 그래서 스스로 목숨을 끊는 여자들이 속출했다.

임금은 돌아온 여자들에게 홍제천에서 몸을 씻으면(어떤 유래에서는 커다란 욕조를 만들어 거기에 들어갔다 나오는 걸로 되어 있다) 정절을 되찾는 것으로 하라는 명을 내렸단다. 그게 '큰 은혜', 즉 '홍은弘恩'이라는 것이다. 열녀烈女 이데올로기를 통해 나타난 여성에 대한 남성의 폭력과 일맥상통하면서, 오히려 그것보다 훨씬 더 뻔뻔스럽고 잔인한 모습이 아닐 수 없다.

홍제리의 '홍'과 은평면의 '은'이 모아진 게 맞는 것 같지만, 환향녀에 대한 유래는 누가 실없이 지어낸 게 아닐 것이

다. 홍은동의 유래는 우리에게 반성을 촉구한다. 그래서 홍
은동을 지날 때마다 우리의 어리석었던 역사가 떠오른다.

브레인스토밍 메뉴

인조반정과 환향녀 / 환향녀와 화냥년 / 모화사상 / 열녀 이데올로기

26

왜 종묘에는
공민왕이 모셔져 있을까?

예전에 종묘에 처음 갔을 때 공민왕의 신주가 모셔져 있는 걸 보고 의아해 한 적이 있다. 종묘宗廟는 조선시대 왕가의 신위를 모신 사당이다. 그런데 고려의 왕인 공민왕의 신주가 종묘에 있다니? 어떤 사람들은 그 이유를 이성계가 고려의 마지막 임금이었기 때문이라고 말하기도 한다.

이성계는 형식적으로는 공양왕으로부터 왕위를 선위禪位받았다. 그러니까 명목상으로는 고려의 왕이었다. 그러나 고대 왕조라는 게 '성씨'의 지속적 지배구조로 형성된다는 점에서(그래서 조선을 '이씨'가 지배한 왕조라며 '이조'라고 부르기도 하는데, 그건 식민사관의 산물이다. 그러니 '이조 백자'니 하는 말은 결코 쓰면 안 된다) 이성계를 고려의 임금으로 볼 수는 없다. 비록 처음에는 고려라는 국호를 그대로 썼지만, 이성계는 곧이어 조선으로 국호를 바꾸고, 수도도 한양으로 천도했다. 그래서 이성계는 사후에 조선의 태조로 왕호를 받았다.

쫓겨난 왕과 폐위된 왕에 대한 정치적 해석은 다르다. 왕을 쫓아내고 다른 성씨의 사람을 왕으로 세우면 새로운 나라가 세워지는 역성혁명易姓革命이고, 폐위를 하고 종친을 그 자리에 앉히면 반정反正이 된다. 그러니까 이성계는 명목상 고려의 왕이지만, 이미 역성혁명이 이루어졌기 때문에 실질적으로는 새로운 왕조의 임금이다. 따라서 이성계를 고려의 왕이라고 하는 건 잘못된 해석이다.

그렇다면 조선 왕실은 왜 고려 왕의 신주를 종묘에 모셨을까? 그건 고려 왕조가 부패하고 백성을 제대로 살필 수 있는 능력을 상실했기 때문에 '역성혁명' 세력이 새로운 왕조를 세웠지만, 백성은 그대로 안고 간다는 상징적인 의미일 것이다.

우왕, 창왕, 공양왕을 건너뛰고 공민왕의 신위를 모신 건 두 가지 의미였다. 첫째 이유는 마지막 세 왕들은 신돈의 아들(그게 사실이었건 아니건 간에 그런 정치적 의도를 가지고 유포시킨 풍문을 근거로)이었으니까 왕씨가 아니고, 공민왕이야말로 고려의 마지막 임금이라고 본 것이다. 이성계 자신은 그렇게 이미 정통성을 상실한 '사이비' 왕실을 척결한 고려의 충신이라는 합리화이기도 했다.

둘째 이유는 앞의 이유와 관련이 있는 것이지만, 이성계에게 왕위 옹립교서를 내린 사람이 바로 공민왕의 부인 가운데 한 사람이었던 정비 안씨였기 때문이다. 그러니까 이성계 자신의 정치적 지속성은 바로 공민왕에게 있는 것이지 우왕, 창왕, 공양왕에게 있지 않다는 뜻이다. 뒤의 세 왕의 혼란을 제거하고 고려의 백성을 위해 보다 나은 나라를 열었다는 합리화가 공민왕을 종묘에 모시게 만든 셈이다. 그게 어떤 의도였건, 종묘가 고려 임금의 신위를 조선 왕실의 사당인 종묘에 모셨다는 건 흥미로운 일이다.

역사에 대해 조금만 애정을 가지고 접근하면 시대적 의미와 가치를 배울 뿐 아니라 보편적 인간의 태도를 엿볼 수 있다. 역사는 시대의 거울이 된다.

□—┉ 브레인스토밍 메뉴

종묘와 공민왕 / 역성혁명과 반정 / 왕조(정권)의 정통성

27

Who'll stop the rain?
"비가 오면 생각나는 그때 그 사람……"

유신독재 시절, 그 서슬 시퍼렇던 때에 이 나라에는 한 편의 코미디가 벌어졌다. 어느 날 갑자기 모든 방송에서 틀어서는 안 되는 곡들의 목록이 만들어진 것이다. '금지곡'이라는 이 살생부의 위력은 대단했다. 독재자의 입맛에 거슬리는 노래는 모두 이 목록에 들어갔고, 그 순간부터 그 노래들은 공중파에서는 들을 수 없게 되었다.

김민기의 노래는 거의 통째로 금지곡이 되었다. '풍기문란, 저속, 왜풍倭風, 반전' 등 노래를 금지하는 이유도 코미디 대본과 같았다. 외국 가수들이라고 예외는 아니었다. 밥 딜런, 조앤 바에즈 등의 노래까지 덤으로 금지곡에 묶였다.

그런데 정작 이 노래 〈Who'll stop the rain〉만큼은 금지곡에 묶이지 않았다. 비만 왔다 하면 어김없이 라디오에서 이 노래를 들을 수 있었다. 장마철 지우제止雨祭 곡쯤으로 여겨서 그랬는지, 아니면 유독 비에 대한 감성이 풍부한 이 나라 국민들을 위해 그랬는지는 알 수 없는 일이다. 하지만 1970년, C.C.R.가 불러서 공전의 히트를 한 이 노래는 전형적인 반전反戰 노래였다. 정부의 당국자가 그걸 알았다면 〈Who'll stop the rain〉도 금지곡에 넣었을지도 모르니 불행 중 다행이라고 해야 할까?

'더렵혀진 물을 정화해서 다시 공급한다Creedence Clearwater Revival'는 그룹 이름처럼 당시 미국 팝계에 신선한 바람을 일으킨 C.C.R.는 1969년(베트남전쟁이 한창이었고, 반전의 여론도 거셌을 때다) 여름, 폭우 속에서 3일간 계속된 전설적인 우드스탁 페스티벌Woodstock Festival에 참석해, 〈Suzie Q〉, 〈Proud Mary〉 등 10여 곡을 불렀다. C.C.R.가 당시에 받은 강렬한 인상을 노래로 만들어 이듬해인 1970년 1월에 발표하는데, 그 노래가 바로 이 〈Who'll Stop the Rain〉이다. 그러나 이 노래가 담고 있던 속뜻은 전쟁에 대한 반대였다. 민권운동을 통해 깨달은 인종차별과 전쟁의 폭력성, 비인격성에 대한 질타가 담긴 노래였다.

⟨Who'll Stop the Rain⟩

Long as I remember

The rain been comin' down

Clouds of mystery pourin'

Confusion on the ground

Good men through the ages

Tryin' to find the sun

And I wonder

Still I wonder

Who'll stop the rain

I went down Virginia

Seekin' shelter from the storm

Caught up in the fable

I watched the tower grow

Five year plans and new deals

Wrapped in golden chains

And I wonder

Still I wonder

Who'll stop the rain

Heard the singers playin'

How we cheered for more

The crowd had rushed together

Tryin' to keep warm

Still the rain kept pourin'

Fallin' on my ears

And I wonder

Still I wonder

Who'll stop the rain.

내 기억으론 오래됐어,

기이한 구름들이 땅 위에 혼돈을 퍼붓고 있어.

어느 시대든 선한 이들은 태양을 찾으려 애쓰지.

난 궁금해.

여전히 궁금해.

누가 이 비를 멈출 건지.

난 버지니아에 갔어.

폭풍우 피할 피난처를 찾아.

우화에 사로잡혀 있던 나는 탑이 자라나는 걸 보았어.

5개년 계획과 뉴딜 정책은 금 사슬로 싸여 있어.

난 궁금해.

여전히 궁금해.

누가 이 비를 멈출 건지.

가수들이 노래하는 걸 들었어.

우린 얼마나 앵콜을 외쳤었던지

군중들은 우르르 모여들어 체온을 유지하려 애썼어.

하지만 비는 계속 퍼부어 내 귓가를 때렸어.

난 궁금해.

여전히 궁금해.

누가 이 비를 멈출 건지

이 노래에서 말하는 'rain'은 '제발 총질 좀 그만해! 누가 이 미친 짓 좀 멈추게 해줘!' 뭐 이런 뜻이겠다. 물론 하늘에서 내리는 비도 될 수 있을 것이다. 그러나 당시는 베트남전쟁에 대한 환멸이 극에 달했던 때다. 현실에 염증을 느낀 젊은이들과 히피들이 세상에 대해 쓴소리를 거침없이 내질렀던 때였다. 그런 민중의 분노를 담은 노래가 바로 이 노래였다. 그러니 전형적인 반전 노래가 아니고 무엇이겠는가?

그런데 그저 비에 관한 노래인 줄로만 알고 당국이 이 노래를 금지곡 목록에 넣지 않았으니 고마운 건지 웃기는 건지 알 수가 없다. 존 레넌의 〈Imagine〉도 1971년 발표된 반전 노래였지만, 당국의 무지 때문이었는지, 몇 곡 살려주자는 의식 있는 당국자의 배려였는지 금지곡 목록에서 그렇게 살아남았다.

이 노래를 들을 때마다 금지곡을 만든 까닭이 궁금해진다. 노래는 사람들에게 강한 정서적 힘을 준다. 그건 노래를 만든 사람들도 알고 권력자들도 안다. 노래의 영향력에 대한 두려움 때문에 권력을 동원해서 노래의 전파를 막았을 것이다. 특히 독재권력은 자신들의 불의에 대한 풍자와 야유를 두려워한다. 노래는 풍자의 아주 좋은 시대적 장치다. 그게 고깝고 견디기 힘든 정권은 그만큼 자신들의 부당한 권력에 대한 비난이 두렵다. 하지만 그게 막는다고 다 막아질까? 흐르는 강물의 한쪽을 막는다고 물이 막아지지 않는다. 사람들은 여전히 노래로 억눌린 정서를 울분과 함께 쏟아낸다. '노가바'(노래 가사 바꿔부르기. 1980년대 학생과 민주화운동가들 사이에서 유행했다) 같은 경우가 대표적이라 할 수 있다. 금지곡을 떠올리면 동시에 '정부 권장가요'가 떠오른다. '새벽종이 울렸네. 새아침이 밝았네'로 시작되는 〈새마을노래〉며 〈조국찬가〉 따위의 관제 노래들은 날마다 들어야만 했다. 〈잘살아 보세〉 같은 노래는 아예 드라마나 영화로도 만들어 정권의 선전 수단으로 한몫을 톡톡히 했다. 금지곡도 관제곡도 없이 누구나 자유롭게 느끼고 표현할 수 있어야 좋은 사회다.

올 여름에도 비 내리면 〈Who'll Stop the Rain〉을 들을 수 있을까? 단언컨대 지겹게 들을 수 있을 거다. 우리는 여전히 그 'rain'을 '하늘에서 내리는 비'로만 생각하니까. 그러나 이 노래는 시대의 상황을 반영한 노래고, 특히 우리나라에서는 그 암울했던 기형의 시대를 떠올리게 하는 노래다. 이번 여름에는 이 노래를 다른 뜻으로도 새겨 들어보자. 추악한 전쟁의 무모함과 야만성을 떠올리면서. 그리고 다시는 자기들 멋대로 '금지곡' 만들었던 만행을 되풀이하는 무모한 시대가 반복되지 않기를 바라면서.

□—— 브레인스토밍 메뉴

〈Who'll Stop the Rain〉과 〈잘살아 보세〉 / 금지곡과 권장가요 / 금지곡과 노가바의 사회사

에베레스트, 없다!

세상에서 가장 높은 산이 무엇이냐고 물으면 모두가 다 '에베레스트'라고 대답할 것이다. 8,848미터가 맞냐 8,844미터가 맞냐는 논쟁도 있었지만, 지금은 전자를 일반적으로 받아들인다. 그런데 에베레스트는 영국에 있는 게 아니다. 히말라야 산맥에 있다. 그런데 왜 엉뚱하게 영국 사람의 이름이 붙어 있지? 우리는 늘 그렇게 들었고 배웠기 때문에 여기에 대해 전혀 이상하게 느껴본 적이 없을 것이다. 그러나 입장을 바꿔 생각해 보자.

우리나라에서 가장 높은 산인 백두산(2,744미터)을 일본 사람들이 높이를 재면서 자기네들 마음대로 '이토오 야마伊藤山'라고 이름을 붙였다고 가정해 보자. 일본인들이 독도를 다케시마竹島라고 부르는 것보다 더 불쾌하게 여겨질 것이다.

그런데 어째서 멀쩡하게 히말라야 산맥에 있는, 그것도 세계에서 가장 높은 산에 영국식 이름이 붙었을까? 이상한 일이다. 이상하다고 전혀 느끼지도 못하는 그게 사실 더 이상한 일이긴 하지만.

현재의 '에베레스트'라는 이름은 영국인 측량국장 앤드루 워Andrew Waugh가 1846년부터 1855년까지 측량하면서 전임 측량국장인 조지 에버리스트George Everest를 기려 붙인 것이다. 그렇게 해서 1865년 이후부터는 에베레스트 산이라고 알려지게 되었다. 에베레스트 이름이 붙여진 건 그때까지 현지에서 부르는 이름이 알려져 있지 않아서 '에베레스트'라는 이름을 붙였다고 강변하지만, 그건 거짓말이다. 티베트에서는 오래전부터 이 산의 이름을 '초모룽마Chomo Lungma(세계의 모신母神)'라 불렀다. 설령 그 당시 몰랐다 하더라도 현지의 이름을 알았으면 나중에라도 고쳐야 할 것 아닌가? 실제로 프랑스 예수회에서 1733년 간행한 지도에 보면 '초모룽마'라는 명칭이 이미 쓰였다. 그래서 실크로드를 재발견하며 중앙아시아 유적들을 탐험했던 스벤 헤딘Sven Hedin(서구의 입장에서 보자면 위대한 탐험가이자 문화재 수집가지만, 당사자들에게는 약탈꾼으로 여겨진다)은 에베레스트 산 이름을 원래 이름인 초모룽마로 고쳐야 한다고 했지만, 그의 주장은 묵살되고 말았다. 익숙하다는 걸 빌미로 그냥 눙치려는 제국주의적 잔재일 뿐이다.

지금도 중국인들은 이 산을 오로지 '주무랑마珠穆朗瑪'라고만 부르며 네팔에서는 '사가르마타Sagarmatha'라고 부른다. 미국 땅에 '버지니아'라고 이름 붙이든, '루이지애나'라고 붙이든 그건 자기네 땅(엄밀하게 말하면 제멋대로 이주해 가약탈하다시피 한)이니까 상관할 일이 아니다. 그러나 자기네들 식민지로 삼아서 멋대로 휘두르던 나라의 산 이름까지 제 입맛으로 지어낸 건 아무리 봐도 제국주의 근성이라고 볼 수밖에 없다. 적도가 지나니까 '에콰도르'고, 필립 왕을 기리기 위해서 '필리핀'이라고? 하기야 브라질이라는 나라 이름도 당시 서양인들이 비싸게 거래하던 염료의 원료인 풀 이름에서 유래했단다. 지금도 여전히 그 나라들이 그 이름을 지니고 사는 걸 보면 오랜 시간 익숙해져 당사자들도 별 저항없이 받아들이는 모양이다. 그에 비하면 남미 해방의 영웅 시몬 볼리바르Simón Bolívar를 기려서 나라 이름을 볼리비아로 정한 게 훨씬 매력적이다. 백 번 천 번 낫다!

이런 게 어디 이름뿐일까? 우리는 아직도 주변에 남아 있는 일본어 잔재들을 털어내느라 애쓴다. '부락部落'이란 말도 한자 문화권에서는 보편적으로 썼지만, 우리나라에서는 별

로 사용하지 않았다. 일본에서는 그걸 두루 썼다. 그래서 일제 때 '마을, 촌락' 등을 그렇게 바꿔 쓰면서 '부락'이라는 말이 우리나라에서도 보편화되었다.

물론 한자의 본고장인 중국에서도 가끔 쓰이는 말이니 부락을 일본 잔재라고만 몰아세울 수는 없지만, 안 쓰이던 용어가 일제 때 사용된 건 분명하다. 법률 용어는 일제 잔재의 백미 중의 백미다. 그 해괴한 용어를 전혀 해괴하게 여기지 않는 법관들이야 말로 참 해괴하다. 삭도素道(케이블카), 체당금替當金(미리 충당한 돈), 허여許與(허락하다) 등은 발음만 우리말이지 누가 그 뜻을 제대로 헤아릴 수 있을까? 제 나라 이름을 찾는 것. 그게 올바른 문화 독립이 아닐까? 더 이상 에베레스트라는 이름, No!

브레인스토밍 메뉴

에베레스트와 초모룽마 / 독도와 다케시마 / 식민지와 제국주의

《춘향전》은 순수한 사랑의 이야기가 아니다?

고대소설을 읽을 때에는 두 가지 관점이 필요하다. 하나는 현재 시점에서 이해하는 방식이고, 다른 하나는 당대 시점에서 이해하는 방식이다.

《춘향전》도 예외는 아니다. 우리는 이 작품의 주제를 '신분을 초월한 순수한 사랑'이라고만 배웠다. 그러나 소설이 현실적 문제에 대한 어떤 바람과 희망을 담고 있는 그릇이라는 점을 인정하더라도, 당대 시점을 통한 이해도 필요하다. 《춘향전》의 배경은 조선 후기, 전라도 남원이다(당시의 남원은 그저 그런 소읍이 아니었다. 호남평야에서 생산된 곡물의 집결지였다). 주인공 성춘향은 기녀의 딸이니까 당연히 기생이다(조선시대에는 모계 신분을 따르는 게 당연했으니까).

또 다른 주인공 이몽룡은? 과거시험을 준비하는 수험생이다. 단옷날, 광한루에서 큰 놀이판이 벌어진다(우리나라 대부분의 누각들은 명승지에 있는 게 보통인데, 광한루는 도심 한복판에 있다. 적어도 남한에는 경복궁에 있는 경회루말고는 도심 한복판에 누각이 있는 게 흔치 않다. 이게 무슨 의미일까? 광한루가 있는 곳에 상당한 권력이 있다는 반증일 것이다. 명승지의 누각은 누구나 경치를 감상할 수 있도록 세운 곳이지만, 도심에 있는 누각은 주로 권력자들이 사용하도록 만든, 일종의 공적 용도로 지어졌을 것이기 때문이다. 요즘 식으로 보자면 일종의 'official theme park'라고나 할까?).

단오의 하이라이트는 단연 그네타기다. 이런 날 아니고는 남정네들이 여자들 속곳을 보기란 쉽지 않다. 그러니 남정네들이 빙 둘러서서 고개를 세우고 두근거리는 심장을 누르고 그네뛰는 여자들을 봤을 건 뻔한 일! 이몽룡도 그네 뛰는 춘향의 자태에 반해서 단옷날 밤에 둘은 만난다. 참 빠르기도 하지! 요즘 신세대보다 더 빠르다(이런 '신속한 만남'이 가능했던 건 권력의 힘 때문이었다. 권세가에서 자란 이몽룡이 거리낌없이 신분의 권력을 행사한 셈이다). 한창 공부할 나이에 여자를 알았으니 몽룡이 공부를 제대로 할 리 없다.

'이팔청춘' 하면 제법 성숙한 느낌이 들지도 모르지만, 요즘으로 치자면 춘향과 몽룡은 겨우 중학교 3학년 정도의 나이다. 물론 당시의 결혼풍습은 지금보다 조혼이었겠지만, 성적으로는 요즘의 청소년들이 더 성숙하다.

이몽룡의 동태를 파악한 남원목사 변학도는 사태의 심각성을 깨닫는다. 소설에는 나와 있지 않지만 이몽룡의 아버지 이한림과 상의해서(어떤 판본에는 이한림이 전임 목사라 나오고, 또 다른 판본에는 퇴임 판서로 나오는데, 어떤 쪽이든 고을 사또에게 중요한 관리 대상 인물임은 틀림없다) 이몽룡은 한양으로 올려 보내고, 춘향은 점고點考(이게 요즘 관점에서 보면 성희롱쯤으로 보일지 모르지만, 점고란 일종의 '재물 조사'일 뿐이다)를 한 뒤 수청을 들게 한다.

'수청守廳'이란, 말 그대로 관청을 지키는 일이다. 당직사령과 함께 숙직하는 셈이다(요즘으로 따지면 기절할 일이지만, 조선시대에는 엄연한 관행이었다. 실제로 관기를 두게 된 까닭 가운데 하나는, 지방관들이 제멋대로 아리따운 여염 여자들을 취하는 폐작을 방지하기 위함이기도 했다). 기생이 수청을 명령받으면 당연히 따라야 하는데, 춘향은 일언지하에 거절한다. 명령불복종이면 구류 며칠 정도 살았겠지. 그런데 '지어미는 한 지아비를 섬기는 법一夫從事'이라며 단호하게 거절했겠다.

조선시대에 일부종사라는 덕목은 아주 중요하지만, 그건

여염 여자들에게 해당되는 것이지, 기생에게는 가당치도 않은 일이다. 이건 자칫 국기문란으로까지 이어질 수 있지 않은가. 변학도는 그런 춘향을 하옥시킨다. 이건 엄연한 공무집행이다. 변학도라는 인간의 다른 점이야 모르겠지만, 이것 때문에 그를 악당이라고 할 수는 없다.

우리네 교과서를 다시 따라가 보자. 다행히 몽룡은 과거에 장원급제를 한다. 요즘으로 따지자면 사법고시 수석합격쯤 되겠다. 그러니 그 성취감이 어련했겠는가? 그리고 몽룡은 어사에 제수된다(우리는 '어사' 하면 박문수가 떠오르겠지만, 몽룡이 제수받은 어사는 성격이 다르다. 박문수는 종2품으로 왕명을 받들고 직접 문제를 해결해야 하는 시급성을 띠고 파견됐지만, 이몽룡의 경우는 일종의 현장학습 차원이었을 뿐이다. 요즘으로 따지자면 고작해야 사법연수원생일 뿐이다). 그런데 이몽룡은 어떠했는가?

다시 상황을 정리해 보자. 애당초 몽룡은 강자였고, 춘향은 약자였다. 그런데 이제 강자는 더 강해졌지만, 약자는 옥에 갇혔으니 춘향의 상황은 바닥을 친 셈이다. 이몽룡이 춘향을 진정 사랑했다면 자신의 개선을 알리며 '고생 끝! 행복 시작!' 하고 춘향에게 귀뜸이라도 해야 했다. 춘향은 자기 때문에 옥에 갇히지 않았는가? 그런데 이 덜떨어진 녀석은 우선 공무원의 자격도 갖추질 못했다. 자고로 공무원은 선공후사先公後私를 제1덕목으로 삼는다. 그리고 지금도 법원이나 검찰 쪽에는 상피제도相避制度라는 게 있어서 원칙적으로 관리의 출신지를 첫 번째 부임지로 삼지 않는다. 자칫 정실情實에 휘말리기 쉽기 때문이다. 그런데 이몽룡은 남원으로 향했다. 왜? 자신의 사사로운 연정 때문이었다. 그러니 이 녀석은 애당초 공무원, 즉 조정 관료로서 자격이 없는 셈이다.

자! 이제 문제의 핵심에 다 온 셈이다. 몽룡은 왜 거지 행색을 하고 남원에 갔을까? 어사가 남루한 거지 행색을 했다는 건 드라마에서나 나오는 극적 효과 때문이다. 춘향은 오로지 몽룡의 성공을 기원하며 감옥에서 질곡의 시간을 지내고 있었는데, 몽룡은 춘향이 변절하지 않았을까 하는 걱정 때문에 속내를 떠보려고 그렇게 간 것이다. 이건 완전 현대판 '몰래카메라'다.

사랑은 온전한 신뢰와 헌신이 있어야 한다. 특히 젊은 연인들의 진정한 사랑은 때로는 죽음도 불사하지 않는가? 그런데 몽룡은 비겁하게도 춘향의 마음을 떠보려 했다. 나이나 많다면 세파에 닳고 닳아서 그렇겠거니 이해할 수도 있다. 그러나 몽룡은 사랑에 눈이 멀 수도 있는 젊은 나이가 아닌가? 이걸 순수한 사랑이라고 할 수 있을까? 단언컨대 이건 비열한 사랑이다. 아니 사랑을 운운할 자격조차 없는 녀석이다. 몽룡에 비해 춘향은 허락되지 않은 사랑이지만 순수한 사랑의 의미를 알았던 여인이다. 파락호破落戶로 전락한 몽룡을 보고 낙담한 그녀는 자신이 죽거든 제 몫의 살림을 몽룡에게 주라며 끝까지 의연한 사랑의 모습을 보인다.

이몽룡의 어리석음은 간교함으로 그치지 않았다. 춘향을 만나고 난 뒤 이몽룡은 변 사또를 징벌한다. 이게 말이나 되는가? 일개 사법연수원생에 불과한 이몽룡이 직책이 훨씬 높은 남원목사를 징벌한다니? 마치 교생실습 나간 사범대 졸업반 학생이 교장을 불러 나무라는 꼴이다.

게다가 이몽룡이 주머니에서 주섬주섬 꺼낸 건? 마패다. 마패는 일종의 무료 식권, 또는 무료 숙박권일 뿐이다. 요즘으로 치자면 정부 법인카드쯤 되겠다. 마패를 보여주면 역원驛院에서 굽실대니 이몽룡은 마패를 무슨 큰 권위와 권력이라고 느꼈던 모양이다. 연수원생이 무료 식숙박권을 꺼내 들고 호통치는 모습. 이것 이상의 코미디가 있을까? 통쾌한 일이 아니다. 한심한 소극笑劇일 뿐이다.

순수한 사랑? 적어도 이몽룡에게는 전혀 해당 사항 없다! 어린 나이에 교활하기 그지없고 야비하기까지 한 놈에게 사랑이란 말조차 아깝다. 그에 비해 춘향은 허락되지 않은 사랑이지만 순수한 사랑의 의미를 알았던 여인이다. 물론 변사또의 사랑도 야비했다. 그건 사랑이라고 할 수도 없다. 권력을 이용해서 성적 욕망을 풀려고 했을 뿐이다.

상대를 떠보는 걸 무조건 탓할 수는 없다. 그러나 그건 적어도 '순수한' 사랑은 아니다. 분명 《춘향전》도 남성적 시각에서 나온 작품이다. 춘향의 사랑이 순수하기 때문에 소설의 주제를 '순수한 사랑'이라고 하는 건 어불성설이다. 사랑은 '함께 살이'다. 이처럼 우리가 고정관념으로 알고 있는 것도 당대 시점으로 재보면 전혀 다른 모습으로 보일 수 있다.

《춘향전》의 의미와 가치를 깎아내자는 게 아니다. '오로지 한 가지 정답뿐'이라는 우리 교육 현실을 반성적으로 돌아보자는 얘기다. '순수한 사랑'이라는 주제만을 가르치는, 그래서 나머지를 모두 그 주제에 맞춰 해석하는 우리네 국어교육이 과연 바람직한가? 삐딱하게도 생각해 보고 뒤집어서 살펴보는 것도 허용되어야 한다. 그게 열린 교육이다.

브레인스토밍 메뉴

성춘향과 이몽룡 / 사랑의 역사성과 보편성 / 동상이몽의 창조적 해석

30

에펠 탑,
철거 시한을 넘겼다는데…….

프랑스 파리에 가면 꼭 누구나 그 앞에 서서 사진을 찍는 곳. 이제는 파리의 랜드마크가 된 곳. 바로 에펠 탑이다. 에펠 탑은 1889년, 프랑스혁명 100주년을 기념하는 파리만국박람회의 기념비로 세워진 철탑이다.

파리만국박람회는 나폴레옹 몰락 이후 쇠퇴의 길에서 헤어나지 못했던 프랑스가 뒤늦은 산업혁명을 완수하고, 프랑스혁명의 가치를 만방에 자랑하기 위한 박람회였기 때문에 처음부터 이 행사를 위해 압도적인 기념물이 필요했다(이와 비슷한 게 바로 파리 몽마르트르 정상에 있는 샤크레 쾨르 성당이다. 로마네스크 양식과 비잔틴 양식이 혼합된 이 하얀 성당은 1870년 파리가 프로이센에 점령당한 치욕을 씻기 위해 1873년 주민투표로 성당을 건축하기로 하고 비용도 시민들의 성금으로 충당했다. P. 아바디가 설계한 이 성당은 1876~1910년까지 공사했다. 종루에 세계 최대의 종[26톤]을 달았던 것도 그 치욕을 벗고 파리의 영광을 만방에 과시하기 위해서였다).

그러나 설계자 이름을 딴 에펠 탑은 만들어질 당시에는 사람들의 반대가 극심했다. 무엇보다 고도古都 파리에 철골구조물, 그것도 당시 세계에서 가장 높은 구조물을 세운다는 발상 자체가 파리 시민들에게는 당혹스러운 일이었다. 게다가 시민들은 혹시라도 그 높은 탑(약 300미터)이 쓰러지게 된다면 엄청난 재앙이 될 것이라고 반대하며 소송까지 제기했다(당시로서야 그런 걱정이 당연하지 않았겠는가. 그런데 놀랍게도 에펠 탑은 리벳rivet[금속재료를 영구히 결합시키는 데 사용되는 막대 모양의 기계 부품] 하나의 오차만 있을 뿐이라는 게 몇십 년 뒤에 밝혀졌다). 에밀 졸라, 모파상 등은 문화적 수치라며 반대 서명에 앞장서기도 했다.

"우리는 모든 힘을 다해 저항하기 위해 왔다. 프랑스의 예술과 역사는 현재 위험에 처해 있다. 우리는 괴물 같은 탑을 세우는 걸 반대한다. 우리의 수도 한복판에 쓸모없고 거대한 에펠 탑을 세우다니! 이 보잘것없는, 기계나 만지작거리는 건축가가 만들어내는 엉터리 구조물은 아름다운 파리의 명예와 미를 잃게 한다. 장삿속 밝은 미국인들조차도 거부할 이 에펠 탑이라는 건, 의심할 여지 없이, 파리에 불명예를 안겨줄 것이다."

더 난감한 점은 탑을 세우기 위한 비용이 650만 프랑이나 든다는 것이었다. 정부에서 마련한 재원은 150만 프랑에 불과했다. 정부는 나머지 500만 프랑을 이 탑을 세울 에펠이 직접 모아 건설하되 향후 20년간 사용권을 그에게 주겠다고 타협했다. 그러니까 에펠 탑의 존치 시한은 20년이었던 셈이다. 20년을 생각한 것 또한 사람들이 그 흉물스러운 것을 박람회가 끝나면 철거하기를 요구했기 때문에 타협점을 마련한 것이었다. 이렇게 해서 사연도 많고 굴곡도 많았던 탑이 세워졌다.

박람회에 온 모든 사람들은 이 철제구조물에 압도되었고, 에펠 탑은 박람회 이후 파리의 상징물이 되었다. '파리 하면 에펠 탑, 에펠 탑 하면 파리' 라는 등식이 성립된 것이다.

파리박람회가 열리고 20년 후, 시한에 맞춰 에펠 탑을 철거하려고 했을 때 이번에는 파리 시민 대부분이 결사적으로 반대했다. 에펠 탑을 '파리의 수치' 라며, 이 탑이 세워지면 파리도 프랑스도 떠나겠다며 강력하게 반대하던 모파상도 에펠 탑에서 식사를 하곤 했다. 어떤 기자가 이런 모파상을 보고 '그렇게' 에펠 탑 설립을 반대하던 분이 왜 거기에서 식사를 하느냐고 물었단다. 그랬더니 모파상의 대답도 걸작이었다. "이 사람아! 이 도시에서 이 빌어먹을 흉물을 보지 않을 수 있는 데가 여기밖에 더 있겠는가?"

사실 엉뚱하게도 에펠 탑의 철거를 막은 결정적인 상황은 프랑스 군부가 만들었다. 에펠 탑의 높이가 군사용 송신탑으로 제격이라는 판단을 내린 군대는 철거를 강력히 반대하고 나섰다. 그래서 에펠 탑은 오늘날처럼 남게 되었다. 사실 에펠 탑이 처음 세워졌을 때 그게 예술품이라고 생각한 사람은 거의 없었다. 에펠 탑은 단지 거대한 철제구조물에 불과했다. 그러나 시간이 지나면서 익숙해지게 되고 자랑거리가 되다 보니 에펠 탑은 예술품 이상이 되었다. '예지豫知'란 그런 것이다. 그리고 그게 바로 '예지叡智'다.

브레인스토밍 메뉴

에펠 탑과 파리 / 예지豫知 / 예지叡智 / 공공 건축물과 기능성, 장소성, 시대성

31

눈에는 눈, 이에는 이.
무시무시한 복수를 부추겨?

일찍이 E. 사이드는 자신의 대표적인 저서 《오리엔탈리즘》에서 동양에 대한 서양의 사고방식이자 지배방식인 오리엔탈리즘의 문제를 날카롭게 지적했다. 사이드가 본 오리엔탈리즘은 서양의 지리적 확장과 식민지주의에서 축적된 힘의 과시를 문화적 우월성으로 교묘하게 포장한 일방적 주장에 불과하다. 심지어 원류가 오리엔트에 있는 것조차 의도적으로 깔아뭉개는 경우도 적지 않다.

로마가 자랑하는 로마법이 페르시아의 함무라비법을 따왔다는 건 주지의 사실이다. 기원전 1800년경 바빌로니아인들이 만든 인류 최대의 유산 가운데 하나인 함무라비법의 특징을 압축적으로 나타내는 게 '눈에는 눈, 이에는 이' 라는, 다소 살벌한 말이다. 이 말에는 함무라비법의 정신이 잘 담

겨 있다. 그런데 때로는 사람들이 이 말을 엉뚱하게 받아들인다. 그리고 이 대목을 이슬람의 과격성으로 은근히 왜곡하는 걸 서슴지 않는다. 함무라비왕 때 편찬된 이 법전은 수메르인들과 셈족이 오랫동안 사용해 오던 보복적 관습법과 율법을 집대성한 것이다. 전문 282조로 체계화된 이 법을 통해 우리는 바빌로니아 사회가 제사장과 귀족, 평민, 노예의 세 계층으로 구성되어 있으며 특이하게도 농경이나 목축보다는 상업 중심 사회였다는 것을 알 수 있다. 평민 계층은 주로 상인과 시민으로 구성되었을 정도로 상업 중심적이었다. 여성들도 사유재산을 보유할 수 있었으며, 노예도 돈을 모으면 노예 신분에서 해방될 수 있었다. 따라서 함무라비법은 이러한 당시 사회의 상업 중심적 체계를 반영한 것이다. 복수법復讐法이라는 특징도 바로 이런 맥락에서 이해할 때 비로소 그 의미와 법정신, 법의 운용을 알 수 있다.

그런데 이런 맥락을 알지 못한 채 함무라비법을 단순히 야만적 복수를 조장하는 법이라고 폄하하는 건 잘못돼도 한참 잘못된 것이다. 이러한 왜곡된 이해와 반감은 근본적으로 법정신의 핵심을 외면했다는 점에서 심각한 문제를 안고 있다. 법이란 무엇인가? 강자의 횡포로부터 약자의 권익을 보장해 주는 게 법의 기본 정신이다. 예를 들어 귀족의 아이와 평민의 아이가 놀다가, 평민 아이의 실수로 귀족 아이의 눈을 실명케 했다고 치자. 귀족 아버지는 너무나 화가 나서 평민의 아이를 마구 때리거나 심지어 목숨까지 빼앗을 수도 있다. 평민은 그런 힘에 속수무책 당할 수밖에 없다. 법은 그런 힘의 남용으로부터 약자를 보호한다. 즉 복수를 하더라도 똑같이 상대의 눈에 손상을 주는 것 이상은 할 수 없는 것이다. 그러니까 '복수법'의 근본 정신은 '복수의 한계'를 법으로 정해서 필요 이상의 힘의 자행을 막는 것이다. 복수법은 무시무시한 복수를 권장하는 게 아니다. 그렇게 받아들이는 사람들이 문제다.

누군가의 눈을 멀게 한 경우, 그 가해자의 눈을 빼는 경우는 거의 없었다. 실명에 해당하는 배상의 한도를 법으로 정해 그것으로 피해자가 입은 피해를 보상해 주는 게 일반적이었다. 로마는 함무라비법을 수입해서 자신들의 법을 만드는 데 큰 도움을 받았으면서도(물론 함무라비법의 도움을 받았다는 걸 인정하면서도) 굳이 이 문구를 들먹이며 이슬람 문화권의 야만성을 은근히 왜곡한다. 이런 왜곡은 오만하고 무지한 서구인들의 태도를 보여줄 뿐이다.

오늘날에도 이슬람 문화권에서 종종 '명예살인'이라는 반문명적이고 반인륜적인 전통에 따라 자신의 가족을 죽여서 전 세계인들을 충격에 몰아넣는 경우가 있다. 또한 무한복수 때문에 양쪽 가문이나 세력 간에 끝없는 복수극이 지속되는 안타까운 경우도 있다. 그러나 그런 몇몇 소수의, 그리고 그들의 특수한 환경과 전통, 무지에서 비롯한 비정상적 사례를 덧칠하면서 함무라비법까지 은근슬쩍 긁어보려는 건 잘못이다. 이러한 시각을 걸러내지 못하고 그대로 받아들이는 건 시대착오적이고 비문화적인 천박성을 과시하는 것뿐이다. 사이드가 무덤에서 벌떡 일어나 개탄스러워 할 일이다.

브레인스토밍 메뉴

함무라비법법전과 이슬람율법 / 복수법 / 오리엔탈리즘과 옥시덴탈리즘

도자기 포장지를 사랑했던 고흐!

한국 사람들이 가장 좋아하는 서양 미술의 유파는 아마도 '인상파'가 아닐까 싶다. 국내 작가들의 전시회는 늘 파리를 날리기 일쑤지만, 인상파 작가의 초대전에는 사람들이 부지런히 찾아든다. 그 까닭은 어려운 현대화와는 달리 인상파 그림의 형태를 알아볼 수 있기 때문이기도 하고, 그 그림이 주는 강렬한 표현미 때문이기도 할 것이다. 인상파 화가 가운데 가장 인기 있는 사람은 단연 빈센트 반 고흐일 것이다.

고흐는 유달리 일본의 '우키요에浮世繪'를 좋아했고, 그 영향도 많이 받았다. 고흐의 그림에는 우키요에가 배경으로 있는 것도 있고, 어떤 경우에는 아예 그 그림을 그대로 옮겨 그린 그림臨摹도 있다. 고흐뿐 아니라 당시 유럽 화단에 우키요에가 미친 영향은 엄청나게 컸다. 우키요에는 에도江戸시대

(정확하게는 막부幕府시대에서 메이지明治시대까지)에 풍미했던 일종의 일본 풍속화다. 주로 판화로 찍었기 때문에 많은 그림들이 인쇄되었다. 그리고 대부분 소설의 삽화로 많이 쓰였기 때문에 당시 사회의 여러 풍속이 그려질 수밖에 없었다. 그래서 유곽이나 기녀가 그림에 자주 등장했고, 풍경을 묘사한 그림도 많았다. 판화라서 단순한 색채를 사용한 경우가 많았다. 그런데 이런 판화들은 사진과 인쇄술이 발달하면서 급격하게 소멸하게 된다.

19세기 중엽, 프랑스에서는 파리 만국박람회가 열렸다. 일본은 주로 도자기와 생활용품을 출품했는데, 도자기는 깨지기 쉽기 때문에 포장을 겹겹으로 할 수밖에 없었다. 흔한 종이가 포장지로 쓰였는데, 이때 이미 한물간 우키요에 그림이 들어 있던 책들이 찢겨 포장지로 쓰였다. 일본에서는 아무도 거들떠보지 않던 그림이었으니 포장지로 쓰이는 게 하등 이상할 게 없었다.

그런데 그 포장지가 유럽인들, 특히 화가들의 마음을 쏙 빼앗은 것이다. 이국풍exotic의 강렬한 색채와 단순한 구도는 이들에게 새로운 경이로움이었다. 그러면서 앞다투어 이 우키요에를 수집하기 시작했다. 나중에는 일본인들도 그 가치를 알아서 아예 파리에 우키요에 전문 매장을 열었는데, 10

년 만에 무려 15만 장이 넘는 우키요에를 팔았다고 한다.

일본인들이 고흐 그림에 유독 애착이 많은 건 고흐가 우키요에를 무척 좋아한 영향도 조금은 있을 것이다. 고흐의 그림에는 기모노를 입은 여인이 초상화의 배경으로 있는 것도 있고, 안도 히로시게安藤廣重의 그림을 거의 그대로 옮겨 그린 것도 있다. 우키요에에 대한 사랑은 모네도 마찬가지였다. 그는 자신의 방을 아예 우키요에로 도배를 할 정도였고, 집 뜰에는 일본식 정원을 만들었다. 모네의 유명한 〈수련睡蓮〉(물 위에 떠 있어서 수련이 아니라 조금만 볕이 줄어도 꽃을 닫는 특성 때문에 '잠잘 수睡'를 쓴다) 연작도 그렇게 만들어졌다. 심지어 프랑스의 작곡가 클로드 드뷔시의 〈파도〉는 그림이 아니라 음악으로 표현된 우키요에였다.

인상파 화가들에게 큰 자극이 되었고, 수집의 대상이기도 했던 우키요에! 우키요에는 단지 그릇을 쌌던 포장지였을 뿐이었지만, 전혀 엉뚱한 통로로 미술사에 영향을 끼쳤다.

브레인스토밍 메뉴

고흐와 우키요에 / 문화의 전파 / 외래문화의 수용

당면과 호떡 사이!

우리네 잔칫상에 빠지지 않는 요리인 잡채에는 당면이 들어간다. 본디 잡채는 여러 채소와 고기를 잘게 썰어 볶은 후에 다른 재료를 섞는데, 여염에서는 당면을 넣고 버무리는 경우가 흔해서 잡채 하면 당면 잡채를 뜻하는 것으로 여긴다. 이때 당면은 원산지가 중국이고, 호면이라고도 한다.

'당면唐麵'과 '호면胡麵'은 같은 걸 지칭하지만 뜻은 전혀 다르다. 당면은 '명품' 인 중국 면이라는 것이고, 호면은 '오랑캐' 들이 먹는 국수라는 뜻이다. 오늘날 사람들이 프랑스나 이탈리아 제품을 보면 명품이라고 껌뻑 죽지만 예전 사람들도 명품 좋아하기는 마찬가지였던 모양이다. 당시는 중국에서 수입된 거라면 개똥이라도 좋다고 여겼다. 중국의 문화가 만개한 것은 송대宋代지만, 제대로 된 꽃을 피우고 그걸 널리

퍼뜨린 건 당대唐代였다. 그래서 중국의 산물이나 문화에는 '당唐~' 하는 접두사가 붙었다.

'당' 자가 붙으면 처음에는 중국풍 또는 중국제품을 뜻했지만, 나중에는 '수입품이나 명품' 또는 '거기에 버금가는' 물건을 지칭하게 되었다. 당화唐靴, 당의唐依, 당피리, 당모시, 당목唐木(중국에서 들여온 무명), 당묵唐墨, 당서唐書 등 그 예를 찾는 건 어렵지 않다. 오늘날 'made in China'의 의미와는 사뭇 다르다.

그런데 '호胡'라는 접두사가 붙으면 같은 중국이라도 담고 있는 의미나 의도가 확연하게 다르다. 호녀胡女(중국 여자를 얕잡아 부르는 말), 호복胡服, 호콩(땅콩), 호떡 등은 그다지 좋은 의미가 아니거나 낮춰 부르는 의도를 담고 있는 말들이다. '제품의 질이 뛰어난 풀솜'이라는 호면胡綿의 경우처럼 상품上品을 지칭하는 때도 있지만, 이는 예외적인 경우다. 물론 굳이 따지자면, '당唐'이 붙으면 '한류漢流'를 뜻하는 것으로 여겨졌고, '호胡'가 붙으면 거란이나 여진 또는 말갈처럼 '비한류非漢流'를 뜻하는 것으로 여겨졌다고 할 수 있다. 하지만 우리 입장에서 본다면, 어차피 중국일 뿐이다.

지금은 'made in China'가 저급의 상품, 즉 '오랑캐풍의 상품' 또는 그런 수준의 상품으로 인식되고 있지만, 나중에는 도도한 '한류漢流 명품'이 될지도 모른다. 어느 시대건 한 문화가 활짝 피면 좋은 것 또는 고급 이미지까지 덤으로 따른다. 그렇게 되면 '고유명사에서 전용된 일반형용사'가 그런 이미지까지 고스란히 담게 된다. '미제'라면 사족 못 썼던 우리네 행태가 그리 오래전 일이 아니다.

○━ 브레인스토밍 메뉴

당면과 호면 / 당唐과 호胡 / 한류韓流와 한류漢流

팍스 로마나?
로마놈들에겐 그렇겠지.

유럽의 많은 국가들은 자신들의 국가 문장紋章으로 독수리를 쓴다. 자기네가 로마를 계승했다는 의미다. 독수리는 로마의 상징이었다. 신성로마제국이 그 대표적인 경우다(전혀 신성하지도, 로마적이지도, 제국도 아니었으면서 로마의 정통적 계승자라고 얼마나 '뽀다구'를 많이 잡았는지!).

콤플렉스 심한 애들이 늘 그렇듯 러시아의 독수리 문장은 아예 대가리가 두 개고, 로마와는 하등 관계없는 미국 대통령 문장도 독수리다. 하기야 아예 나라 이름을 로마에서 따와 쓰는 곳도 있으니(루마니아Romania) 더 무슨 말을 하랴. 분명 로마는 서구인들에게는 매력적인 정신적 원류原流임에 틀림없다.

로마에 대한 향수의 중심에 '팍스 로마나'라는 말이 자리 잡고 있다. 로마의 전성기 때 쓰이던 'Pax Romana'는 전쟁이 없는 평화의 시기라는 뜻이다. 팍스 로마나는 대략 기원전 1세기 말, 내란을 수습한 아우구스투스 시대부터 오현제五賢帝를 거치는 약 200년간을 가리키는 말이다. 그렇다고 팍스 로마나 시기에 전쟁이 아주 없었다는 건 아니다. 다만 강력한 군사력을 보유한 로마가 국외의 전쟁에 개입해 여러 나라들 간의 충돌을 막고, 전쟁의 확산을 막아서 유럽 전체가 특별한 전쟁이 없는 평화를 맛본 시기다.

'팍스pax'란 라틴어로 평화를 뜻한다. 로마의 영광을 압축적으로 표현하는 '팍스 로마나'라는 말은, 그러나 오로지 로마의 입장에서만 평화였다고 봐야 한다. 예를 들어 고트Goths 족이나 반달Vandals족의 입장에서 본다면 평화와는 정반대다. 고트족이나 반달족은 강대국 로마에 의해 위성국가로 전락했고 자주성을 잃었다. 그래서 두 민족은 빈번히 로마에 반항했다(로마의 입장에서 보자면 이 두 민족이 어지간한 골칫거리여서 'Gothic'은 '야만스러운' '투박한'의 의미로, 'Vandalic'은 '야만의' '문명 파괴의' 등을 뜻하는 단어로 지금껏 남아 있다). 그러니까 피정복민의 입장에서 보면 팍스 로마나는 'pax(평화)'가 아니라 'miseria(비참)'였을 뿐이다. 역사는 강자의 기록이니까 팍스 로마나라고 하든 개똥, 소똥

이라 하든 상관없지만, 분명한 건 강대국(로마)만의 일방적 관점일 뿐이다.

만약 팍스 로마나를 문자 그대로 받아들인다면, 41년간 (36년이 아니다. 1905년 강제 체결된 을사늑약-보호조약이 아니다!-때부터 이미 국가 주권을 빼앗겼으니, 조선은 그때 부터 제대로 된 '나라'가 아니었다)의 일제 침략 시기를 '팍 스 자포니카Pax Japonica'라고 하는 억지 주장을 그대로 받아들 여야 한다는 논리가 성립되지 않겠는가?

실제로 일본 군국주의자들은 '영미귀축英美鬼畜'을 몰아내 고 동아시아의 평화를 위해서 전쟁을 하는 거라고 '일방적으 로' 주장하지 않았던가? 그게 이른바 '동아공존공영大東亞共存 共榮'이라는 어설프고 왜곡된 슬로건으로 표현된 것이다. 그 래서 일본인들은 무모하고 더러운 태평양전쟁(1941~45)을 '대동아전쟁'이라고 미화했던 거다. 그런데 대동아공존공영 이나 대동아전쟁을 한국 사람들까지 그대로 따라 부르는 걸 보면 참 한심하다는 생각뿐이다. 언젠가 역사학자들이 모여 개최한 세미나 제목이 '대동아전쟁의 시대적 배경'이라는 걸 본 적 있다. 역사학자들마저도 '대동아전쟁'이라는 말을 태연하게 할 정도라니!

20세기와 21세기에 들어와서도 이러한 망상은 힘 꽤나 있다고 뻐기는 나라들에는 아주 매혹적인 말인 모양이어서 미국도 '팍스 아메리카나Pax Americana'를 목청껏 질러대지 않았는가? 미국은 팍스 아메리카나를 독수리로 상징하지 않았다. 독수리는 '코카콜라'와 '맥도날드 햄버거'로 대체되었다. 미국은 세계 평화는 자기네 손에 달렸다며 어디든지 개입하고 누구든지 어르고 달래고 위협도 서슴지 않는다. 두 번씩이나 이라크를 침공한 것도 사실은 '세계 경찰'을 표방한 팍스 아메리카나의 음험한 오만에서 연유한다.

강자의 논리에만 휘둘리지 않으려면 우리는 정신 차리고 바르게 알아야 한다. 여전히 역사는 강자의 논리에 휘둘리고 있다는 점을 잊지 말아야 한다. 안타깝지만 그게 현실이다. 강자의 논리를 위해서는 역사를 통해서 배워야 한다. 왜냐하면 역사는 반복되기 때문이다. 어리석은 이에게는 어리석은 역사가 되풀이된다.

○━ **브레인스토밍 메뉴**

팍스 로마나와 팍스 자포니카 / 팍스 아메리카나와 슈퍼파워 / 강자의 기록으로서 역사

왜란, 호란은 이제 그만!

1592년, 일본이 조선을 침략했다. 전쟁을 도발한 건 분명 일본이었다. 도요토미 히데요시는 춘추전국 상황을 종결시키고 일본을 통일시켰다. 그러나 엄청나게 불어난 병력은 일본의 힘이자 동시에 화근일 수 있었다. 그렇다고 일거에 군대를 해체할 수도 없었다. 그래서 짜낸 묘안이 침략 전쟁이었다.

일본은 전쟁을 차근차근 준비했다. 그때까지 조선은 일본의 사정에 대해 까맣게 몰랐다. 일본과 통신사의 내왕이 없었지만 조선은 이런 사실에 대해 조금도 아쉬워하지 않았다. 오직 명나라에 대한 사대와 닮아가기에만 몰두했다. 조선은 마지못해 일본에 통신사를 보내 상황을 파악하려 했지만 서로 견해가 달라 논쟁만 불렀다. 전쟁 준비를 마친 일본은 조선에게 길을 내달라고 했다. 이름하여 '정명가도征明假道'! 즉 명나라를 치러가는 참이니 길을 비켜달라고 으름장을 놓았다. 그리고는 일거에 군사를 이끌고 쳐들어와 동래부를 함락시키고 파죽지세로 한양까지 점령했다. 가까스로 피난길에 오른 임금과 조정은 도망 다니기 바빴다. 다행히 의병의 저항과 이순신의 승전, 그리고 명나라의 참전으로 사직을 되찾았다. 이 전쟁이 이른바 '임진왜란' 이다. 몇 해 뒤 다시 일본군이 쳐들어왔다. 그게 정유재란이다.

국사 교과서나 일반 서적, 언론에서도 늘 들어왔기 때문에 '임진왜란' 이라는 용어는 전혀 낯설지 않다. 오히려 임진왜란을 두고 '제1차 조일전쟁' 이라고 하면 고개를 갸웃거린다. 임진왜란은 말 그대로 '임진년에 왜놈들이 일으킨 난리' 라는 뜻이다. 이 용어를 잘못 해석하면 '나(조선)' 는 책임이 없고 오로지 '너(일본)' 에게만 책임이 있다는 속내를 감추지 않는 말이다. 하지만 누가 전쟁을 도발했건, 전쟁의 책임은 양국 모두에 있다. 일본은 평화를 깨고 전쟁을 도발해 무고한 인명을 해치고, 문화를 약탈했다는 점에서 책임을 면할 수 없다. 그러나 조선도 책임을 면할 수 없다. 스스로 힘을 기르지 않았거나 경계를 게을리 했거나 또는 상대의 화를 돋우는 어떤 일을 저질렀을 수도 있다. 조선이 전쟁을 도발하지는 않았다. 그러나 일본이 조선을 만만하게 보게 한 건 분명 조선의 실수였다.

전쟁은 역사적 사실이다. 전쟁이 반복되지 않으려면 아픈 역사에서 교훈을 얻어야 한다. 그런데 그 이름이 '왜놈들이 일으킨 난리' 쯤이면 '내 탓'은 없고 '네 탓'만 있을 뿐이다. 그러니 이제라도 제대로 부르자. 임진왜란은 1592년의 '제1차 조일전쟁', 정유재란은 1597년 '제2차 조일전쟁'으로 부르는 게 합당하지 않을까?

그렇게 어리석게 남 탓하며 제 허물 제대로 보지 못하니까 피할 수 있던 청나라와의 전쟁을 자초하더니(이건 정말 '자초한' 거라고 할 수 있다) 기어코 임금이 삼전도에 나가 머리를 땅에 찧고 절하는 수모를 겪었다. 그걸 정묘호란, 병자호란이라고 한다.

현대라고 달라지지 않았다. 1950년 한국전쟁을 보자. 북한에서는 소련과 합심해서 전쟁을 준비하고 있었지만 남한에서는 정쟁만 일삼았을 뿐 외세의 침략에 대한 경계도 준비도 없었다. 그러다가 한순간에 수도를 빼앗기고 정치인들은 도망가기에 바빴다. 자신들은 이미 서울을 빠져나갔으면서도 녹음된 방송으로 시민들을 안심시켰다. 한강 교량을 폭파시켜 남하하지도 못한 시민들이 겪을 아픔쯤은 손쉽게 외면했던 지도자들이었다. 그 전쟁을 우리는 '한국전쟁'이라고 부르려 하지 않는다. '6·25사변' 또는 '6·25동란'이라고 부른다. 여전히 '난리'고 '변고'일 뿐이다. 그러나 우리가 아무리 그렇게 불러도 전쟁은 엄연한 역사적 사실이고 누구나 그렇게 인식한다. 이런 습관들이 아예 몸에 배어서 나중에는 대학살 사건도 그냥 은근쩍 '사태'라고 눙치고 넘어간 게 다반사였다.

임진왜란이라고 부르고 병자호란이라고 부른다고 민족의 자존심이 지켜지는 게 아니다. 그건 자칫 얄팍한 민족주의의 비겁한 커튼 뒤에 숨은 심리적 도피일 뿐일 수 있다. 그걸 냉정하게 표현한다고 반민족적인 거 아니다. 오히려 부끄러움과 반성이 강한 현재를 만든다. 역사는 그런 냉정한 객관성을 토대로 기록되고 학습되어야 한다.

○━□ 브레인스토밍 메뉴
───────────────────
임진왜란과 제1차 조일전쟁 / 정유재란과 제2차 조일전쟁 / 6·25사변과 한국전쟁 / The Civil War / (미국) 내전과 남북전쟁 / 역사 용어 바로 쓰기

문화를 통한 생각의 프레임

얼룩말을 보며 흑인들은 까만 바탕에 흰 줄이라고 말하고, 백인들은 흰 바탕에 까만 줄이라고 말한다. 그걸 어떻게 부르건 얼룩말은 변하지 않는다. 어떤 지점에서 누구의 시선으로 보느냐에 따라 다를 뿐이다.

우리는 날마다 뭔가를 한다. 사람들의 생각과 말과 행동이 모이고 쌓여서 긴 시간 속에서 의미와 상징이 된다. 문화는 그렇게 만들어지지만 일단 문화가 자리를 잡으면 모든 생각과 말과 행동이 거꾸로 문화라는 틀을 통해 해석되고 평가된다. 21세기는 문화의 세기라고 한다. 창의적이며 건강한 문화를 누리고 만들어야 하는 건 우리 삶의 의무다. 문화의 주체가 되지 않으면 문화를 생산하지 못한다.

36
왜 서양개들은
이상한 것들이 많다냐?

운동장에 가면 경기 관람도 즐겁지만, 뭐니뭐니 해도 먹는 즐거움을 빼놓을 수 없다. 운동장에서 가장 인기 있는 간식거리 가운데 하나가 핫도그다. 흔히 도그빵이라 부르는 막대 모양의 길고 둥근 빵에 긴 소시지가 들어 있는 먹을거리다. 뜨겁게 달군 프라이팬에 기름을 두르고 굽거나 삶아 속까지 뜨거워진 소시지를 넣고, 데운 빵에 겨자와 버터 소스 등을 바른다. 여기에 피클이나 얇게 저민 양파를 넣고, 그 위에 토마토케첩이나 머스터드를 발라 먹는 핫도그 맛은 독특하다. 그런데 왜 이 음식에 '뜨거운 개hotdog'라는 이름이 붙었을까? 개고기는 분명 아닌데…….

여기에는 크게 두 가지 설이 있다. 하나는 평범하다. 기다란 이 음식의 모양이 더위에 지친 개가 길게 늘어뜨린 혀를 연상시켜서 그렇다는 것이다. 하지만 좀 밋밋하고 신빙성이 별로 없어 보인다. 또 하나는 아이들이 이걸 먹다가 "어머, 이거 꼭 옆집 아줌마네 그 개 같지 않니?"라고 한 말에서 유래했다는 설이다. 그런데 이 음식과 개의 모양이 어디 하나 비슷한 구석이 없다는 생각이 들기도 할 것이다.

그럼 이 개는 어떨까? '닥스훈트Dachshund'. 닥스훈트는 본디 독일에서 오소리 사냥을 위해 개량한 개다. 'Dachs'는 오소리, 'Hund'는 개다. 오소리 굴에 들어가기 쉽게 다리를 아주 짧게 개량했다. 그래서 배가 땅에 닿을 지경이다. 그 개의 옆모습이 마치 소시지처럼 보여서 핫도그란 이름이 생겨났다는 것이다. 하지만 이것도 약간 조작된 냄새가 난다(그러나 그럴 수도 있겠다. 아카데미상을 '오스카Oscar' 상이라고 하는 까닭이 그렇다지? 트로피를 본 어떤 사람이 "어머, 이 사람 미스터 오스카 닮았네!" 그랬다나 뭐라나.)

서양개들은 거의 어떤 목적에 맞춰 끊임없이 개량된 동물이다. 그래서 지금도 서양개들은 '엽견獵犬', '번견番犬' '애완견' 등으로 분류된다. 지금은 애완견의 대표적 견종의 하나인 푸들은 엽견이었다. 푸들의 털을 조금만 남기고 싹 미는 것도 사실은 이 개가 물오리 사냥개였던 데서 유래한다. 물에 떨어진 물오리를 물어와야 할 개가 헤엄치기 좋도록 털을

밀었던 습관이 남아 있기 때문이다. 지금이야 남겨둔 털에 염색까지 하지만 말이다! 도베르만 같은 개는 사람들(서양인들) 보기 좋으라고 개 꼬리도 자르고, 심지어 귀도 반쯤 잘랐댄다(요즘 귀를 자르는 건 동물 학대로 비난받아서 적어도 유럽에서는 금지되었다). 그에 비하면 우리는 개를 집 안과 밖의 중간쯤인 마당에서 길렀다. 곁식구처럼 말이다. 얼마나 '가촉적(가족적+가축적)' 분위기인가!

그건 그렇고, 핫도그 이야기로 다시 돌아가보자. 개의 늘어진 혓바닥이든, 닥스훈트든 개에게서 연상되는 어떤 모양의 특성과 이 음식의 겉모양이 맞아떨어져서 '핫도그'라는 이름이 붙은 것만은 틀림없을 것이다. 예전에 한국 사람들이 이 음식의 이름을 처음 들었을 때 '뜨거운 보신탕?'이라는 반응에 서양 사람들이 질겁을 했다나? 이제는 한국인들 그 누구도 핫도그를 먹으면서 개를 떠올리지 않는다. 이제 핫도그도 인터내셔널 패스트푸드가 되었다. 그래도 이름은 여전히 '핫도그'다.

ᗞ━ 브레인스토밍 메뉴

핫도그와 닥스훈트 / 돈가스와 포크 커틀릿 / 문화 코드로서 음식

샤넬 vs 아르마니

최근 네티즌을 중심으로 '된장녀' 논쟁이 불거지면서 명품에 대한 관심과 기이한 행태들이 입에 오르내렸다. 한 벌에 수백만 원 하는 옷을 주저 없이 사는 사람들도 많다. 프랑스 철학자 부르디외는 이런 소비행태가 다른 사람과 자신을 구분 지으려는 속성에서 비롯한 것이라고 지적한다.

여자들이 좋아하는 명품에 '샤넬CHANEL'이 있다면 남자들이 가장 좋아하는 옷에는 '아르마니ARMANI'가 있다. 도대체 사람들은 왜 이런 옷들에 사족을 못 쓰는가? 그냥 비싼 맛에? 그걸로 남과 나를 구분 짓는 맛에? 하지만 패션엔 시대정신이 담겨 있다. 그것도 모르고 입는다면 그야말로 자기 몸뚱아리를 돈으로 발라대는 짓일 뿐이다.

가브리엘 샤넬(일명 코코 샤넬)은 옷으로 세상을 향해 도

전했던 사람이다. 오로지 우아함만을 강조한 여성의 옷은 활동성이나 기능성은 철저히 무시했다. 여성은 오로지 남성의 장식에 불과했다. 그런 시대에 샤넬은 과감하게 어깨를 드러내고 정강이를 드러내 사람들을 놀라게 한 옷을 자신이 직접 디자인해 입고 다녔다.

샤넬은 끊임없이 구습에 도전했다. 그녀는 여성들의 몸을 억압하던 코르셋corset과 허리받이인 버슬bustle을 버리고 활동의 자유와 선택의 자유를 여자들에게 선물했다.

당시 일어났던 전쟁(제1차 세계대전) 또한 복식에 대한 여성들의 태도를 바꿔놓았다. 그 한복판에 바로 샤넬이 있었다. 요즘은 사람들이 품위와 능력을 과시하기 위해 샤넬을 입지만, 샤넬의 원류는 일종의 '톰보이tomboy 스타일'이었다. 프랑스어 가르손느Garçonne(가르송Garcon의 여성형)를 따서 '가르손느룩Garçonnelook'이라고 부르기도 한다. '소년 같은 여성'인 톰보이 스타일은 여성의 자유와 능력의 가능성을 예언한 거침없는 시대정신의 표상이었다. 흔히 말하는 '샤넬수트'는 칼라가 없고 길이가 짧은 재킷과 스커트의 심플한 디자인의 옷이다. 여성의 활동성을 편안하게 극대화하면서 여성의 아름다움을 표현하려는 샤넬의 사상이 만들어낸 옷이다. 억압에 대한 저항과 도전, 그러면서도 자신의 정체성을 상실하는 게 아니라 넓혀가는 선구적 정신. 그게 바로 샤넬의 정신이다.

그렇다면 남성의 옷은 무엇을 강조했을까? 그 예가 아르마니에서 나타난다. 아르마니의 옷을 입으면 확실히 옷 태가 나긴 한다. 왜 그럴까? 아르마니 남성 수트의 특징은 매끄럽게 흐르는 어깨선에 있다.

오랫동안 남성들은 근육의 과시에 몰두했다. 남성이 세상을 지배한 게 바로 여성의 경우보다 발달한 근육 때문이었기 때문이다. 예전의 삶이 주로 남성의 근육 노동에 의존해 있었기 때문에 남성의 근육은 늘 숭배의 대상이었다(남근숭배도 그 근본은 근육 숭배에서 비롯한다고 할 수 있다). 그래서 남성 정장의 상의 어깨에는 두툼한 패드를 덧대서 떡 벌어진 어깨를 강조했다. 그러나 현대사회로 올수록 근육 의존도는 급격히 감소해 왔다. 컴퓨터는 그 결정적 쐐기로 작용했다. 더 이상 남성의 근육은 지배성을 가질 수 없게 되었다. 동시에 남성도 아름다움에 대한 원초적 동경을 조금씩 표현하고 싶어졌다(그걸 요즘은 '메트로섹슈얼metrosexual'이라고 한다. '도시' 남성들은 전원에서 힘쓰는 '루럴섹슈얼ruralsexual'과는 거리가 멀다). 아르마니는 바로 이런 시대적 흐름을 정확하게 포착했다. 그래서 남성 정장에서 과감하게 어깨 패드를 제거했다. 그랬더니 목에서 어깨를 거쳐 팔까지 흐르는 남성 상의 곡선의 아름다움을 표현할 수 있었다. 그리고 상의 길이도 예전보다 약간 길게 떨궈서 전체적으로 가늘고 매끄러운 느낌을 주는 옷을 만들었다. 남자들도 '우아함'이나 '날씬함'과 같은 본성을 표현하고 즐길 수 있게 되었다.

샤넬과 아르마니는 그런 점에서 여성과 남성의 전통적 태도와 인습, 또는 고정관념에서 벗어나 억압하고 애써 외면했던 인간 내면의 욕망을 건강하고 정확하게 풀어낸 인물들이다. 이제는 많은 이들이 '비싼 맛에 입는' 명품이 되었지만, 정작 샤넬과 아르마니 옷들이 지닌 시대정신은 까맣게 모르는 것 같아 안타까울 뿐이다. 오직 비싼 맛에 샤넬과 아르마니를 찾는 사람들에게는 그 옷은 명품이 아니라 단지 사치품에 불과하다.

브레인스토밍 메뉴

샤넬과 아르마니 / 패션과 시대정신 / 명품과 사치품 / 메트로섹슈얼과 루럴섹슈얼

38

유리구두.
에이, 그런 게 어딨어!

"부자가 하늘 나라에 가는 것은 낙타가 바늘귀를 빠져 나가는 것보다 더 어렵다"는 《성경》의 구절이 사실은 번역상실수 때문에 생겼다고 한다면, 이에 버금가는 걸 또 하나 찾을 수 있다. 바로 '신데렐라의 유리구두'다.

계모와 전처 자식들 간의 애증과 갈등에 관한 이야기는 어느 사회나 있다. 그런데도 그중 소수의 경우가 강조되고 부풀려져서 사람들에게 도드라져 보이는 것일 수 있다. 전처의 자식들을 위해 애쓰는 새엄마들이 얼마나 많은가! 그런데도 사람들은 자꾸 재혼가정의 갈등에만 눈길이 머문다.

《콩쥐팥쥐》와 《신데렐라》는 주인공이 심술궂은 계모와 이복자매에게 괴롭힘을 당한다는 점에서 아주 많이 닮았다. 《신데렐라》는 프랑스 동화작가인 샤를 페로Charles Perrault의 동화집 《거위 아주머니 이야기》(1697)에 들어 있는 〈상드리용Cendrillon〉을 번역한 것이다. '상드리용Cendrillon', 즉 '신데렐라Cinderella'는 '재를 뒤집어 쓰다'라는 의미다. 그러니까 전처 소생인 신데렐라는 늘 부엌에서 일을 하느라고 '재투성이'었다는 뜻이다. 콩쥐가 그랬던 것처럼, 신데렐라는 계모와 이복자매의 온갖 핍박과 괴롭힘 속에서 하루 종일 어려운 일은 도맡아 해야 했다.

궁중에서 큰 무도회가 열려서 계모는 두 딸과 함께 화려하게 차려입고 가지만, 신데렐라는 집에서 일만 해야 될 처지다. 콩쥐에게 두꺼비가 나타난 것처럼, 신데렐라에게도 기적이 일어났다. 선녀가 나타나 호박으로 마차를 만들고, 생쥐로 말을 만들어줘서 신데렐라는 무도회에 갈 수 있었다. 그러나 선녀는 밤 12시까지 집으로 돌아와야 한다고 거듭 이야기를 했기 때문에 신데렐라는 무도회 도중에 돌아와야만 했다. 그녀는 급히 집으로 돌아가다가 신발 한 짝을 잃어버렸다. 우리가 다 아는 이야기다.

여기서 잠깐! 유리구두라니? 이게 무슨 황당 시추에이션? 도대체 누가 유리로 만든 구두를 신는단 말인가. 유리구두를 사람이 신을 수나 있는가? 당최 말이 되지 않는 설정이다. 그 전말을 알고 나면 허탈해진다.

《신데렐라》는 프랑스의 오래된 이야기를 페로가 고쳐 쓴 동화다. 원래 이야기에서 신데렐라는 '털가죽으로 만든 구두pantoufles en vair'를 신었다고 되어 있었는데, 오늘날 '유리구두'가 된 것은 최초 프랑스 판본의 '털가죽vair'이라는 낱말을 '유리verre'로 잘못 옮기면서 굳어진 것이다. 그 이후부터 《신데렐라》가 다른 언어로 번역될 때도 털가죽 신발이 유리구두로 굳어졌다. 하지만 모두 알듯이 털가죽으로 만든 신발은 신을 수 있어도 유리로 만든 구두는 신을 수 없다.

사실 누구든 유리로 만든 신발은 신을 수 없다는 걸 안다. 그러나 그 '비현실성'이 사람들의 신분 상승의 비현실성을 현실로 만드는 마법으로 작용하는 걸 은근히 즐긴 것은 아닐까? 유리라는 건 투명하지만 사실은 넘나들 수 없는 장벽을 의미하기도 한다. 유리천장glass ceiling이 그렇듯. 남녀 차별 없이 누구나 최고위직까지 올라갈 수 있다고 하지만, 그건 시각적 착각에 불과할 뿐이다. 오르다 보면 '너는 여자니까 여기까지만' 하면서 가로막는 단단한 유리 천장이 얼마나 많은가! 신데렐라의 유리구두도 따지고 보면 그런 현실적 장벽을 가리고 싶은 교묘한 장치와 다르지 않다.

그러나 이야기의 극적 효과를 높이는 데 유리구두가 한몫을 했으니 잘못 번역된 일을 탓할 것만은 아니다. 그냥 털신

발이라면 너무 싱겁지 않았을까? 그런데 유리구두라면 뭔가
신비한 느낌까지 드니 동화의 극적 효과로는 그만이 아닌가?

브레인스토밍 메뉴

신데렐라와 유리구두 / 신데렐라와 콩쥐 / 유리천장

39

냉장고는 안 보이고
보험은 보인다?

텔레비전을 켜면 광고가 넘쳐난다. 그런데 최근 광고를 보면 특이한 점이 하나 있다. 냉장고 광고에 이젠 냉장고가 안 보인다는 것이다.

물론 배경으로 보이는 냉장고야 있기는 하다. 그러나 과거의 냉장고 광고와 달리 이젠 모델이 나와 냉장고 문을 열지 않는다. 예전 냉장고 광고를 보면 우선 모델이 냉장고 문을 연다. 그러면 냉장고 안에 신선한 채소와 과일, 그리고 싱싱한 고기와 생선이 사람들의 눈길을 끌었다. 예전에는 냉장실의 성능이 얼마나 좋으며 냉동칸의 냉각 속도는 얼마나 빠른지를 설명하는 게 냉장고 광고의 주 내용이었다. 그런데 요즘 냉장고 광고는 냉장고 문도 열지 않는다. 냉장고 광고에는 그래서 냉장고가 없다.

서울 시내에서 멋진 건물이다 싶으면 은행이나 보험회사 등 금융권 회사 건물인 경우가 많다. 한때 서울의 랜드마크처럼 여겨졌던 '63빌딩'도 보험회사 건물이고, 광화문 네거리 커다란 덩치의 건물도 보험회사 사옥이다. 왜 금융회사들은 그렇게 높고 멋진 건물을 경쟁하듯 짓는 걸까?

눈에 보이는 유형의 상품은 무형의 이미지로, 무형의 상품은 눈에 보이는 유형물로 소비자에게 다가가려는 게 현대 광고의 특색이다. 냉장고의 경우, 이제는 각 회사 제품 간에 기술 격차가 거의 없다. 그러니 더 이상 기능의 우월성으로 냉장고를 광고해 봐야 촌스러울 뿐이다. 그래서 냉장고 문도 열지 않는다. 이제 냉장고 광고는 이미지와 느낌으로 소비자들에게 다가간다.

반면에 금융상품은 눈에 보이지 않는다. 그러니 소비자들은 금융상품에 대한 믿음을 갖기가 어렵다. 상품에 대해 아무리 설명을 들어봐야 소비자들은 그게 그거 같고 살짝 사기를 당하는 느낌까지 들 수 있다. 그러니 이들 금융상품은 무형의 제품이라는 단점을 보충할 유형물이 필요했던 것이다. 금융회사들이 자사 건물을 최대한 멋지게 짓는 이유가 여기에 있다.

보이는 건 안 보이는 걸로, 안 보이는 건 보이는 걸로 채우는 게 바로 이런 이유에서다. 사실 그건 광고의 특징이기 이전에 우리가 광고를 받아들이는 방식의 변화다. 텔레비전 홈쇼핑의 경우는 아직 거기에 미치지 못했다. 광고로만 채워지는 텔레비전 홈쇼핑에서는 여전히 상품을 설명하고 소비자를 설득하려 한다. 하지만 텔레비전 홈쇼핑도 머지않아 이미지를 무기로 하는 전략으로 바뀔 것이다. 요즘 피해자들이 속출해 한참 시끄러운 대부업체 광고가 그 예다. 상품의 설명은 없다(설명하면 아무도 거기 전화하는 사람 없을 거니까). 단지 유명 연예인만 내세워 사람들을 유혹한다.

이제 얼마 지나면 지금까지 이미지로 접근하던 광고는 또 다시 기능을 강조하는 광고로 바뀔지 모른다. 그건 그걸 알리고 자랑할 기술이 축적되어 획기적인 신상품을 만들었을 때다. 그게 문명의 발달이니까. 우리 이성이 대단한 것 같지만, 광고의 흐름을 보면 영 아니올시다!

▣━━ 브레인스토밍 메뉴

－－－－－－－－－－－－－－－－－－－－－－－－

냉장고 광고와 보험 광고 / 유형의 상품과 무형의 상품 / 제품 광고와 이미지 광고

40

따봉! 대박인 줄 알았더니 쪽박이었네

먹고살만 하게 되니까 먹을거리가 제일 먼저 고급화 선언을 했다. 하기야 다 먹고살자고 하는 일이니까. 요즘 유행하는 웰빙이니 뭐니 하는 게 다 이런 세태의 반영이다.

1980년대 들어 소득이 높아지자 사람들은 음료수도 좋은 제품을 찾았다. 그 흐름을 반영한 게 천연과즙 음료였다. 대표적인 천연과즙 음료는 오렌지 주스였다.

오렌지 주스가 유행하는 데 방아쇠를 당긴 건 '선키스트 Sunkist'였다. 선키스트는 원래 미국 캘리포니아의 오렌지 농업 등을 중심으로 한 협동조합의 브랜드 이름이었다(1952년에 아예 조합 이름을 선키스트로 바꿨다).

한국의 소득수준으로 봤을 때 충분히 시장성이 있다고 판단한 선키스트 회사는 본격적으로 우리나라에 광고를 하기 시작했다.

우선 선키스트는 중후한 이미지의 영화배우 남궁원의 가족을 모델로 삼았다. 상류 중산층 가정의 건강 음료를 콘셉트로 캘리포니아 농장에서 촬영한 광고는 소비자에게 신뢰성과 친근성을 주기에 충분했다. 사람들은 집집마다 냉장고에 노란 오렌지 주스가 담긴 크고 단단한 유리병을(초기엔 그랬다) 넣어두며 흐뭇해 했다.

당연히 다른 음료 회사도 가만 있을 리 없다. 그 회사가 바로 '델몬트Delmonte'다. 그래서 그들도 해외에서 광고를 제작하기로 했다. 그런데 이미 경쟁 회사가 캘리포니아 농장에서 광고를 찍었으니 그걸 따라갈 수는 없는 일!

그래서 델몬트 광고팀은 남미 최대의 오렌지 생산국인 브라질로 날아갔다. 광고 내용 또한 차별화 해야 했다. 그래서 고민하던 차에 광고팀은, 델몬트 주스가 엄격한 검사 과정을 통과한 믿을 수 있는 오렌지를 원료로 사용했다는 점에 착안했다. 그래서 부랴부랴 만들어낸 콘셉트 카피가 바로 '따봉Ta Bom!'이었다. 포르투갈어로 '좋다'라는 뜻의 이 낱말이 의도했던 건, 오렌지를 그렇게 엄격한 검사를 통해 골랐다는 거였다.

광고가 나온 뒤 초반에는 그야말로 대박 중의 대박이었

다. 애나 어른이나 엄지손가락 치켜들며 '따봉!'을 외쳐대니, 그 이상의 광고가 또 어디 있을까? 그런데 점차 시간이 갈수록 이상한 조짐이 보였다. 결국 오렌지 주스 회사는 이 광고가 대박이 아니라 '쪽박'이었음을 깨달았다.

따봉의 이미지가 너무 강하다 보니 정작 광고하는 주스가 어떤 이름인지, 어느 회사의 제품인지 기억하는 사람이 별로 없었다. 카피가 제품을 먹어버린 셈이다! 요즘 사람들도 따봉을 기억할 만큼 강렬한 이미지로 남아 있지만, 정작 그게 델몬트 오렌지 주스였다는 걸 기억하는 사람들은 의외로 많지 않다. 광고 효과가 엉뚱한 방향으로 나타나자 당황한 회사는 부랴부랴 광고 수정을 모색하면서도 그 광고 효과에 대한 미련을 버리지 못했다. 그래서 아예 페트병에 담긴 '따봉 주스'를 상대적으로 저렴한 가격으로 출시했다(이전 제품은 100퍼센트 과즙주스였는데, '따봉 주스'는 희석주스였다). 하지만 그건 오히려 델몬트에 대한 고급 이미지를 동반 하락시키는 부작용을 불러왔다.

'따봉'이 계획에 없던 카피라서 실패한 게 아니다. 튀는 광고의 입맛에 맞추다가 쪽박 된 것 또한 아니다. 유행어로서 대박이었던 '따봉'이 광고 카피로서 쪽박인 까닭은, 지나친 강조가 빚어낸 이성의 구멍 때문이다(포르투갈어로 'Ta

Bom(원래는 Esta Mom)'은 사실 엄지손가락을 세울 수 있는 '최고다' 라는 의미가 아니라 '좋다, 적당하다'는 뜻이라고 한다).

가끔은 텔레비전 볼륨을 꺼보자!
Volume down, please!

E. 블로E. Bullough는 '심적거리psychical distance' 라는 개념을
사용해 관객이 극에 대해 어떤 거리를 유지하느냐에 따라 극
의 내용을 받아들이는 태도가 다르다고 설명했다. 사람들은
비극의 경우는 자신과 주인공을 동일시하려 하고, 희극의 경
우는 반대로 철저하게 분리하려는 태도를 보인다. 그래서 등
받이와 등의 거리를 보면 지금 공연 중인 연극이 비극인지
희극인지 알 수 있다. 비극을 볼 때 관객의 몸은 자꾸 무대쪽
으로 쏠린다. 그래서 등받이에서 등이 떨어지지만, 희극의
경우에는 관객들이 자신을 무대로부터 거리를 두기 위해 몸
을 뒤로 밀기 때문에 등받이와 등이 붙는 경우가 많다.

텔레비전 드라마를 볼 때 대부분은 주인공의 일거수일투
족에 모든 신경을 집중하게 된다. 그러다 보니 정작 다른 출
연자들에게는 거의 관심을 갖지 않는다. 카페에서 남녀 주인

공이 만나고 있다고 치자. 시청자들은 차를 가져온 종업원의 표정이나 의상은 당연히 보지 못한다. 텔레비전을 시청할 때의 이런 습관은 세상을 보는 방식으로 전이된다. 오로지 주인공들을 중심으로만 전개하고 이해하는 것이다. 하지만 세상은 누구나 주인공일 수 없고, 동시에 누구나 주인공일 수 있다.

이럴 때, 잠깐이나마 텔레비전의 음량을 완전히 줄여보면 주인공에게만 머물던 시선이 다른 배경으로까지 옮겨가는 것을 알 수 있다. 소리에 집중하던 신경이 자연스럽게 시선을 다른 곳으로 넓혀주기 때문이다. 가끔은 그렇게 하나만을 집중하는 것에서 벗어나는 게 좋을 때가 있다. 편견만이 우리의 시선을 차단하는 게 아니다. 때로는 과도한 집중도 병이 되는 법이다.

ㅁ┉ 브레인스토밍 메뉴

심적거리 / 희극 / 비극 / 소리와 시선 / 집중과 분산 / 중심과 주변

이 사과는 뭐꼬?

에덴동산에서 아담이 따 먹은 사과, 빌헬름 텔이 화살로 쏘아 맞춘 사과, 뉴턴이 발견한 떨어지는 사과. 가장 흔하면서도 영양가가 풍부한 과일인 사과는 그래서 예전부터 많은 이야기의 단골 소재가 되기도 했다.

아담의 사과. 하지만 이게 사과라는 근거는 《성경》 어디에도 없다. 사실 《성경》에는 정확하게 '선악과'라는 표현은 없다. '지혜와 생명의 나무tree of knowledge, tree of life'가 있을 뿐이다. 《성경》 어디에도 없는 사과가 난데없이 나오는 건 사람들이 생각했을 때 제일 흔하고 쉽게 떠올릴 수 있는 과일이 바로 사과였기 때문일 것이다.

뉴턴의 사과는 문명의 역사를 송두리째 바꿔놓았다. 뉴턴의 사과로 인해 물리학이 엄청나게 발전했고, 인류 문명이 획기적으로 진보한 걸 생각하면 고마운 사과다(하지만 최근의 정보에 따르면, 뉴턴이 떨어지는 사과를 보고 만유인력을 발견한 게 아니라 만유인력을 설명하기 위해 사과의 낙하를 예로 들었을 뿐이라고 한다. 뭐가 앞이든 뒤든 사과는 분명 사과다).

이 사과들이 '과거형'이라면 '현재형'의 사과가 있다. 바로 애플컴퓨터의 사과다. 이 컴퓨터 회사의 로고가 바로 '한 입 베어 문 사과'인데, 그 기원에 대한 설이 분분하다. 하나는 천재 수학자로 최초의 컴퓨터를 만들어낸(흔히 1946년 개발된 '에니악ENIAC'을 컴퓨터의 효시로 알고 있지만, 정확하게 말하자면 1940년 개발된 앨런 튜링Allan Turing의 '봄베 Bombe'가 먼저다) 튜링을 기리기 위해서라는 설이다. 튜링은 동성애 성향 때문에 사회의 냉대와 압박 속에 살다가 결국 청산가리를 넣은 사과를 베어 물고 자살했다. 1976년 자신의 차고지에서 세계 최초로 개인용 컴퓨터를 만든 스티브 잡스Steve Jobs가 애플컴퓨터를 출시하면서 이렇게 비극적으로 삶을 마감한 튜링을 기리기 위해서 사과를, 그것도 한 입 베어 문 사과를 로고로 삼았다는 것이다.

또 다른 설은 애플컴퓨터 창업자 잡스가 사과를 먹다가 회사 로고를 갑자기 생각해 냈다는 것이다. 가장 흔하면서도 완벽한 과일인 사과를 로고로 택했다는 설이다. 비슷한 설은, 캘리포니아 실리콘밸리가 원래 사과 농장이 있던 곳이라서 그랬다는 것인데, 실제로 애플컴퓨터의 대표적 아이템인 매킨토시는 바로 그곳의 대표적인 사과의 품종명이라고 한다. 또 다른 설로 아담이 사과를 베어 물어서 인간으로서 자각이 생겼다는 연관으로, 애플의 사과 로고는 새로운 인간의 자각을 함축한다는 것이다.

고대도 아니고 현대사회의 상품에 대해서 이처럼 설이 분분한 경우를 찾기도 쉽지는 않을 것이다. 게다가 잡스 본인이 사과 로고의 의미를 설명하지 않으니 설만 더 분분하다. 어쩌면 그런 궁금증을 유발하려는 일종의 '호기심 긁어대는 광고teaser advertisement' 전략일지도 모르겠다. 그랬다면 그것만으로도 분명 성공한 셈이다. 사과는 그렇게 태초부터 미래까지 우리 곁에 함께 있다.

브레인스토밍 메뉴

아담의 사과 / 빌헬름 텔의 사과 / 뉴턴의 사과 / 애플컴퓨터의 사과 / 로고와 상징

화이트데이, 전혀 하얗지 않은 날

해마다 2월만 되면 전국이 초콜릿 때문에 난리다. 아이 어른 할 것 없이 초콜릿 한 상자씩 구입해 너도 나도 예쁘게 포장해서 연인에게 선물한다. 밸런타인데이(2월 14일)가 무슨 날인지, 어느 나라 풍습인지 따지는 건 이제 무색해진 채 '전국민적인 기념일'이 된 지 오래다.

밸런타인데이를 전후해서 한 해 초콜릿 소비량의 절반 이상이 팔린다니, 얄팍한 상혼이 만든 국적 불명의 풍습치곤 위력이 대단하다. 그리고 밸런타인데이를 한 달 지난 3월 14일이 되면 이번에는 사탕을 사느라 정신이 없다. 이름하여 '화이트데이'다. 한 달 전 밸런타인데이에 선물을 받았던 남자들이 이번에는 여자들에게 사탕을 선물하는 날이란다. 밸런타인데이는 그래도 기독교 성인의 축일에서 유래가 되었다고 애교라도 부릴 수 있지만, 화이트데이는 순전히 억지로 만들어낸 그야말로 황당한 날이다.

게다가 화이트데이에 전혀 '화이트' 한 선물은 없다. 단지 각양각색의 사탕을 예쁜 용기에 담아 선물할 뿐이다. 굳이 '화이트' 한 분위기로 맞추려면 박하사탕이라도 담아야 할텐데, 그런 경우는 거의 없다. 도대체 어찌 된 까닭일까?

밸런타인데이에 선물을 주는 문화가 이웃 일본의 한 제과회사에 만들어졌다는 건 잘 알려진 일이다. 밸런타인데이 단 하루의 매출이 엄청난 걸 보고 또 다시 생각해 낸 게 바로 화이트데이다. 밸런타인데이를 만든 회사 제품 가운데 잘 팔리지 않았던 게 바로 마시멜로였단다. 마시멜로의 색깔은 하얗다('초코파이' 속에 들어 있는 바로 그거다!). 그래서 만들어 낸 이름이 바로 '화이트' 데이였단다.

우리나라는 마시멜로의 생산과 소비가 많지 않다. 그래서 제과회사에서 마시멜로를 사탕으로 슬쩍 바꾼 것이다. 이름은 '화이트' 지만 전혀 하얗지 않은 엉뚱한 '사탕' 의 날이 된 셈이다. 그런데도 이 날의 이름이 왜 화이트데이인지 따지는 사람이 별로 없다. 그저 그러려니……. 단순히 붙인 이름이거니 하고 생각하기 때문이다.

뭘 그리 까칠하게 구냐고 타박할 수도 있다. 무료한 일상을 벗어나 그런 날 하루쯤 정해서 유쾌하게 속풀이하는 것도 즐거운 일이다. 하지만 연유도 의미도 모르고 따르는 건 그만둬도 된다. 사실 우리에게는 밸런타인데이나 화이트데이보다 훨씬 더 멋진 기회가 있다. 우리 풍속에도 사랑을 고백하는 날이 있었다! 바로 단오(음력 5월 5일)다. 국적도 모르는 날을 기념하기 보단 단오나 칠석(음력 7월 7일)에, 또는 밸런타인데이와 날짜가 얼추 비슷하게 겹치는 정월대보름(음력 1월 15일)에 서로 덕담하고 작은 우정과 사랑의 선물을 나누는 건 어떨까? 그게 어설픈 '~데이'보다는 훨씬 더 의미와 품격이 있다.

처음에는 호기심으로 시작하지만, 많은 사람들이 기념하고 연례행사로 굳어지면, 아무 생각 없이 그냥 따라가는 경우가 많다. 문화란 그렇게 서로 주고받으며 발전했지만 자칫 엉뚱하게 변질된 것조차 수입되는 경우도 있다. 늦었지만 그런 '쓰레기문화junk culture'는 쓰레기통에 처박아도 좋다. 전혀 하얗지 않은 화이트데이는 더 이상 필요없다.

▣━ 브레인스토밍 메뉴
- -
화이트데이와 밸런타인데이 / 쓰레기문화 / 데이 마케팅

아이리시 그린과 패트릭데이

미국 프로농구NBA 팀 가운데 챔피언십을 가장 많이 딴 팀은 보스턴 셀틱스Boston Celtics다. '래리 오브라이언Larry O' Brien 트로피'라 불리는 미국 프로농구 우승컵을 많이 가져간 팀은 LA 레이커스Los Angeles Lakers와 시카고 불스Chicago Bulls, 샌안토니오 스퍼스San Antonio Spurs 등이지만, 셀틱스는 16번이나 그 우승컵을 거머쥔 최고의 팀이다.

프로 스포츠의 경우 홈팀은 경기 중에 원칙적으로 흰색상의 유니폼을 입는다. 그러나 자신들만의 팀 컬러를 정해서입을 수도 있다. 셀틱스는 녹색 유니폼을 입는다. 그래서 셀틱 하면 그린, 그린 하면 셀틱이라는 등식이 성립될 정도다. 이 녹색을 흔히 아이리시 그린Irish green이라고 부른다. 왜 '아이리시'일까?

아이리시 그린은 성 패트릭St. Patrick(385~461)에서 유래한다. 성 패트릭은 영국 웨일스에서 태어났다. 그는 16세 때, 해적선에 납치되었다가 간신히 탈출해 프랑스로 건너가 수도원에서 사제가 되었다. 그리고 성 패트릭은 아일랜드에 그리스도교를 전파하기 위해 건너갔다. 아일랜드와 스코틀랜드 사람들은 대부분 켈트Celts족 출신이다(스코틀랜드 사람들이 굳이 자신들을 'English'가 아니라 'Scott'이라 부르며 독립적인 태도를 취하는 것은 바로 이런 인종의 차이 때문이다. 실제로 스코틀랜드가 영국The Great Britain에 편입된 건 겨우 200년 남짓 되었을 뿐이다).

그리스도교가 뭔지 모르는 사람들에게 선교한다는 건 어려운 일이었다. 특히 '삼위일체trinity'는 아무리 설명해도 그 사람들은 고개만 갸우뚱할 뿐, 이해하기가 어려웠다. 그때 패트릭은 들판에 가득 널린 토끼풀(클로버)을 보았다. 그는 그걸 뽑아서 사람들에게 보여주며 말했다. "성부와 성자와 성령은 각각 다르면서 동시에 하나입니다. 이 토끼풀을 보세요. 잎은 세 갈래로 나 있지만 하나의 잎이잖습니까?" 그렇게 패트릭은 아일랜드 사람들에게 그리스도교를 전했다. 그 이후 아일랜드 사람들은 자신들의 상징을 토끼풀로 삼았다. 색깔도 자연스럽게 녹색이 되었다.

아일랜드 사람들 또는 아일랜드계 사람들은 조국에 대한 애국심과 자부심이 유별나다. 그래서 그들은 자신이 아이리시라는 걸 나타내기 위해 녹색을 많이 사용한다. 특히 운동선수들이 그 색을 택한다. 영국 프로축구 팀 가운데 스코틀랜드 셀틱스도 녹색 줄무늬 유니폼을 입는다. 미국 프로레슬링의 핀레이라는 선수도 녹색 클로버가 또렷하게 새겨진 유니폼을 입고 출전한다. 미국 프로골프PGA의 데런 클락도 퍼터 손잡이에 아일랜드 국기 색깔을 넣었다. 앞서 말한 보스턴 셀틱스가 녹색 유니폼을 선택한 건 보스턴에 아일랜드 이민자들이 많기 때문이었다. 유명한 대통령 케네디도 바로 보스턴 출신이다(대통령이 되기 전 그는 보스턴이 속한 메사추세츠 주 상원의원이었다). 보스턴 셀틱스가 팀 이름을 특이하게(다른 팀이 동물이나 캐릭터를 삼는 데 반해) '켈트족'이란 뜻을 가진 '셀틱스'로 삼은 것도 다 그런 까닭이다.

우리의 '붉은' 악마, 네덜란드의 '오렌지' 군단, 이탈리아의 '아주리(파란색)' 등 나라마다 대표하는 색깔은 각각의 역사적 배경이 있다. 아일랜드의 대표색이 녹색인 것도 이런 역사적 배경이 있다.

각 나라의 대표 색깔을 아는 것도 자산이다. 누군가 자신을 알아준다는 건 고맙고 반가운 일이다. 갈수록 다른 나라 사람들과 섞여 살텐데 조금이라도 더, 특히 문화적 원류와 맞닿아 있는 걸 공유하고 인정해 준다는 건 타인에게는 의외로 큰 감동일 수 있다.

45

'모나리자'는 모나리자가 아니다?

전 세계적으로 가장 유명한 그림을 딱 한 점만 꼽으라면 결코 빠지지 않을 작품이 바로 〈모나리자〉일 것이다. 레오나르도 다 빈치의 이 그림은 그 신비의 미소만큼이나 굴곡도 많은데, 루브르미술관에서 도난당한 사건은 전 세계에 충격을 주기도 했다. 흔히 이 작품의 모델은 피렌체의 부호인 프란체스코 델 조콘도Francesco del Giocondo의 부인 엘리자베타라고 알려져 있다. '모나Mona'는 이탈리아에서 유부녀들에게 붙이는 경칭이고, '리자Lisa'는 엘리자베타Elisabetta의 애칭이다. 크기가 겨우 77센티미터×53센티미터에 불과한 이 작은 그림은 1503년에서 1506년 사이에 그려진 것으로 추정되며, 현재 루브르미술관에 소장되어 있다.

〈모나리자〉는 그럴싸한 몇몇 일화까지 덧붙여져서 신비감을 더하고 있다. 그 대표적인 경우가 '미완성'이라는 것이다. 하지만 최근의 조사에 따르면, 우리가 알고 있는 그 '모나리자'는 세상에 존재하지 않는다고 한다.

〈모나리자〉의 모델은 델 조콘도의 아내 엘리자베타, 즉 리자가 아니라 밀라노 공작 미망인이었던 아라곤의 공작부인 이사벨라Isabella였다는 것이다. 다 빈치는 15세기 말 무렵, 밀라노 궁정에서 살았기 때문에 그녀를 그렸을 가능성은 매우 높다. 높은 정도가 아니라 반드시 그렸을 것이다. 그것을 뒷받침하는 사례가 있는데, 바로 이 그림에 대한 스케치와 예비 그림이 있다는 점이다. 만약 다 빈치가 상인의 초상을 그려주면서, 그 아내까지 그렸다면(실제로 그렸는데, 그게 지금 어디에 있는지, 없어졌는지 알 수가 없다고 한다) 어딘가 아귀가 맞지 않는다. 평범한(당시 다 빈치의 입장에서 본다면) 주문자 상인의 아내를 그리면서(상인이 자기 그림만 그리는 게 미안해서 아내까지 그리도록 했을지도 모르지만) 스케치와 예비 그림까지 그리지는 않았을 것이기 때문이다.

그렇다면 어째서 〈모나리자〉라는 제목이 붙었고, 그 모델이 엘리자베타라고 굳어졌을까? 그건 다 빈치가 죽은 뒤 얼마 지나지 않아 이탈리아 미술사학자 조르조 바사리Giorgio Vasari가 이 작품을 소개하면서, "레오나르도가 상인 델 조콘

도의 부인을 모델로 너무나 아름다운 초상화를 그렸는데, 지금은 프랑스 왕이 소장하고 있다"라고 한 데서 연유했다. 아마도 바사리가 작품을 혼동했거나 잘못 알고 그렇게 썼을지도 모른다.

그런데 한번 이야기가 퍼지고 그게 널리 받아들여지면 그대로 정설로 되는 게 얼마나 많은가? 베토벤의 피아노 소나타 〈월광〉(1801년경)의 경우도 마찬가지다. '월광'이란 명칭은 베토벤 자신이 붙인 게 아니라 비평가 루트비히 렐슈타프 Ludwig Rellstab가 이 작품 제1악장을 가리켜 "루체른 호수의 달빛이 물결에 흔들리는 조각배와 같다"라고 비유한 데서 붙여졌다(원래는 '환상곡풍 소나타'였다). 사람들은 거기에 베토벤의 로맨스까지 엉뚱하게 끼워서(사실 로맨스라고 할 것도 없는 게, 이 작품은 줄리에타 구이치아르디 Giulietta Guicciardi에게 헌정된 곡인데, 그녀는 베토벤의 제자였다. 그녀는 1803년 갈렌베르크 백작 Count Gallenberg과 결혼했다. 이 작품은 원래 리히노프스키 Lichnowsky 공작부인에게 바치려던 것이었는데, 베토벤은 마음을 바꿔 줄리에타에게 헌정했다) 애틋한 스토리를 즐기는 것과 크게 다르지 않을 것이다.

아주 사소한(?) 왜곡이 빚어낸 정설(?). 시간이 흐르고 보다 많은 사람들이 그걸 따르면서 진실은 덮어지고 엉뚱한 전설만 남는 게 얼마나 많은가? 그건 비단 과거의 유명한 것들에만 국한되는 게 아니다. 지금도 많은 곳에서 그런 일들이 빚어지고 있다.

　* 흔히 우리는 레오나르도 다 빈치를 '다 빈치'라고 부른다. 《다 빈치 코드》라는 소설 제목처럼 이제는 그게 그의 이름으로 굳어졌지만, 엄밀히 말하면 '레오나르도'라고 불러야 한다. 그의 이름에 붙은 '빈치'는 그의 출생지 이름이다. 레오나르도가 이탈리아 토스카나 지방에 있는 빈치라는 곳에서 태어났기 때문에 붙여진 이름이다. 그 이름이 이제는 '너무나' 널리 쓰여서 '다 빈치'라고 부르는 게 더 이상 허물은 아니다. 하지만 옳은 것도 아니다. 평택시 국회의원 '김아무개'를 '김평택'이라고 부르거나 아예 '평택'이라고 부르는 건 아무래도 어색하지 않을까?

▷── 브레인스토밍 메뉴

모나리자와 엘리자베타 / 모델과 화가 / 명화와 수수께끼

코뚜레나 말발굽이나

요즘은 흔한 일이 아니지만, 예전엔 다른 사람 집에 가보면 문 위에 코뚜레를 걸어놓은 걸 볼 수가 있었다. 북어를 걸어놓기도 하고 부적을 붙여놓기도 했다. 이런 물건들 모두가 길한 일은 소망하고 흉한 일은 피하고픈 심정의 표현이었을 것이다.

소는 농경생활을 했던 조상들에게 단순한 가축 그 이상의 의미가 있었던 동물이다. 소를 한 식구처럼 여겨서 외양간을 짓거나 할 때는 길일을 택했을 정도였다. 농사는 천하의 근본이라서, 그 농사의 중요한 몫을 차지하는 소에 대한 우리 옛사람들의 애정은 남달랐다. 코뚜레는 엄청난 크기의 소가 자신보다 훨씬 작은 체구의 사람에게 꼼짝도 못하고 통제되는, 작지만 대단한 구실을 했다. 때문에 사람들은 횡액이나

216

잡신을 통제할 수 있다는 과시와 시위로 코뚜레를 문 위에 달아두었다. 민속학에서도 이렇게 설명한다.

우리가 코뚜레를 걸어놓는 것처럼 서양인들에게도 비슷한 풍속을 갖고 있다. 그건 바로 말발굽(편자 또는 제철蹄鐵)이다. "편자를 발견하면 행운이 온다If you find a horseshoe, you'll have a good luck!"는 속담이 있을 정도로, 서양 사람들은 말발굽을 유별나게 좋아한다. 집 현관문에 말발굽 모양의 초인종을 다는 것도, 사실은 말발굽을 문에 달아 두드려서 사람을 불러내던 습관에서 유래한 것이다. 이렇게 서양 사람들이 말발굽을 좋아하는 이유는, 그들에게 친숙한 말이 갖는 습성에서 연유한 것으로 보는 해석이 많다. 말은 사람을 밟고 지나는 법이 없다고 한다. 말의 이런 습성 때문에 서양에서는 말발굽이 액운을 막고 복을 가져다주는 행운의 상징으로 여겨져왔다. 그래서 말발굽을 집 안에도 걸고, 현관에도 걸고, 요즘은 차에 걸어두는 사람들도 있다. 어떤 이는 몸에 지니기도 한다. 말발굽의 터진 부분을 아래로 걸면 액운을 내쫓고, 위로 걸면 복을 담는다고 생각해서 어떤 경우는 위로, 또 어떤 경우는 아래로 걸기도 한다.

몇몇 사람들이 죽고 못 사는 소위 명품 브랜드(엄밀히 말하자면, '고가의 사치품')를 보면 이런 편자 모양을 응용한 로고들이 많은 걸 알 수 있다. '아이그너Aigner'는 아예 로고가 편자고, 구찌Gucci, 에르메스Hermès, 셀린느Celine 등도 편자를 응용한 로고를 사용한다. 바로 서양인들이 오랫동안 지녔던 편자에 대한 관념에서 비롯한 것들이다. 그렇다면 우리도 우리의 상징을 응용해서 로고로 만들 수 있겠다.

북어는 모양이 좀 그렇다 치고, 코뚜레를 로고로 사용하는 건 어떨까? 말로만 토종 브랜드를 외칠 게 아니라, 우리 안에 있으면서 세계적 보편성으로 통할 수 있는 상표나 로고의 디자인을 찾아내는 일이 필요하다.

브레인스토밍 메뉴
코뚜레와 말발굽 / 주술과 부적 / 브랜드와 로고 / 토종 브랜드

견우와 직녀, 당신들은 복 받은겨!

매년 음력 7월 7일은 칠석七夕이다. 전설에 따르면, 견우와
직녀는 몰래 사랑을 속삭이다가 옥황상제의 노여움을 사 1
년에 단 한 번 칠석 전날 밤 은하수를 건너서 만나게 되었다
고 한다. 직녀는 옥황상제의 딸이었다. 그녀는 별이며 해, 빛
과 그림자 등을 베에 짜 넣는 일을 좋아했다. 하지만 누구나
한 가지 일만을 오래하다 보면 싫증나게 마련! 하루는 직녀
가 베틀에 앉아 멍하니 밖을 내다보고 있었는데, 궁중의 양
떼와 소 떼를 모는 목동을 봤다. 너무나 잘생긴 그 청년을 보
고 직녀는 한눈에 반했다. 직녀는 옥황상제에게 목동과 결혼
하게 해달라고 졸랐는데, 옥황상제는 청년 견우가 하늘의 소
를 잘 돌보고 있으며 영리하고 친절하다면서 의외로 선선히
결혼을 허락했다. 그 이후로는 견우와 직녀에게 행복한 나날

의 연속이었다. 그러나 둘은 사랑의 행복에만 빠져서 해야 할 일을 등한시했고 옥황상제는 그 모습에 화가 나서 이들을 떼어놓기로 결심했다. 그래서 옥황상제는 견우를 은하수 동쪽으로, 직녀를 은하수 서쪽으로 내쫓고는 두 사람에게 1년에 한 번만 만나도록 허락했다.

사실은 견우성과 직녀성인 두 별 이야기인데, 그 두 별을 의인화해서 만든 전설을 우리는 대개 두 연인의 애절한 만남으로 받아들이고 있다. 그런데 견우와 직녀는 은하수를 건널 수 있는 다리가 없어 슬픔에 빠졌다. 이를 알게 된 까마귀와 까치가 날아와 날개를 활짝 펴서 다리를 만들어 두 연인이 서로 만날 수 있도록 은하수에 다리를 놓아주었다. 그게 바로 '오작교烏鵲橋'다. 1년을 기다렸다가 만나는 단 하루의 '해후邂逅'는 금세 이별로 다가오고, 그때 견우와 직녀가 흘리는 눈물이 칠석날 오는 비라고 한다.

참 애절한 전설이고, 안타까운 연인이다. 하지만 생각을 달리해 보면 견우와 직녀는 정말 행복한 연인이다. 아무리 사랑하는 사람들도 시간이 지나면 관심도 열정도 사그라지고, 또 결국엔 작별해야 한다. 사람의 목숨이란 한정되어 있기 때문이다.

견우와 직녀는 아주 먼 옛날부터 지금까지 만나고 있고,

앞으로도 영원히 만날 수 있다. 비록 1년에 단 한 차례의 만남이지만, 그들의 사랑은 영원하다. 삼백예순 날 넘게 기다리는 게 아프고 힘들지 모르지만, 그들은 반년은 만남을 기다리는 희망으로 살고, 나머지 반년은 만남의 행복을 추억하며 살 수 있지 않은가? 생각하기 나름이다. 절절한 그리움에 마음이 아프다는 것만 생각하면 견우와 직녀가 안타깝기 그지없지만 그렇게 희망과 추억으로 한 해를 보낼 수 있다는 건 그 둘에게 얼마나 큰 축복인가!

한 가지 해석만 가능하다는 건 고정관념에 따라 사는 것이다. 같은 사건도 보는 입장에 따라, 느끼는 차이에 따라 얼마나 많이 달라질 수 있는가? 그러면 견우와 직녀는 복 받은 연인일 수 있는 것이고, 우리의 삶도 더불어 즐거울 수 있는 게 아닐까?

칠석은 동북아의 비슷한 세시풍속이어서 중국과 일본에도 비슷한 설화가 있다. 소재의 차이가 좀 있지만 줄거리는 거의 차이가 없다. 나라奈良시대에 중국의 칠석 전설이 일본에 전해졌다고 한다. 요즘 중국이나 한국에서는 칠석을 기념하는 일이 거의 없는데 일본에서는 칠석날을 축제로 만들어 전승하고 있다. 바로 '다나바타 마쓰리七夕祭'다. 일본의 칠석 전설에 따르면 신녀神女(미코)가 강이나 호수 근처 단상에서

옷을 지었는데, 단상을 가리키는 '타나'와 베짜기를 뜻하는 '하타오리'가 합쳐져 '다나바타'라는 말이 생겼다고 한다.

문제는 이런 것을 놓치거나 버리지 않고 축제로 만들어 즐기고 그걸 상품화하는 일본인들의 문화마케팅 능력이다. 우리나라에도 지자체마다 수많은 축제를 연다. 그러나 거의 차별되는 것도 없고 특색 또한 없다. 지역만의 독창적인 소재에만 집착하기 때문이다. 그러니 홍길동을 놓고 몇 지역이 서로 자기네가 오리지널이라고 싸우는 한심한 작태가 벌어진다. 강릉의 단오제처럼 어디서나 만들어 즐길 수 있는 축제를 되살리는 게 중요하다. 칠석이나 백중 같은 날을 되살려 한판 신나는 축제마당을 만들어 견우도 직녀도 함께 어울릴 수 있게 하는 건 어떨까? (2007년 칠석날에는 서울시 한강사업본부 주최로 '2007 한강 칠월칠석 사랑축제'라는 행사가 열렸다.)

브레인스토밍 메뉴

견우와 직녀 / 회자정리와 거자필반 / 사랑과 이별 / 문화마케팅

종교를 통한 생각의 프레임

종교만큼 양면적인 게 또 있을까? 종교는 사람을 경건하게 하고 삶을 진실하게 만든다. 그러나 종교는 사람을 맹목적이게 하고 배타적이며 공격적이게 하기도 한다. 역사를 통해 종교 때문에 일어난 전쟁보다 추악하고 잔인하며 끈질긴 경우를 찾기는 쉽지 않다. 다른 종교에 대한 최소한의 예의와 존경을 갖추고 있지 않으면 종교는 자칫 위험한 칼이 되기 쉽다.

19세기의 과학과 20세기의 이념은 종교를 위축시켰다. 그러나 그건 독이 아니라 약이었다. 종교가 종교 자체로서 의미를 되찾게 한 진통의 시간이었다. 종교의 가장 큰 가치와 의미는 사람을 근본적으로 자유롭게 하고 삶을 경건한 동시에 역동적이게 만드는 데 있다. 20세기 이념의 시대는 '얻은 것은 갈등이요, 잃은 것은 영혼'이라는 고백을 얻었다. 21세기는 다시 종교에 대한 관심을 집중시킨다. 영혼에 대한 탐색soul seeking은 삶의 의미를 깊게 한다. 그러나 아집과 편견에 몰입된 종교는 득이 아니라 독일뿐이다. 독이 아닌 약으로서 종교가 필요한 시점이다.

48

〈창세기〉와 노동 효용성

하느님이 세상을 창조한다. 첫째 날, 하느님이 "빛이 생겨라" 하니 빛이 생겼다. 그리고 빛과 어둠을 갈랐다. 낮과 밤이 생겼다. 둘째 날, 물과 하늘을 만들었다. 셋째 날, 물을 한곳으로 모이게 하여, 뭍을 만들었다. …… 여섯째 날, 신의 모습을 따라 인간을 창조했다. 그리고 다음 날 신은 하루 휴식을 취했다.

《성경》〈창세기〉편에 나오는 천지창조의 스케줄이다. 일곱 날의 시간이 드라마틱하게 전개된다. 그 하이라이트는, 하느님이 '신의 모습으로Imago Dei' 인간을 창조했다는 부분이다(사실 신은 초형상적 존재이기 때문에 그 형상을 따라 지었다는 주장은 옳지 않다. 신의 형상을 닮았다는 건 인간이 잘나고 우월하다는 근거로서가 아니라 고귀하고 존엄한 존재라는 걸 강조한다. 따라서 Imago Dei는 배타적 우월성의 근거가 아니라 존엄한 존재인 다른 사람에 대한 존중의 근거가 되어야 하지 않을까?). 그러고 나서 신은 마지막 날 하루를 쉬었다. 인간도 이를 따라 하루를 쉰다. 그런데 정말 신은 세상을 창조하는 데 엿새나 걸렸을까? 그리고 하루를 쉬었을까?

《성경》에 있는 모든 기록은 한 치의 오류나 조작이 있을 수 없다고 굳게 믿는 사람들이 많다. 《성경》이 옳으냐 그르냐를 시비할 일은 아니다. 어차피 종교란 과학적 증거를 요구하는 게 아니니까. 또 때론 종교란 과학을 초월하는 무엇이니까. 그러나 《성경》도 역사적 상황에서 벗어날 수 없으며 특히 〈창세기〉는 거대한 메타포적 요소가 강하다는 점 또한 간과해서는 안 된다.

그러나 한번 생각해 보자. 하느님은 전능한 존재omni potential다. 그런데 그런 하느님이 세상을 엿새 동안에 걸쳐 만들었을까? 그리고 이렛날에 모든 일에서 손을 떼고 하루를 쉬었을까? 정말 전능한 신이라면 한순간에 온 세상을 다 만들 수 있었을 것이다. 그리고 신은 휴식이 필요하지도 않을 것이다. 이렛날 하루를 쉬었다는 건 어쩌면 신성모독일 수도 있다. 또한 신의 모상을 따라 인간의 모습을 지었다는 것도 그렇다. 신은 공간적 존재가 아니다(그래서 이슬람교에서는 알라의 모습에 대해 단 한마디도 하지 않는다). 하느님이 세상을 만드는 과정은 실제로 하루, 이틀…… 하는 물리적 시간이 아니라 인간을 중심으로 세상이 어떻게 창조되었는가에 대한 점층적 과정을 강조하는 의미였을 것이다. 하느님이 이레째 되는 날 쉬었다는 걸 기려서 안식일을 지키는 것이 인간의 의무요, 도리라는 것도 인간이 노동에서 잠시 벗어나 휴식과 자기 점검을 위한 시간이 필요하다는 의미가 아니었을까?

한 주를 일곱 날로 만든 건 어쩌면 인간의 노동 효용성에 대한 오랜 경험의 산물이었을 것이다. 이스라엘 사람들은 오랫동안 이집트에서 노예에 가까운 삶을 살았다. 이집트는 당시 상당한 수준의 문명을 누리고 있었다. 그리고 수많은 토목사업이 있었다. 이집트 지배자들은 처음에는 하루도 쉬지 않고 사람들에게 일을 시켰을 것이다. 그러나 많은 사람들이 죽어나가는 등 장기적으로 볼 때 노동 효용성이 크게 떨어진다는 걸 알았다. 여러 유형의 노동 – 휴식 패턴을 사용해 본 결과 사람들에게 엿새를 일하게 하고 하루를 쉬게 하는 데서 가장 높은 생산성과 노동 효용성을 발견하게 되었을 가능성이 높다. 인간이 기계가 아닌 한 휴식은 반드시 필요하다. 당시 이집트는 그런 노동시간 유형을 실시하고 있었다. 이집트에서 살았던 이스라엘 사람들도 자연스럽게 그런 '6+1'이라는 스케줄에 익숙했을 것이다. 그게 자연스럽게 하느님의 천지창조 시간표에 적용된 것이 아닐까?

노동 효용성이라는 측면에서 천지창조의 시간표를 이해한다면 노동의 의미와 가치를 훨씬 더 진지하고 경건하게(?) 생각해 볼 수 있을 것이다. 사람이 사람다운 건 단지 열심히 일하는 데서 오는 건 아니다. 일은 자신의 삶을 실현하는 방법이고 수단이다. 물론 그 자체가 삶의 실현일 수 있다. 그러나 일에만 파묻혀서 살거나 다른 사람에게도 일에 대해 똑같은 가치를 요구하는 건 바람직한 일이 아니다. 워커홀릭은 일종의 정신적 질환이다. 그걸 아무리 근사하게 표현한다고 해도 '중독'임은 분명하다. 워커홀릭은 자신의 삶이 무엇인지, 다른 사람의 삶을 어떻게 바라봐야 할지에 대해서 생각하지 않는 삶이기 쉽다. 〈창세기〉를 노동 효용성의 관점에서 볼 때, 너무나 바쁘게만 살아가는 현대인들의 원점原點을 돌이켜볼 수 있는 의미를 발견할 수 있을 것이다.

《성경》에 쓰인 것을 옳다 그르다 시비하는 것 자체가 불경스럽다고 불쾌하게 여기는 기독교 신자들이 많을지도 모른다. 그러나 《성경》을 시비하는 게 믿음에 반하는 것만은 아닐 것이다. 《성경》이 지니고 있는 총체적 의미를 제대로 새기고 따져보는 게 오히려 《성경》의 뜻에 합치하는 것일 수 있다. 노동에서 벗어나 하루를 쉬어야 하는 인본적 이해를 제대로 한다면, 이는 오히려 성서적 창조관을 벗어나는 게 아니라 하느님이 인간에 대한 사랑의 의미를 올바르게 이해하는 지름길이 될지도 모른다. 문자적 해석에 매달리지 않아야 된다는 건 예수도 강조하지 않았던가? 그런데도 여전히 문자적 해석에서 벗어나지 못한다면 자유로운 신앙생활에 걸림돌이 될지도 모른다.

가장 많은 사람들이 가장 오랫동안 믿어 의심치 않았던 경전조차도 그런데, 다른 것들이야 말해서 뭣하랴? 대부분의 사람들이 받아들인다고 해서 반드시 그게 진리는 아니다. 비록 몇 사람만 따른다 해도, 근거가 확실하고 증거가 뒷받침된다면, 그건 결국 진리로 인정받는다. 중세 후반 지동설의 경우처럼……. 그러니 때론 어떠한 사실 혹은 진리들에 딴지를 걸어보고 따져보는 것도 필요하다.

○━ 브레인스토밍 메뉴

천지창조와 노동 효용성 / 휴식과 노동(력) / 노동과 자아실현 / 주일과 휴일

부처님 손바닥 안의 우리말

'청량清凉' 리에 살던 나는 '불광佛光' 동으로 이사한 뒤 '무진장無盡藏' 재산을 모았다. 그러다가 한 '미망인未亡人'을 만났다. '신통神通'하게도 그녀는 '투기投機'에 대한 본능이 뛰어났다. 내가 보기에 부동산 시장은 '아귀餓鬼' 다툼과 다르지 않았다. 모두들 쉽게 돈을 벌겠다고 '야단법석野壇法席'이었다. '아비규환阿鼻叫喚'이 '다반사茶飯事'요, '건달乾達'의 '시달림'이 일상사였다. 그러나 나는 재물이 모아지는 데에 '몰두沒頭' 해서 '미혹迷惑'에 빠졌다. 그녀와 나는 '이심전심以心傳心' 하면서도 '분별分別'을 제대로 하지 못했다. '점심點心'도 거르고 돈 되는 거라면 어든 마다하지 않았다. '사물事物'을 제대로 분간하지도 못했다. '짐승' 같은 삶이었다. 나중에는 이게 제대로 사는 걸까 하는 걱정도 했지만 어차피 '이판사판理判事判'이었다. 그러나 나는 이 판에서

V 종교를 통한 생각의 프레임

'탈락脫落'하고 싶지 않았다.

어느 날 나는 '안양安養'의 한 '강당講堂'에 '대중大衆'들이 모여 있는 걸 봤다. 그곳에서 '장로長老'님 한 분이 '전도傳道'를 하고 있었다. "여러분, 지금은 '말세末世'입니다. '시방時方' 회개하지 않으면 나중에 여러분의 영혼은 '걸식乞食'을 면치 못하다가 '객사客死'할지도 모릅니다. '설상가상雪上加霜'으로 '찰나刹那'의 쾌락에 빠져 '아수라장阿修羅場'에 빠져들게 됩니다. 여러분 주변에 어렵게 사는 사람들 많습니다. 하지만 그들은 '십시일반十匙一飯' 서로 돕고 삽니다. 여러분들도 마음을 고쳐 좋은 사람이 되십시오." 난 그의 말을 듣고 깨달았다. 강당 건너편에는 '천주天主'교회가 있었다.

'보문普門'동에 사시는 스승님이 돌아가셨다는 소식을 들었다. 그분이 지금의 나를 보면 어찌 생각하실까? '면목面目'이 없었다. 그분과의 '인연因緣'을 다시 생각해 봤다. 그분의 '명복冥福'을 빌면서 나는 결심했다. 이 부끄러운 삶을 반복할 순 없다. 이 '업보業報'를 털고 새 삶을 살지 못하면 도로 '아미타불阿彌陀佛'이 될 것이다. 나는 '비로毘盧'봉에 올라 새 결심을 했다. 나는 '스승'의 가르침에 따라 열심히 '공부工夫'해서 마침내 '출세出世'해 '세계世界'에 이름을 떨쳤다.

앞에 인용한 글의 작은따옴표 속에 있는 낱말들은 모두 불교 용어들이다. 어떤 낱말들은 너무 일반화한 까닭에 불교와 아무 관계가 없다고 여기는 경우도 허다하다. 좀 과장해서 말하자면, 불교 용어를 전혀 쓰지 않고는 일상의 언어가 거의 불가능할 지경이다.

'장로'라는 낱말도 사실은 불교 용어다. 장로란 '배움이 크고 나이가 많으며 덕이 높은 중을 높여 이르는 말'이다. 원로 스님이 여자라면 비구가 아닌 비구니인 까닭에 '장로니'라고 불렀다. 그만큼 불교는 우리나라 종교와 문화의 가장 오래된 중심이었다. 서양인들의 이름이 예수의 제자나 성인들에서 따온 경우가 많듯이, 우리나라의 경우도 지명을 비롯해서 모든 분야의 용어에 불교가 많은 영향을 미쳤다.

인용한 낱말들말고도 달리 우리 일상에서 사용되는 불교 용어들은 의외로 많다. 어떤 경지에 푹 빠져 있을 때 '삼매경'에 빠졌다고 한다. '삼경에 잠이 들 정도로 깊이 빠진 상태'를 뜻하는 삼매경三昧境은 본디 불교 경전의 이름이다. 연인끼리의 달콤한 속삭임인 '밀어密語'는 불교 밀교에서 여래如來의 교의를 설명하는 말이다. 연인들의 달콤한 속삭임이 그 깊은 여래의 경지에 이를 만큼 심오한 거라면 모르겠지만……. 이야기의 첫머리를 뜻하는 '화두話頭'는 선원에서 참

선 수행을 할 때 실마리로 삼는 것을 뜻한다. 흔히 조사祖師들의 말에서 따온 공안公眼의 1절을 택한다. 흔히 요란스러운 장면을 일컬어 '야단법석을 떤다'고 하는데, 야단법석도 불교에서 나온 말이다. 법석法席이란 설법이나 독경을 하는 자리다. 대개는 절집 안에서 하지만, 초파일 같은 대중법회 때는 마당에 단을 마련하고野檀 법석을 세운다. 많은 불자들이 모여 있는 상황이니 부산스럽고 시끄럽기도 했을 것이다. 이처럼 일상생활 속에 불교 용어가 많다는 건 우리의 종교생활 가운데 불교가 가장 오랫동안 영향을 미쳐왔다는 반증이다.

불교를 믿든 안 믿든 사회와 문화에 깃든 흔적과 영향을 조금씩 새겨본다면 저절로 영혼의 정화 또는 순화에도 도움이 될 것이다. 또 재미있는 일이기도 할 것이고.

○━ 브레인스토밍 메뉴

불교와 일상용어 / 장로와 장로니 / 종교와 사회

성탄절은 있는데,
왜 석탄절은 없는 걸까?

법정공휴일이나 기념일을 보면 '~절'과 '~일'로 나뉘어 있음을 알 수 있다. 어떤 건 '~절'이고, 또 어떤 건 '~일/날'인 까닭은 무엇일까?

'절'은 '명절名節'의 줄임말이고, '일'은 '명일名日'의 줄임말이다. 명절과 명일의 차이를 가리자면 사전적으로 다음과 같이 나눌 수 있다. 명절은 '전통적'으로 '해마다' 정해진 날에 따라 지키고 즐기는 날이고, 명일은 국경일과 명절 등을 두루 지칭한다. 그러니까 명일이 훨씬 넓은 의미로 사용되는 말임을 알 수 있다. 그 명일 가운데 보다 많은 사람들이 지키거나 또는 지켜야 하는 즐거운 날을 가려 '절'이라는 말을 붙인다는 게 일반적인 용례인 것 같다. '절'이 붙는 날은 의외로 많지 않다. 삼일절, 제헌절, 광복절, 개천절 등이 대표적인 경우다. 물론 여기에 성탄절, 노동절(여전히 '근로자의 날'로 부르는 까닭을 명쾌하게 설명하지 못하는 건 왜일까?) 과 중추절(추석) 등이 있다.

예수의 탄생일이 성탄절인 건 전 세계 많은 사람들이 다 함께 기리고 즐거워하는 날이라서 '~절'이 붙은 모양이다. 그렇다면 '부처님 오신 날' 또는 '석가탄신일'은 왜 '불탄절'이나 '석탄절'로 부르지 않을까?(물론 불자들은 '석탄절'로 부르기도 한다). 어차피 둘 다 국가 지정 공휴일이고 똑같은 종교의 축일이지 않은가? 예수의 탄생일은 전 세계적으로 기념하는 날이기 때문에 '성탄절'이라고 쓴다면, 그건 부처의 탄생일에도 똑같이 적용돼야 하는 게 공평한 것이 아닐까? 그리고 '성탄절'이라는 낱말은 문자 그대로 '성인이 탄생한 날'이다. 그렇다면 성인은 '오직 예수뿐'이라는 뜻인가? 먼저 썼으니 임자라고 우길 게 아니다. 하나의 말이 갖는 보편적 의미와 사용을 따지자면 공평해야 한다는 뜻이다. 그리고 우리나라가 유교를 숭상하는 나라임은 누구나 아는 사실인데, 어째서 공자의 탄생일은 공휴일이 아닌가? 유교는 종교가 아니라서? 하지만 유교를 종교와 버금가게 믿고 따르는 사람들도 많다. 신자들의 힘에 따라 공휴일이 정해지고, 그 이름이 다른 건 생각해 볼 문제다(공휴일 늘려서 놀자판 즐기자는 뜻이 아니다. 제헌절도 2008년부터는 공휴일이 아닌 기념일로 바뀌었다. 너무 많은 공휴일은 줄여야 옳다. 각 종교의 신자들이 용납하지 않겠지만, 전체 국민에게 공동의 의미를 지니는 게 아니라면 종교와 관련된 휴일을 줄여야 하지 않을까? 크리스마스는 전 세계 공통적인 휴일이라고 할지 모르지만, 이슬람이나 불교문화권에서는 따르지 않는다. 국가공휴일은 전 국민적 의미의 기념일이어야 한다는 뜻이다. 까칠하게 걸기 세우지 말았으면 좋겠다).

게다가 우리나라의 경우 기독교와 불교 신자의 수도 크게 차이가 나는 것도 아닌데 말이다. 물론 갈수록 불자들의 숫자는 줄고 있고, 기독교 신자의 수는 늘고 있기는 하지만, 적어도 이날이 국가 공휴일로 정해졌을 때에는 엇비슷했다. 그렇다면 그 기준은 과연 무엇인가? 세력의 차이? 서구적 사고 때문? 어떤 설명도 석연치 않다. 어느 한쪽을 편들거나 몰아세우자는 게 아니다. 똑같은 종교적 대축일이라면, 그에 대한 언어의 대접도 같아야 하는 게 아닐까?

브레인스토밍 메뉴

성탄절과 석탄절 / 명절과 명일 / 종교 기념일과 휴일

나, 뱀. 정말 억울해!

《구약 성경》〈창세기〉에 보면 뱀이 인간을 유혹한다. 뱀은 먼저 여자를 꼬드긴다. "이봐요, 이거 먹지 말라고 한다고 정말 안 먹어? 어리석은 사람 같으니! 이걸 먹으면 당신들도 하느님처럼 된단 말야. 죽지도 않고, 세상을 두루 알게 될 거야. 그러니 걱정하지 말고 한번 먹어봐."

뱀의 꼬임에 결국은 여자는 넘어가고(왜 남자보다 여자가 사과를 먼저 먹을까? 여자는 그만큼 유혹에 잘 넘어가서? 여자는 인간의 모든 죄의 시작이니까? 웃기는 일이다. 그냥 《성경》을 남자들이 썼으니까 그런 것뿐!) 남자에게도 사과를 먹인다. 하느님이 사태를 파악하고 여자에게는 임신과 출산의 고통을 주었고, 남자에게는 평생을 고통 속에서 땅을 부쳐 먹도록 벌을 내린다. 그리고 당사자인 뱀에게는 배로 기어 다니며 먼지를 먹도록 벌을 내린다(사람들 눈에는 뱀이 기어 다니니까 '먼지'를 먹는 줄 아는 모양이지? 뱀이 웃을 일이다!).

왜 뱀이 유혹자로 등장했을까? 아주 특이한 취향이 있는 사람을 제외하고는 뱀 좋아하는 이 없다. 다리가 너무 많거나 아주 없으면 다들 그 대상에 질겁한다. 게다가 뱀은 치명적인 독이 있어서 사람들과 가축들의 목숨을 앗아가는 경우도 있다. 그러니 뱀은 기피 동물이다(사람들은, 뱀이 해로운 들쥐를 잡아먹는 데는 않으니 관심이 없다!). 뱀이 혀를 날름거리는 건 단지 감각작용을 하는 것뿐이다. 일종의 센서링이다. 게다가 뱀의 혀는 갈라졌다. 사람들이 뱀을 볼 때마다 뱀은 갈라진 혀를 날름거린다. 사람들은 뱀의 그런 모습만 봐도 질겁한다.

사실 뱀에 대한 상징의 의미는 문화마다 다르다. 뱀은 죽음과 혼돈의 상징이면서도 치유와 생명의 상징이기도 하다. 그리스신화에 나오는 뱀은 다양한 의미로 쓰였다. 테이레시아스Teiresias(그리스신화에 나오는 예언자)에게 예언 능력을 준 게 뱀이었다. 그래서 뱀은 신성한 지혜를 상징했다. 흔히 볼 수 있는 뱀이 꼬리를 물고 있는 동그라미 그림은 바로 삶의 이미지였다. 바빌로니아 신화에서 뱀은 창조설화와 밀접

한 관련이 있다. 인도인들에게 뱀은 정신적 에너지를 상징했다. 미국 원주민(흔히 인디언이라고 부르지만, 그건 정당한 이름이 아니다)들은 뱀을 비를 부르는 상징으로 여겼다. 중국 신화에 나오는 중매쟁이 수호 여신이 여와다. 전설적 황제 복희의 아내(또는 여동생)인 그녀는 사람의 얼굴에 뱀의 모양을 하고 있다. 중국이나 한국에서의 뱀은 생명의 상징이기도 하며, 커다란 뱀 이무기가 때를 만나 용으로 승천하기도 한다. 십이간지에 뱀이 있는 걸 봐도 동양인들은 뱀을 매우 가깝게 느끼고 있었음을 알 수 있다. 그러나 그리스도교 문명이 전파되면서 뱀은 더 이상 그런 다양한 이미지를 갖지 못하고 에덴동산에서 인간을 유혹하는 사악한 존재로 전락하고 말았다. 또 다른 측면에서도 볼 수 있다. 당시 이스라엘 주변의 여러 나라들은 다양한 신을 섬겼는데, 그 가운데는 뱀을 숭배하는 경우가 많았다고 한다. 대표적으로 수메르인들은 뱀을 아주 신성시했다. 다른 민족의 신을 한꺼번에 묶어 깎아내리기에는 뱀이 제격이었을 것이다.

사람의 눈으로 봤을 때 갈라진 뱀의 혀는 분열을 상징하는 걸로 여겨졌다(가뜩이나 재수없는 놈이니까 더 만만했겠지!). 계속해서 날름대는 혀는 사람들을 이간시키는 몸짓으로 보였다. 그래서 엉뚱하게도 뱀이 〈창세기〉에서 인간을 유혹하는 사악한 동물로 등장하는 것이다. 뱀은 그저 제 살 방도 때문에 혀를 날름대며 먹잇감을 찾고(생물학적으로 이걸 야콥슨 기관Jacobson's organ의 반응이라고 부른다. 뱀은 코가 없는 대신 야콥슨 기관이라는 후각 상피 조직이 있다) 다닌 것뿐이다. 단지 겉모습 때문에, 그것도 뱀의 생리를 잘 모르는 사람들에 의해 악역을 떠안게 된 뱀은 얼마나 억울할까? 그래서 평생을 배로 기어 다니게 되다니!(너희들이 우리 뱀을 알어? 우리가 만약 사람을 꼬드긴 죄로 기어 다녔다면 그 전에는 우리가 서서 다녔나? 아님 다리가 있었나? 우리를 너희들 멋대로 짜맞추지 말아줘! 제발!) 뱀은 그래서 억울하다.

어떤 독실한(?) 기독교 신자들은 인류를 타락시킨 주범이라고 뱀을 보면 돌로 내리쳐 죽이기까지 하는 이도 있다(나를 두 번 죽이는 거예요!). 무지와 편견은 그렇게 약도 대책도 없다.

브레인스토밍 메뉴

성경 속의 뱀과 생물학 속의 뱀 / 각 문화권과 뱀의 상징성 / 종교와 터부

왜 '면죄부' 라는 말이 생겼을까?

16세기 종교개혁은 세계 역사의 흐름을 바꿔놓은 거대한 전환이었다. 벌써 500년이나 지난 이 사건은 마치 20세기의 동서냉전만큼이나 뿌리 깊은 갈등과 반목을 일으켰다. 종교개혁의 발단은 '면죄부' 의 판매였다(사실 '종교개혁' 이라는 말도 올바른 번역어는 아니다. 'Reformation', 즉 원어 그대로 개혁이면 충분하다. 굳이 따진다면 교회의 개혁이다. 종교의 개혁이라고 부르는 건 마치 종교는 오로지 그리스도교뿐이라는 서양식 사고를 그대로 받아들이는 것과 다르지 않다. '종교개혁' 도 일본인들이 그렇게 옮겨 쓴 걸 우리가 그대로 받아 쓰는 말 가운데 하나다. 그러니 엄밀하게는 '그리스도교회의 개혁' 이라고 해야 옳겠지만, 일반화된 말이라서 여기서는 그냥 쓰기로 한다).

'면죄부Indulgence' 역시 올바른 번역어가 아니다. '대사부 大赦符'라고 해야 옳은 번역이다. 올바르지 못한 번역어가 그대로 쓰이는 건 서양사 책에서 면죄부라고 옮겨 쓴 것을 우리가 관행적으로 사용해 온 까닭이다. 중세 교회의 교리에 따르면 성인聖人을 제외하고는 모두가 죄인이다. 그런데 성인은 천국에 갈 수 있는 양보다 더 많은 선행을 행했다. 그러니까 잉여분이 생긴 셈이다. 이 잉여분을 교황이 신자들을 위해 사용할 수 있다는 해괴한 논리가 생겨났다. 교황은 참회할 의지가 있는 신자들에게 연옥에서 죄를 태울 때 받는 고통을 줄여주기 위해 이 잉여분을 나눠줄 수 있다고 했다. 본디 대사부는 처음에는 십자군 종군병사나 자선가들에게 발급되었다. 일종의 훈장과도 같았다. 그러나 대사부는 점차 교황의 재정적 필요를 보충하는 수단으로 바뀌면서 타락하게 됐다. 대사부에 대한 교황의 그럴싸한 설명은 '예수와 선대 성인들이 쌓아놓은 막대한 공덕 중의 일부를 교황이 '떼어내어' 이를 일반 신도들을 위해 사용해 그들이 받을 죄의 일부를 면제할 수 있다'는 것이었다. 교황은 성베드로 성당을 짓기 위한 재정 마련을 위해 대사권을 발행했다.

사실 이 대사부에는 전제가 따랐다. 무조건 대사부를 산다고 해결되는 것이 아니라, 우선 자신의 잘못에 대한 통회痛

悔가 선행되어야 했다. 그리고 잘못에 대한 일종의 보속補贖으로 자선과 선행을 해야 했다. 그러고 나서 다시는 죄를 반복하지 않도록 성찰하는 과정이 요구되었다. 그런데 당시 타락한 교회는 대사부를 빨리 팔아서 건축 비용을 마련하는 게 급선무였기 때문에 각 나라별로 대사부를 할당까지 하고, 때론 대사부 구입을 독려할 사람을 파견하기도 했다.

문제는 독일에서 일어났다. 당시 수백 개의 나라로 분열된 독일에서는 국가별 할당이 너무 복잡해서 로마 교황청은 푸거Fugger 가문에 대사부 판매를 의뢰했다(요즘 식으로 말하자면, 일종의 분양대행사라고나 할까?). 푸거가는 광산업과 고리대금업으로 막대한 부를 축적한 악덕 기업이었다. 이들은 독일 전역에 지사가 있어서 전국적인 판매망을 갖추고 있었다. 그래서 로마 가톨릭교회는 푸거가에 대사부 판매권을 넘긴 것이다. 판매 수수료는 무려 1/3에 달했다. 엄청난 분양 이익이다. 그러니 푸거가로서는 대사부를 많이 팔아야 자신들의 이익이 커지기 때문에 적극적으로 판매에 매달렸다. 푸거가는 대사부 판매를 높이기 위해 기상천외한 광고 카피를 만들어냈다.

"여러분이 '대사부'를 산 그 돈이 금고에 떨어져 쨍그랑 소리가 나는 동시에 본인은 물론이고 부모님의 죄도 구원됩니다. 여러분이 구입하는 이 티켓은 그야말로 천국에 이르는 확실한 통행증입니다."

세상에 어떻게 이렇게 뻔뻔한 과대광고가 있을 수 있을까? 당시 경제적으로 낙후되었던 독일의 도시 상인과 생산업자들은 교황에 대한 불만이 한껏 고조되어 있었다. 헌금이며 십일조뿐 아니라 초입세annates(성직자가 성직 취임 후 첫 해의 자기 수입을 교황에게 바치는 돈) 등 온갖 형태의 돈이 교황청으로 흘러 들어갔기 때문이다. 게다가 독일 남부의 광산주이며 대금융업자인 푸거가는 일찍이 독점권을 가지고 도시 상인의 활동을 제약했고 횡포를 일삼았다. 그래서 푸거가에 대한 불만과 유감은 그대로 교황청으로 향했다.

이 사태를 보고 아우구스티누스 은수자 수도회Augustinian Hermit의 수도 신부이며 비텐베르크 대학의 신학부 교수였던 마르틴 루터는 더 이상 참지 못하고 1517년 대사부 판매에 항의하는 95개조의 반박문을 비텐베르크의 만인성자 교회 문에 내걸었다. 루터는 얼마 전 로마 순례를 다녀왔다가 교회가 얼마나 타락했는지 눈으로 보고 실망을 금치 못했다. 그런데 대사부의 판매는 더 이상 용납할 수 없는 악행이었기 때문에 루터는 용기 있게 반박문을 내걸었고, 그 일이 종교개혁을 촉발했다.

흔히 면죄부로 번역하는 대사부는 요즘 개념으로 하면 건축 헌금쯤 될 것이다. 그러나 그 방식과 억지는 당시 부패한 교회의 타락한 모습을 그대로 드러낸 악행의 상징으로 받아들여졌다. 결국 교회는 둘로 갈라졌다. 종교개혁은 특정 사건과 인물에 의해 발생했다기보다는, 오랫동안 쌓여왔던 교회의 부패와 무능이 한꺼번에 터진 피할 수 없는 사건이었다. 적어도 푸거가에 의해 판매된 대사부는 면죄부라고 번역되어도 전혀 할 말이 없는 무례와 탐욕의 극치였다.

그럼 왜 대사부가 면죄부라는 말로 쓰였을까? 대개 그랬듯이 일본어 책을 옮기면서 그들이 먼저 사용한 용어를 그대로 썼기 때문이다. 그리고 조선에 교육선교를 했던 개신교회의 기독교 교육을 받은 사람들이 볼 때 그 말은 적절하다고 생각했기 때문이다(당시 조선의 가톨릭교회는 여러 차례 사화士禍와 탄압 때문에 교육에 신경 쓸 틈이 거의 없었다). 교육을 통해 배운 이 낱말이 그대로 일반화된 것이다. 굳이 따지자면 대사부는 처음부터 그릇된 근거에서 잘못 쓰였으니 면죄부라는 말로 번역되는 것도 딱히 무리는 아니다. 안타까운 건 벌써 500년이나 지난 이 사건으로 개신교는 가톨릭교회를 더러운 벌레쯤으로 여기고 있다는 점이다. 가톨릭교회 또한 개신교회를 버릇없는 둘째 아들쯤으로 생각한다. 우선 가톨릭교회는 이 종교개혁에 대해 감사해야 한다. 그게 없었다면 스스로 자정할 생각을 했을까? 너무나 타락해서 한번 무너지면 회복할 수 없는 상태에 이르기 전에 루터의 따끔한 질타로 시작된 개혁은 교회 스스로 자기 개혁을 할 수 있는 기회를 제공했다(1878년 니체는 르네상스를 '천 년 중의 황금기'라고 평가하면서 종교개혁을 '분노를 불러일으킬 정도로 단순하고 천박해진 유럽 정신' 또는 '중세로의 후퇴'라고 보았다. 종교개혁이 반反종교개혁을 불러일으켜 가톨릭을 다시 소생하게 한 결과, 겨우 마련한 '계몽주의의 여명'을 200년가량 늦추게 만들었다는 것이다). 그런 점에서 가톨릭교회는 진심으로 루터에게 감사해야 한다. 개신교회 또한 가톨릭교회가 꾸준히 자기 정화를 통해 예전의 어리석음을 진작 버렸다는 걸 인식할 수 있어야 한다. 그런 인식이 갈라진 교회의 화해를 가능하게 하는 첫걸음이기 때문이다.

○━ **브레인스토밍 메뉴**
- -
면죄부와 대사부 / 가톨릭교회와 개신교회 / 십일조와 교무금 / 종교의 역할

검은색 상복, 남은 자의 슬픔?

죽음은 누구에게나 두렵다. 또한 죽음 앞에서는 누구나 슬프다. 하지만 엄밀하게 말하자면 살아 있는 사람 가운데 아무도 죽음을 경험한 이는 없다. 그래서 죽음이 정말 두렵고 슬픈 일인지 알 길은 없다. 물론 사랑하는 사람, 소중한 이와의 영원한 헤어짐은 상상만으로도 가슴 아프다. 하지만 그 슬픔도 결국은 남아 있는 사람과의 관계의 경중에 따라 그 농도가 다르다.

어린 자녀를 남겨 두고 떠난 가장의 빈소에서는 유족들과 함께 애통해 하고 안타까워 하지만, 보통 사람들보다 오래 살다가 떠난 망자의 빈소는 말이 상가지 분위기는 거의 잔칫집인 경우도 있다. 문상객들도 상주에게 "호상입니다", "호상하십시오" 또는 심지어 "그동안 애 많이 쓰셨습니다"라고 말한다. 거의 덕담의 수준이다. 이렇듯 죽음은 그 자체에 대한 슬픔보다 남은 이에게 죽음이 어떤 의미로 다가가느냐에 따라 다르다.

우리 선조들은 상가에서 흰옷을 입었다. 흰옷은 순결을 상징하기도 하지만 '없음無·空'을 상징하기 때문이기도 하고, 현실에서도 흰옷을 많이 입었기 때문이었을 것이다. 평소에 흰옷을 입지 않는 중국인들도 장례 때는 흰옷을 입은 걸 보면 다른 의미가 있을 것이다. 죽음이라는 '어두운 길'로 가는 망자에게 길을 밝혀준다는 주술적 의미 때문에 흰옷을 입었던 중국인들의 문화가 전해진 까닭도 있을 것이다. 요즘 상가에는 '소복素服'보다는 검은색 상복을 입는 상주들이 많다. 평소에 입지 않을 옷을 일부러 맞추는 낭비를 막기도 할 겸 보편화된 서양식 장례문화의 영향이기도 하겠지만, 일제강점기 때 상례간소화를 빌미로 우리의 전통문화를 말소하려는 획책의 결과 때문이기도 하다(1960~70년대 군사독재정권도 '가정의례준칙'이란 걸 시행해서 관혼상제의 지나친 낭비를 막는다며 똑같은 요구를 했다).

그런데 왜 요즘 상복은 검은색일까? 일반적으로 검은색은 죽음을 의미한다. 검은색이 어둠을 의미해서 빛의 소멸과 상통하는 죽음과 맞닿아 있기 때문이다. 가톨릭 사제들이 검

은색 사제복(수단soutane)을 입는 것도 속세의 삶을 끊고 신에게 헌신하겠다는, 이전까지의 자신의 삶이 죽었다는 강한 의지의 표현이라는 해석도 있다.

하지만 또 다른 해석도 있다. 예전에는 집 밖의 쓰레기통을 검은색으로 칠하기도 했다. 그건 쓰레기통에 파리떼가 들끓지 못하도록 하기 위함이었다. 검은색은 파리에게 거리 파악을 힘들게 해서 쓰레기통에 파리가 착지하지 못하는 점에 착안했던 것이다.

서양인들이 검은색 상복을 입는 것도 사실은 이와 같은 이유 때문이었다고 한다. 검은 옷으로 자신의 몸을 감싸면 망자의 영혼이 자신을 알아보지 못해서 망자가 자신을 데려가지 못하거나 따라다니지 못할 것이라고 여겼기 때문에 검은색 상복을 입었다는 것이다. 하기야 동양에서도 저승사자는 검은색 옷을 입고 온다. 저승사자는 사람들 눈에 띄여서는 안 되기 때문이다. 그런 점에서 검은색은 '완전한 익명' 또는 '은폐와 엄폐'가 상통하는 면이 있다. 결국 남은 사람들의 죽음에 대한 두려움이 만들어낸 연상 심리가 검은색 상복에 작용한 것이라 할 수 있다(우리나라 귀신들이 영화나 드라마에서 주로 하얀 소복을 입고 나오는 것에 대해 이런 해석도 있다. 저승에 가지 못하고 이승에 떠도는 귀신들은 뭔가 한 맺힌 바가 많기 때문인데, 그 귀신들은 비명횡사를 했거나 자기 시신을 거둬줄 가족이 없거나, 아주 가난한 경우에는 베로 된 수의를 입히지 못하고 그냥 흰 무명옷을 입혀서 시신을 묻었기 때문이라는 것이다).

□━━ **브레인스토밍 메뉴**
- -
흰색과 검은색 / 생명의 색과 죽음의 색 / 각 종교의 죽음관

고딕 교회는
뽀다구 잡으려는 허세였다!

　지도를 보면 교회를 표시하는 심벌은 뽀족한 삼각형 위에 십자가가 붙어 있는 모양으로 표시되는 경우가 많다. 어디서나 교회는 높고 뽀족한 첨탑에 십자가가 세워져 있으니 그럴 법도 하다. 그러나 그런 교회 이미지는 사실 역사에서 잠깐 나타난 고딕 양식에서 따온 것일 뿐, 모든 교회가 그런 모습을 했던 건 아니다.

　11세기 중엽, 파리의 생드니수도원에 새로운 바실리카 basilica(성당)가 세워졌다. 생드니수도원 원장인 쉬제 Suger(1081~1151)는 새로운 양식의 교회를 짓고 싶었다. 그는 새로운 구조물의 성격을 결정하는 요소로서 연속적인 빛과 경이로운 빛을 택했다. 이러한 목적을 달성하기 위해 벽체는 돌과 유리의 얇은 껍질로 만들어질 계획이었다. 그 결과 벽체에 대한 육중한 느낌은 사라지고 엄청나게 투명한 2중 보회랑步廻廊 ambulatory은 빛나는 박처럼 보이게 했다. 이 새로운 교회는 예전의 교회 모습과는 너무 달라서 사람들이 의아해 했다. 쉬제는 이 교회의 건축양식을 'post modus' 즉 '새로운 양식'이라고 이름 붙였다. 요즘으로 따지자면 '포스트 모던' 쯤 되겠다. 그러나 사람들은 쉬제의 새로운 양식을 이해할 수 없었다. 그래서 그 양식을 '고딕Gothic'이라 불렀다. 우리가 흔히 '고딕 양식'이라고 하는 건 이때부터 비롯되었다.

당시 사람들이 고딕이라고 불렀던 건 '이상야릇한' 또는 '기괴한'이라는 의미였다. 고딕이란, '고트Goths족 양식'이라는 뜻이다. 즉 고대 로마의 오랜 골칫덩이 고트족에 대한 폄하의 의미였다. 굳이 우리식으로 옮기자면, '오랑캐풍' 정도가 된다. 하지만 고딕 양식과 고트족은 사실 아무런 연관이 없었다. 만만한 고트족이 엉뚱하게 끌려와 쓰인 꼴이다.

흔히 사람들은 고딕 양식 하면 높은 첨탑과 화려한 건축물을 떠올린다. 하늘을 향한 인간의 신앙이 표현된 양식이라고들 한다. 하지만 실제로 고딕 양식은 그런 하늘을 향한 신앙심과는 거리가 멀어도 한참 멀다. 고딕 양식을 유심히 보라. 고딕 양식으로 유명한 교회들은 거의 대도시에 국한되어 있다. 이게 무엇을 의미할까?

고딕 양식의 교회는 엄청난 재원이 없으면 애당초 건축이 불가능한 건물이었다. 중세의 도시에는 특별한 의미가 있다. 모든 게 고정되어 있던 중세의 정태静態적 사회가 무너지기 시작한 건 바로 도시의 출현부터다. 도시는 처음에는 잉여생산물을 교환하기 위한 시장의 기능을 했다. 일종의 '파시波市'처럼 필요에 따라 열리던 시장은 곧 상설시장으로 변모했다. 도시는 그 기능을 수행했다. 상업의 생산성은 농업의 그것을 훨씬 능가한다. 마침내 도시는 자치권까지 사들였다. 그리고 도시에 새로운 신흥 세력이 출현했다. 신흥 세력이란 주로 상인, 회계사, 법률가 등 전문가 집단이었다 그들은 성 안에 살고 있었기 때문에 '부르주아bourgeois' 라고 불렸다. 도시에 세워진 성이 경계가 되어 각 거주자들이 달랐다. 그래서 '성 안에 사는 사람' 이라는 문자적 의미가 '신흥자본가' 라는 뜻으로 자리 잡았다. 그리고 이들은 이탈리아 북부도시 볼로냐에 대학까지 세웠다.

도시는 점차 막대한 부를 축적했다. 한편, 중세시대는 종교가 중요한 역할을 했던 시대다. 도시는 자신들의 능력을 과시하고 싶었다. 그래서 화려하고 멋진 교회를 세우기로 했다. 마침 새로운 건축법이 발전했다. 뾰족 아치pointed arch, 리

브볼트ribbed vault, 비량飛樑 flying buttress이라는 기술상의 3요소가 고딕건축의 특징이다. 이 새로운 공법들은 높으면서도 얇은 벽체의 건물을 짓는 일을 가능하게 했다. 이런 것들이 어우러져서 만들어진 게 바로 고딕 양식의 교회 건축물이다.

새로 형성된 부르주아 계층은 겉으로는 하늘을 향한 자신들의 숭고한 신앙을 표현하는 것이라고 했지만 그 속내는 전혀 다른 것이었다. 자신들의 부를 과시하고 싶었던 것이다. 정말 하늘을 향한 마음이라면 높은 산꼭대기에 지으면 될 일이다. 유심히 보라. 고딕 양식의 건축물들은 일단 규모가 엄청나다. 어떤 건물은 수십 년 이상 지은 것도 있다. 어떤 교회는 짓는 데만 거의 200년가량 걸려서 기초와 상단 부분이 서로 다른 양식으로 지어진 경우도 있었다. 시대적으로 봐도 불과 2세기쯤 풍미했을 뿐이고, 지역적으로도 한정된 교회 건축 양식이었다.

이탈리아만 해도 고딕 양식 건축물들은 남부의 농촌 지역에는 없고, 번성한 북부 도시들에만 국한되어 있다. 프랑스의 대도시와 영국 남부, 독일 남부 등에 집중된 고딕 양식의 교회는 소박하고 신실한 신앙의 표현의 산물이 결코 아니었다. 그건 과시고 허세였을 뿐이다. 자기 만족과 과시 때문에 치른 낭비와 허영은 그대로 후세까지 이어졌다. 비록 양식은 바뀌었지만 고딕 양식이 만들어낸 이러한 허세는 뒤를 이은 르네상스 양식과 바로크 양식의 교회에도 그대로 전해졌다. 그 대표적인 경우가 바로 성 베드로 성당이다(가톨릭신자들이야 그 건물을 자랑스러워 할지 모르겠지만, 그 잘난 건물을 짓기 위해 온갖 돈을 다 긁어모으다가 결국 종교개혁을 초래할 만큼 한심한 건축물이란 걸 잊어서는 안 된다).

중세의 막이 내리고, 도시 중심에서 국가 중심으로 체제가 변하면서 고딕 양식의 교회는 그 용도가 위축되었고 결국 이후에는 고딕 양식의 거대한 교회 건물군은 보기 어렵게 되었다. 고딕 양식의 교회는 까놓고 말하자면, 자신들의 능력과 부를 과시하기 위한 욕구의 표현이었을 뿐이다. 그런데도 건물의 위용이 너무나 압도적이고 강렬해서 사람들은 교회하면 하늘로 쭉 뻗은 모습만 떠올렸고, 규모는 작아도 기본적으로 고딕 양식의 변형을 교회 건물의 모범으로 따랐다.

많은 그리스도교 신자들이 성지순례다 뭐다 해서 유럽의 교회들을 순례한다. 가서 무엇을 보는가? 장엄하고 화려한 이 고딕 교회들을 보고 사람들은 감탄을 금치 못한다. 그러고는 엉뚱하게도 자신들도 그렇게 크고 멋진 교회를 짓고 싶은 열망을 담고 한국으로 돌아온다. 고딕 양식이 어떤 의미를 지니고 있는지, 나중에 어떤 결과를 초래했는지는 미처

보지 못한 채로.

고딕 건물들을 보고 신자들이 정말 배웠어야 하는 건, 신을 빙자한 교만과 과시였다는 것과, 그 열풍을 스스로 벗지 못한 교회가 나중에는 최고의 교회를 짓기 위해 무리수를 두다가 결국 교회의 분열을 자초했다는 반성이어야 한다.

그런데도 여전히 사람들의 머릿속에는 크고 화려한 고딕 교회가 자리 잡고 있다. 안타까운 일이다. 너도 나도 더 멋지고 큰 교회 건물 짓느라 정신이 없다. 대리석을 깔고 비싼 원목으로 도배하는 게 진정한 교회의 모습일까? 그건 말만 성전聖殿이지 신전神殿에 불과하다. '낮은 데로 임하지 못하고' 겉만 번지르한 건물에 취해 있는 우리네 자화상을 돌이켜 볼 일이다.

브레인스토밍 메뉴

- -

고딕 양식과 교회 / 성전과 신전 / 종교시설의 대형화

55

노예무역의 죄를 회개하며 부른 노래, Amazing Grace

전 세계 많은 사람들이 좋아하는 가스펠 송 가운데 〈어메이징 그레이스Amazing Grace〉만큼 대중적인 것도 흔치 않을 것이다. 특히 나나 무스쿠리의 감미로운 목소리는 이 노래의 가사와 잘 어울린다.

'놀라운 은총Amazing Grace' (우리나라에서는 '나 같은 죄인 살리신'이라는 제목으로 성가집에 실려 있다)이라는 이 노래는 누가 만들었을까? 이 노랫말을 지은 사람은 18세기 인물인 존 뉴턴John Newton(1725~1807)이다. 뉴턴은 선원인 아버지를 따라 11세 때부터 항해를 시작했다. 그의 생활은 나태와 방탕으로 일관되었다. 뉴턴은 전쟁 중 군인이 되어 군함에 승선했다가 탈영해 수감되었고, 15개월 동안 포로 생활을 하기도 했다. 뉴턴은 포로 생활 동안 노예무역에 종사하게 되었는데, 나중에는 자신이 직접 노예선의 선장이 되어 수많은 노예를 잡아다 파는 일까지 했다.

그런데 어느 날 바다에서 큰 폭풍우를 만나 뉴턴은 목숨이 위태로운 상황에서 기적적으로 살아난 뒤 신의 존재를 체험했다고 한다. 물론 뉴턴은 노예상을 계속했지만, 그 일 이후에는 노예를 인간답게 대했다고 한다. 나중에 그는 노예상을 그만두고 목사가 되어 40여 년 동안 목회활동을 했다.

뉴턴에게 큰 영향을 끼친 사람이 바로 영국에서 노예무역 폐지법을 성립시킨 이상주의 정치가 윌리엄 윌버포스William Wilberforce(1759~1833)였다. 그는 젊은 나이에 정치에 입문해 줄기차게 노예제도의 잘못을 지적하고 폐지에 앞장섰다. 뉴턴은 바로 윌버포스의 영향을 받아 목사가 되었던 것인데, 뉴턴이 악의 구렁텅이에 빠져 있던 자신을 용서하고 받아준 신의 자비에 감사하며 만든 가사가 바로 이 〈어메이징 그레이스〉다.

Amazing grace, how sweet the sound

That saved a wretch like me.

I once was lost, but now am found.

Was blind, but now I see.

놀라운 은총, 얼마나 달콤한 소리인가!

나 같은 불쌍한 인간을 구해주시다니.

나 한때 길 잃고 헤맸지만 이젠 길을 찾았죠.

나 한때 눈 멀었지만, 이젠 볼 수 있지요.

그런데 18세기에는 여전히 미국에서 노예제도가 성행하고 있었다. 그뿐 아니라 흑인들의 교회운동을 훼방하는 백인들도 많았다. 흑인들에게도 영혼이 있다고 한다면, 자신들의 경제적 토대인 흑인 노예를 더 이상 부릴 수 없게 되기 때문이었다. 그래서 흑인 노예들은 자신들의 종교집회를 몰래 알리기 위해 흑인영가 가운데 〈스틸 어웨이 투 지저스Steal away to Jesus〉('나 주님께 피하고 싶어. 나 고향으로 가고 싶어. 더 이상 여기 머무르지 않으리. 주께서 날 부르시네. 천둥소리 울리며 날 부르시네. 난 여기 더 이상 오래 머무르지 않으리'라는 내용의 흑인영가다. 힘겨운 노동과 고향에 대한 그리움을 예수로의 의탁으로 표현한 곡이다) 같은 특정한 곡을 정해 노래하기도 했다.

실제로 미국에는 흑인들을 받아들이지 않는 교회들이 많았다. 그러나 미국 감리교회에서는 흑인들을 받아들였고, 이들에게 가장 적극적으로 다가선 곳은 침례교회였다. 흑인들다수가 침례교 신자(미국 흑인 인권운동 지도자 마틴 루터 킹 목사도 침례교 목사다)인 건 결코 우연이 아니었다.

〈어메이징 그레이스〉를 찬송가처럼 부르는 사람들이 정말 알아야 할 사실은, 단순히 신의 '놀라운 은총'이 아니라 노예상 존 뉴턴이 자신의 잘못을 깨달았다는 점, 그리고 남을 비인간적으로 대하는 게 얼마나 나쁜 일인지를 경계해야 한다는 게 아닐까?

〈어메이징 그레이스〉는 문장으로만 남은 '놀라운 은총'이 아니라 지금도 나보다 못한 이를 차별하고 억압하는 현실에 대한 반성과 개선을 요구하는 노래다(2006년에 개봉한 〈어메이징 그레이스〉라는 영화는 윌버포스의 삶을 담은 영화다. 보면 도움이 될 것이다).

◻︎━ **브레인스토밍 메뉴**

노예무역과 〈어메이징 그레이스〉 / 유신론자와 무신론자 / 자기반성과 참회

VI

과학을 통한 생각의 프레임

흔히 과학 하면 사람들은 '차갑다', '딱딱하다', '어렵다', '편리하다' 등의 반응을 보인다. 그러나 과학이 인간에게 준 가장 큰 선물은 '자유'다. 무지는 권위나 권력에 굴복하게 만든다. 그러나 지식은 그러한 억압에서 스스로 깨어나게 만든다. 근대와 현대가 '자유로운 개인'을 추구하고 그것을 실현할 수 있었던 원동력은 바로 과학이 비춰준 빛이었다.

토머스 쿤은 《과학혁명의 구조》라는 책을 통해 그 과학도 법칙에 매달려 굳어져서는 안된다고 역설했다. 패러다임은 항상 바뀐다. 바뀔 수 있다. 바뀌어야 한다. 새로운 패러다임으로 전이를 이루려면 과학에 대한 법칙성의 맹신도 깨야 한다. 그래야 과학의 진정한 의미인 자유가 우리의 몫이 된다.

56

딱따구리는 나무를 쪼아대며 수작을 건다?

"딱따다닥······!"

깊은 산의 고요를 깨는 딱따구리의 이 경쾌한 소리는 무 엇을 의미할까? 딱따구리는 왜 그렇게 열심히 나무를 쪼아대 는 걸까?

우리는 딱따구리가 나무를 쪼아대는 게 벌레를 잡거나 집 을 짓기 위한 행동이라고 생각한다. 그러나 그게 아니란다. 구애求愛의 소리란다. 실제로 암컷 딱따구리는 나무를 쪼는 법이 없단다. 이왕이면 큰 소리를 멀리까지 퍼뜨려 자신의 남성적 힘을 과시해서 수컷이 암컷들로 하여금 자기에게 날 아오게 만드는 소리란다.

우리는 자연을 우리 방식으로 멋대로 해석하고 받아들이 는 경우가 많다. 수컷 공작새는 멋진 꼬리를 활짝 펴서 자신의 아름다움을 뽐내며 암컷을 유혹한다. 수컷 영양은 목이 부러질 만큼 무겁고 큰 뿔을 과시하며 암컷 영양에게 수작을 건다. 그 큰 뿔 때문에 빠르게 도망가지 못해서 사자의 먹잇 감이 되는 한이 있어도.

동물들은 나름대로 자연에서 살아갈 수 있는 자신만의 최적 조건을 마련한다. 초식동물인 토끼는 항상 경계하고, 적이 나타나는 소리를 잘 들어야 하니까 큰 귀를 지니고 있다. 가청可聽 범위를 넓히기 위함이다. 또 토끼의 큰 귀는 체표면적體表面積을 넓혀서 냉각 작용에도 제격이다. 사람들이 잡기 좋으라고 토끼에게 큰 귀가 있는 게 아니다. 목이 긴 기린은 그 먼 곳까지 피를 돌게 하기 위해서는 엄청나게 두꺼운 심장이 있어야만 한다. 엄청난 체구의 하마는 체중의 부담을 덜기 위해 물에서 산다. 부력을 이용해서 몸무게의 부담을 덜기 위해서다. 그러니 자연계의 모든 살아 있는 것들은 나름대로 주위환경에 알맞은 신체조건을 마련하고 살도록 되어 있다는 뜻이겠다.

수컷 딱따구리도 딴에는 거창한 소리를 내며 암컷을 유혹한다. 자연 속 동물들의 모든 행동에는 제 나름의 목적과 이유가 있다. 그런데 사람들은 자신들의 입장에서만 이해하려고 한다. 하지만 따지고 보면 사람들이라고 다르지 않다. 사

람들이 무도회장에 가서 화려한 춤으로 이성을 유혹하고, 노래방에서 멋진 노래를 한껏 뽐내는 것도 어쩌면 다른 동물들처럼 원초적 본능을 발산하는 것인지도 모른다.

사람은 본능의 결을 따라 살지 않고 그 이상의 것을 원하고 따르며 산다. 그것 때문에 버거워 하고 좌절하면서도 그치지 않는 걸 보면, 어쩌면 시지프스와 너무나 닮았다는 생각이 든다. 아무리 거대한 바위를 정상까지 올려놔도 다시 굴러 떨어질 것을 알면서도 굽히지 않고 도전하는 시지프스는 주어진 운명의 결에 따르지 않고 그 이상의 것을 추구하는 인간의 원형이다. 하지만 '천상천하 유아독존天上天下唯我獨尊'으로 살아서도 안 된다. 동물의 세계에도 인간이 보이고, 동물들이 살아가는 모습을 통해 사람들도 서로 조화하며 사는 법을 배워야 한다. 사람도 자연의 흐름에 맞춰 사는 법을 배워야 한다. 어쩌면 인간의 이성은 자연을 거스르고 지배하라고 있는 게 아니라, 모자란 기능적 조건을 보완해서 자연에 맞춰 살라고 주어진 것일지도 모른다.

ㅁ**브레인스토밍 메뉴**

딱따구리와 구애 / 시지프스의 바위 / 동물의 적응 / 암컷과 수컷 / 동물과 인간

57

더하기 반대는 빼기?
점과 점의 최단성은 직선?

수학은 다른 학문보다 정확하고 논리적이며 정합적이다. 그래서 한 치의 오차도 허용하지 않는다. 그게 수학의 매력이며 장점이자, 학생들에게 수학을 질리게 하는 단점이기도 하다.

수학을 처음 시작할 때 배우는 게 바로 '가감승제加減乘除'의 연산법, 즉 덧셈, 뺄셈, 곱셈, 나눗셈이다. 여기에서 더하기와 빼기, 뭔가 어색하다고 느끼는가? 아마 한 번도 더하기와 빼기를 어색하다고 생각한 적은 없을 것이다. 처음부터 그렇게 배워왔고 써왔으니까 말이다. 하지만 사전적 의미로 굳이 따진다면 더하기의 맞선말은 빼기가 아니라 '덜기'고, 빼기의 맞선말은 '넣기'다. 물론 '덜다'와 '빼다'가 서로 통하는 의미가 없는 게 아니고, '더하다'와 '넣다'가 서로 다른 의미는 아니기 때문에 크게 문제 될 일이 아닐 수 있다. 하지만 처음부터 더하기와 빼기로 쓰고 익혀서 익숙할 뿐이다. 어차피 수학이란 게, 다른 것과 마찬가지로 '약정'이라는 점을 고려한다면 이 시비 자체가 헛수고일 수도 있다.

그러나 수학처럼 정확하고 논리적이며 정합적인 학문을 시작하면서, 그 기본이 되는 연산법의 용어를 부정확하게 사용한다면, 거기엔 뭔가 좀 아쉽거나 어설픈 점이 있다고 생각할 수도 있어야 하지 않을까?

또 다른 예를 들어보자. 점과 점의 '최단성最短性'은 직선이다. 그렇게 배웠고, 그건 사실이다('최단 거리'가 아니라 '최단성'이란 말에 유의할 것!). 그러나 '수학답게' 말하자면 "'유클리드 기하학 내에서' 점과 점의 최단성은 직선이다"라는 전제가 필요하다. 하지만 비유클리드 기하학에서는 다르게 볼 수 있다.

위상대수학 경우뿐 아니라 물리학적 지식과 연관하자면, 이제는 일정한 두 점 사이의 최단성은 단지 '거리length' 개념만 따져서는 안 된다. 거기에는 '속도velocity' 개념이 포함될 수 있다. 예를 들어, 단순한 직선보다는 빛과 같은 파장이 훨씬 빠르게 점과 점 사이를 가로지를 수 있다는 얘기다. 비유클리드 기하학이 유클리드 기하학을 부인하거나 무시하지는 않는다. 그러나 다른 차원의 문제를 다루는 데에는 다른 지식 체계가 필요하다. 아인슈타인의 상대성원리는 그런 발상에서 가능했다. 뉴턴 물리학만으로는 지구 밖 우주로 물체를 날려 보낼 수는 없다. 대기권 내에서 적용되는 물리학적 지식과 대기권 밖에서 쓰이는 지식은 다르다. 지식과 학문은 끊임없이 변하고 발전한다. 사고가 거기에 따르지 못한다면 뒤쳐질 수밖에 없다.

17세기에 활동했던 철학자이자 수학자였던 데카르트는 《방법서설》에서 의심이 진리를 향해 나가도록 한다고 말했다. 흔히 '방법론적 회의'라고 부르는 데카르트의 의심은 지나칠 만큼 철저했다. 그는 모든 사람들이 상식적으로 받아들이는 지식은 언제나 틀릴 수 있다며 거부했다. 그가 감각적 지식을 거부한 건 바로 이런 이유 때문이었다. 직선으로 보이는 빨대가 물 컵에 꽂히면 굴절되는 건 일종의 착시다. 그런 건 믿을 수 없다.

그렇다면 수학은 어떤가? 본인이 뛰어난 수학자였고, 해석기하학의 창시자이기도 했던 데카르트는 그 수학마저도 의심했다. 그는 수학자답게 수학의 정밀성은 인정했다. 수학 체계 내의 제가끔의 공리나 공준은 서로 아귀가 딱 맞아떨어진다(이걸 '정합적'이라고 부른다), 하지만 데카르트는 거기에 안주하지 않았다. 만약 그 체계 전체를 악마의 트릭에 의해 거짓으로 만들어졌다면, 그 정합성이란 것도 결국 '근사한 거짓'일 수밖에 없지 않은가? 그는 그렇게 치열하게 의심했다.

의심과 질문이 새로운 지식을 낳고 지혜를 낳는다. 대답은 '한 번'에 불과하지만, 질문은 꼬리에 꼬리를 물며 계속 이어진다. 의심은 그런 지적 에너지의 동력이다. 익숙한 것들도 가끔은 뒤집어 봐야 하는 건 바로 그러한 지적 자극과 시각의 다양성을 통해 변화와 재창조가 가능하기 때문이다.

브레인스토밍 메뉴

더하기와 빼기 / 최단 거리와 최단성 / 의심과 질문

58

CD 1장의 재생시간이
60분이 아닌 이유는?

1978년 8월 17일 하노버 필립스 공장에서 처음 보는 이상한 '원반'이 출시되었다. 그 이상한 원반의 이름이 바로 CDcompact disc였다.

지름 12센티미터의 이 앙증맞은 CD가 나왔을 때 그 음질의 깨끗함에도 놀랐지만 러닝타임, 즉 노래를 저장할 수 있는 용량이 레코드판LP에 비해 거의 두 배 가까이 늘었다는 것도 경이로웠다. 이전의 SPStandard Play(지름이 25~30센티미터 정도이고, 3.5~4분 정도 녹음할 수 있었던 레코드판이다. 최근에는 거의 쓰이지 않는다)는 말할 것도 없거니와, LPLong Play(지름이 30센티미터에 23~25분 정도 녹음할 수 있는 레코드판이다)의 녹음 시간이 앞, 뒷면을 다 합해 불과 45~50분 이상을 넘을 수 없었던 데 반해, CD는 무려 74분이나 되었기 때문이다.

딱히 정해진 건 아니지만 일반적으로 시간의 양을 정할 때 1시간, 즉 60분으로 잡는 게 일반적이다. 학교의 수업도 대부분 50분 수업에 10분 휴식이고, 군대의 훈련도 마찬가지다. 미국의 유명한 보도프로그램 〈60 Minutes〉는 그 대표적인 경우다. 요즘은 심지어 미사나 예배 같은 종교 집회조차도 60분을 기본으로 삼는다. 그만큼 우리에게 60분이라는 단위는 시간 꼭지로 일반화되었다.

그래서 처음에는 지름도 5밀리미터가 작은 60분 용량으로 CD를 제작할 생각이었다고 한다. 그런데 왜 용량을 늘여서 74분을 한계로 정했을까?(물론 최근에 나오는 CD는 인터넷과 새로운 미디어 기술의 발달 덕에 2시간 이상 녹음할 수 있는 것들도 많다).

그건 베토벤 때문이라고 한다. 좀 더 정확하게 말하자면 베토벤의 교향곡 제9번, 일명 〈합창교향곡〉을 녹음 기준으로 삼았기 때문이다. 전곡을 하나의 음반으로 들을 수 있는 레퍼런스(참고)를 삼은 게 바로 〈합창교향곡〉이었다. 그런데 〈합창교향곡〉을 어떤 지휘자는 전체적으로 빠르게 연주하고 (세르지우 첼리비다케처럼), 다른 연주자는 아주 느리게 연주하기(카를 뵘의 연주는 상대적으로 꽤 느리다) 때문에 연주 시간이 들쭉날쭉하다. 그 차이가 10여 분 넘게 났다. 결국 카라얀에게 의뢰해서 그의 연주 시간인 74분 2초를 기준으로 삼았다는 것이다(그러나 최근 CD 개발에 참여했던 피터 크라머Peter Kramer의 말에 따르면, 그건 낭설에 불과하고 개발팀에서 난상토론 끝에 결정했을 뿐이라고 한다. 하지만 그들이 60분을 포기한 건 분명 어떤 계기가 있었을 것이고, 그 참고의 기준이 바로 베토벤 교향곡9번이었다는 건 분명하다).

어떤 새로운 것의 표본과 기준을 설정하는 건 매우 중요하다. 무엇을 선택하느냐에 따라 의미가 달라질 수도 있기 때문다. 그런 점에서 베토벤의 〈합창교향곡〉을 CD 러닝타임의 기준으로 삼았던 건 가장 적절한 선택이었던 것 같다. 20세기에, 어쩌면 있을지도 모를 외계인들과의 조우를 위해 우주로 쏘아 올린 타임캡슐에도 〈합창교향곡〉이 클래식 음악의 대표곡으로 들어 있었다. 이를 통해서도 〈합창교향곡〉이 인류에게 얼마나 의미 있고 소중한 작품인지 알 수 있다.

베토벤 때문에 CD 러닝타임을 60분이 아니라 74분을 표준으로 삼았듯이, 문화는 앞으로 모든 콘텐츠의 레퍼런스가 될 것이다. 그게 경쟁력인 시대다. 산업화 시대에 국민의 힘, 즉 높은 교육열과 잘살아 보자는 의지에 의해 놀라운 발전이 이루어진 것처럼, 새로운 디지털 시대에는 우리 문화의 콘텐츠가 세계 표준이 될 수 있어야 한다. 그게 시대의 변화에 따른 올바른 패러다임의 전환이다.

한국의 놀라운 산업발전은 몇몇 분야에서 이미 최고의 경지에 올라 있다. 하드웨어에서는 아쉬울 게 없는 분야가 많다. 그러나 소프트웨어와 콘텐츠 분야의 경우는 아직도 빈약하다는 게 솔직한 현실 인식이다. 최근의 '한류' 열풍이니 뭐니 하는 게 지속적으로, 그리고 발전적으로 성장하기 위해서는 우리의 문화 콘텐츠를 꾸준히 계발하고 발전시켜야 한다. 우리 문화가 세계 상품의 레퍼런스(참고, 기준)가 된다는 건 상상만으로도 즐거운 일이다.

브레인스토밍 메뉴

CD와 러닝타임 / CD와 LP / 표본과 기준 / 디지털 시대와 문화 콘텐츠

59

배롱나무는 정말
간지럼을 타는 걸까?

열흘 동안 붉은 꽃은 없다는 '화무십일홍花無十日紅'이라는
말을 무색하게 만드는 나무가 있다. 유독 그런 자연의 '자연
스러운' 흐름과 다르게 석 달 동안 붉은 꽃을 피우는 나무가
바로 배롱나무다. 배롱나무는 백 일 동안 꽃을 피운다 해서
'백일홍'이라고 불리기도 한다. 정확히는 '목백일홍'이라고
해야 하지만 일반적으로 사람들은 '백일홍'이라 부른다. '배
롱'이라는 말도 '백일홍'이란 말을 연음화하고 축약해서 만
들어졌다('백일홍'은 본디 나무가 아니라 꽃이다. 그것과 구
별해서 목백일홍이라 부르다가 그냥 '백일홍'이라는 나무로
굳어졌다).

배롱나무는 특이하게도 나무껍질이 없다(배롱나무에 나
무의 피부인 껍질이 아예 없는 게 아니겠지만, 우리 눈에는

다른 나무에 비해 거의 껍질이 없는 걸로 여겨서 그렇다. 그래서 일본인들은 배롱나무를 '원숭이도 미끄러지는 나무'라고 부른단다). 마치 사람의 살결처럼 매끄럽다.

그런데 많은 사람들이 이 나무를 '간지럼 나무'라고도 부른다. 이 나무는 정말 사람처럼 간지럼을 탈까? 어떤 사람은 그렇다고 하고 또 어떤 사람은 그렇지 않다고 한다. 어느 말이 맞을까?

배롱나무는 위로 자라는 나무가 아니라 옆으로 퍼지는 나무다. 그러니까 배롱나무는 잔바람에도 옆으로 퍼진 가지며 잎들이 살랑살랑 흔들리기 쉽다. 간지럼을 태우기 위해 이 나무에 다가갈 때 나무가 살랑거리며 흔들리는 모습을 사람들은 그다지 눈에 담지 않는다. 그리고는 실제로 나무에 간지럼을 태우면서 배롱나무 좌우의 나뭇잎이며 가지들이 흔들리는 걸 비로소 본다. 그럼 마치 사람이 간지럼을 태워서 나무가 키득거리는 것처럼 느껴진다. 그래서 간지럼 타는 나무라는 별명이 배롱나무에 생겼다.

어느 하나에만 몰두하다 보면 정작 다른 것, 때로는 본질을 놓치는 경우가 많은데, 배롱나무가 바로 그런 경우에 딱 들어맞는 경우다. 나무를 보면 숲을 제대로 살피지 못하고, 숲에 집중하면 나무를 보지 못하는 게 우리의 인식의 습관이다. 살면서 그런 게 얼마나 많겠는가? 하기야 우리는 달을 가리키는 손가락 끝만 바라보고 사는 몽매함을 안고 사는 존재니까 어쩌겠는가. 하지만 나무를 보며 숲을 보는 연습하고 숲을 보며 나무도 헤아리는 훈련을 거듭하면, 그 둘을 함께 볼 수 있다. 그러면 손가락과 달 또한 다 볼 수 있다. 문제는 연습과 훈련이다. 당연히 깨어 있는 인식도 함께 필요하다.

브레인스토밍 메뉴

배롱나무와 간지럼 나무 / 배롱나무와 백일홍 / 나무와 숲

행운목에 꽃이 피었으니 따봉?

2006년에 갑자기 많은 집에서 희한한 일들이 벌어졌다. 뜬금없이 집에서 키우던 행운목에 꽃이 핀 것이다. 다른 나무도 아니고 이름까지 달콤한 '행운목'이 아닌가! 게다가 행운목은 여간해서는 꽃을 맺지 않는 나무인데, 그 보기 힘들다는 꽃이 피었으니 분명 앞으로 운수대통할 일만 남았다고 집집마다 쾌재를 부르고 남들에게 자랑하기에 바빴다.

언제부터인지 집집마다 행운목 하나쯤 기르는 게 유행처럼 번지기 시작했다. 행운목이 특별히 아름답거나 향이 좋은 꽃을 피우는 것도 아닌데, 이름 때문에 행운목을 너도나도 키웠다. 그런데 그 행운목이 꽃을 피웠으니 사람들이 흥분할 만도 했다. 그러나 사정을 알고 나면 그리 기뻐할 일도 아니었다.

행운목은 본디 더운 나라에서 자라는 나무다. 게다가 꽃을 피우는 걸 보기가 어렵다. 대나무와 행운목은 그런 점에서 닮았다. 대나무는 꽃을 피우면(대나무에는 꽃이 피지 않는다고 아는 사람들이 많지만 그렇지 않다. 대나무도 꽃이 핀다. 다만 마디의 매듭에서 마치 새 잎이 돋아나는 것처럼 보여서 사람들이 눈여겨보지 않으면 그게 꽃인지 몰라서 그럴 뿐이다) 곧 죽는다. 그 까닭을 식물학자들이 과학적으로 명쾌하게 밝히지는 못하고 있다. 아마도 죽을 때를 알게 된 대나무가 마지막 번식을 위해 남아 있는 모든 에너지를 한꺼번에 쏟아 꽃을 피우기 때문일 거라고 짐작만 할 뿐이다.

행운목이 꽃을 피운 것도 대나무와 비슷한 연유 때문일 것이라고 추측할 수 있다. 그러니까 행운목에 꽃이 핀 건, 정상적인 환경이 아니어서 나무가 어쩌면 자신이 죽을지도 모른다는 절박한 판단으로 최후의 힘을 다해 꽃을 피웠다는 얘기다(실제로 난을 전시회 등에 출품시키기 위해서 난이 꽃을 미처 피우지 않은 상태에서 온도와 습도를 급격하게 변화시키는 경우가 있다고 한다. 그러면 난이 번식을 위해 꽃을 피운다. 물론 환경을 급히 변화시켜 꽃을 피운 난은 곧 병들거나 죽겠지만).

지구온난화를 지적하면서, 한국의 대기 온도가 1도 오르는 데 걸린 시간이 영국의 대기 온도가 1도 오르는 데 걸린 시간보다 절반밖에 걸리지 않았다고 우려한다. 그런데도 물정 모르는 우리는 겨울이 따뜻해서 다행이라고 한다. 하기야 예전엔 트렌치코트trench coat를 '스프링코트spring coat'라고 부른 때가 있었다. 하지만 지금은 스프링코트라고 불리던 트렌치코트를 겨울에 입는다. 그만큼 겨울이 포근해졌다는 증거다(물론 요즘에는 집과 사무실 등에 난방도 잘되고, 밖에 나갈 때도 자동차를 이용하니 한겨울에 찬바람을 맞는 경우가 드물어서 '스프링코트'만으로도 충분한 이유도 있다).

최근 지구의 온난화 속도가 매우 빨라졌다. 사람들은 1도의 온도 상승에 큰 차이를 느끼지 못하겠지만, 식물의 입장에서는 1도의 온도 상승도 엄청난 위기로 느껴졌을 것이다. 그래서 행운목이 용을 써서 꽃을 피웠던 것이다. 그러니 행운목이 곧 죽는 게 당연한 일이지 않겠는가? 다행히 예상과는 달리 다시 살아난 행운목도 많았다니 그만한 게 고마운 일이다.

결국 행운목이 꽃을 피운 건 행운을 예언하는 게 아니라 인간에게 자연의 재앙을 예고하는 엄중한 경고였던 셈이다. 그걸 모르고 꽃이 폈으니 행운이 가득 올 거라고 환호성을 질러댄 우리는 얼마나 어리석은가! 행운목에 다시 꽃이 피지

앞도록 경계하고 또 경계할 일이다.

자연은 우리에게 여러 모습으로 경고를 했는데도 우리가 미련스럽게 몰랐거나 또는 알고도 무시하면서 살았다. '자연보호'를 외친다는 것은 이미 인간의 삶이 위협받을만큼 자연이 파괴되고 있다는 의미이기도 하다. 생태의 변화는 분명 우리에게 전 지구적 재앙의 경고다. 그런데도 나 몰라라 외면하는 사람들이 너무 많다.

브레인스토밍 메뉴

행운목과 그 꽃 / 행운목과 대나무 / 지구온난화 / 환경운동

무화과나무엔 보이지 않는 꽃이 핀다!?

　사실 우리나라에는 무화과나무가 흔치 않다. 무화과나무는 주로 아열대 지방에서 많이 자라기 때문이다. 그런데도 사람들은 무화과나무가 매우 친숙하다. 아마도 그건 《성경》에 나오는 무화과 나무의 비유 때문일 것이다. 사람들은 무화과나무는 꽃이 피지 않은 채로 열매를 맺는다고 생각하는 경우가 많다. 하기야 그러기도 할 게, '없을 무無, 꽃 화花, 실과 과果'라는 말이니 글자 그대로 새겨보면, 무화과나무는 꽃없이 열매 맺는 나무라고 여길 수도 있다.

　하지만 나무가 꽃 없이 열매를 맺을 수는 없다. 무화과나무도 엄연히(!) 꽃을 피운다. 무화과나무는 뽕나뭇과의 낙엽 활엽 관목이다. 봄부터 여름까지 잎겨드랑이에 주머니같이 생긴 꽃차례가 발달하며, 그 속에 작은 꽃이 많이 달리는데,

수꽃은 위에 암꽃은 아래에 있어 잘 보이지 않을 뿐이다. 이런 꽃을 식물학에서는 '은두화隱頭花'라고 한다. 은두화는 비대하고 두툼한 꽃대 끝이 움푹 들어가고 그 가운데 많은 꽃이 붙은 걸 지칭한다. 이 식물들은 은두의 꽃차례로 피며 그 대표적인 게 바로 무화과나무다.

그러니까 쉽게 말하자면 무화과나무는 꽃이 없는 게 아니라 눈에 잘 띄지 않을 뿐이다. 이런 꽃을 통해 열매를 맺는 걸 '은화과隱花果'(복과複果의 하나로, 씨방이 커다란 꽃받침 안에 생기며 살이 많다)라고 부른다. 그러니까 '무화과'가 아니라 엄밀하게 말하자면 '은화과'인 셈이다. 꽃이 자주 보이지도 않거니와 문자 뜻 그대로 꽃이 없는 열매의 나무라는 생각에 사람들이 무화과나무는 꽃이 피지 않는 채로 열매를 맺는다고 지레짐작한 것이다. 어떻게 꽃이 없는데 열매를 맺을 수 있을까? 이 세상 어느 열매도 꽃이 없이 맺히는 건 없다. 《성경》에서 익숙하게 봤다고 해서 내 눈으로 보지도 않고 그러려니 하다 보니 생기는 인식의 구멍이다.

브레인스토밍 메뉴

무화과나무와 그 꽃 / 은두화와 은화과 / 아는 만큼 보인다 / 관찰과 인식

비둘기, 평화의 상징인가?

올림픽과 같은 큰 행사가 열리면 비둘기를 날린다. 비둘기는 평화의 상징이기 때문이다. 그리고 귀소본능이 강해서 다시 집으로 돌아오기 때문이기도 하다. 유엔의 로고에도 올리브를 입에 문 비둘기가 그려져 있다. 분명 비둘기는 평화의 상징이다. 하지만 그건 비둘기라는 새의 생태적 습성 때문은 아니다.

사실 비둘기는 그다지 평화로운 새가 아니다. 오스트리아의 동물행동학자 콘라트 로렌츠Konrad Lorenz의 관찰은 그 사실을 잘 보여준다. 로렌츠는 집을 여러 날 비워둘 일이 있어서 암수 비둘기 두 마리를 새장에 넣어두고 집을 나섰다. 그런데 로렌츠가 집으로 돌아와서 발견한 건 놀랍게도 암컷 비둘기가 수컷 비둘기의 깃털을 모조리 뽑고, 살까지 쪼며 올라타 있는 모습이었다. 심지어 그가 지켜보고 있는데도 암컷은 보란 듯이 수컷 비둘기를 계속해서 날개로 쓰러뜨리며 쪼아대고 서서히 죽이고 있었다.

이 관찰을 통해 로렌츠는 비둘기는 두 마리 이상 한 새장에 가두면 상대의 숨이 끊어질 때까지 계속해서 서로를 쪼아댄다는 습성을 발견했다. 그렇게 잔인하게 동족을 죽이는 동물인데 어쩌다가 비둘기가 평화의 상징이 되었을까?

그 이유는 히브리인들의 사고에서 비롯했다. 히브리인들은 비둘기를 연애와 사랑의 상징으로 여겼다. 아마도 비둘기의 암수가 곧잘 서로 입을 맞추기 때문이었을 것이다. 반면 수메르인들은 까마귀를 평화의 상징으로 여겼다. 그러나 히브리인들은 까마귀가 육식을 하기 때문에 비둘기를 평화의 상징으로 삼은 것이다.

이런 생각들은 《성경》에 그대로 반영되었다. 〈창세기〉에 나오는 노아의 대홍수 사건을 보면, 땅 위를 덮고 있던 물이 빠지기 시작하자 노아가 지면에서 물이 다 빠졌는지를 확인하기 위해 비둘기를 날려 보낸다. 비둘기가 처음에는 곧 돌아왔지만 두 번째는 부리에 올리브 잎을 물고 돌아왔다. 그걸 본 노아는 지상에서 물이 빠진 것을 확인할 수 있었다. 《성경》의 이런 이야기가 유래가 되어 비둘기가 용서와 평화의 상징으로 여겨지게 되었다. 《성경》 〈아가〉편에 보면 비둘기를 두 연인의 사랑을 표현할 때 인용한 걸 볼 수 있다. "그대! 내 사랑, 아름다워라. 아름다워라. 비둘기 같은 눈동자!" (〈아가〉 1장 15절).

《신약 성경》에도 비둘기는 중요한 상징으로 쓰인다. 예수가 세례를 받았을 때 하늘에서 하느님의 성령이 비둘기 모양으로 예수 위에 내려왔다. 예수는 설교에서도 비둘기를 예로 들어, "너희는 뱀같이 슬기롭고 비둘기처럼 양순해야 한다" (〈마태오복음〉 10장 16절)라고 설교했다.

비둘기는 히브리어로 '요나' 또는 '요나트'라 불렸는데, 《구약 성경》에 보면 비둘기가 좋은 상징뿐 아니라 나쁜 상징으로도 쓰였다. 사실 히브리인들(유대인)이 비둘기를 중요하게 여긴 데는 다른 이유도 있었다. 신에게 번제燔祭(짐승을 통째로 태워 제물로 바친 제사다. 구약시대에 주로 행해졌다)를 지낼 때 양을 태웠는데, 그게 보통 사람들에게는 여간 부담스러운 일이 아니었다. 그래서 살림이 넉넉하지 않은 사람들은 양 대신 새를 썼는데, 대부분 멧비둘기였다. 사실 성령이 예수에게 비둘기의 모습으로 나타난 것도 따지고 보면 그런 속죄양의 의미가 상징으로 깃든 것이기도 하다.

서양인들에게 그리스도교는 문화와 가치의 중심이었기

때문에 성서적 상징으로 쓰인 비둘기가 평화와 사랑을 상징한다고 여긴 건 당연한 일이었다. 어차피 상징이란 건 생물학적 특성으로 인해서 생긴다기보다는, 상징이 지니는 문화 사회적 의미와 더 밀접한 관계니까. 비둘기가 세계 평화의 상징이 된 건 분명 서양 그리스도교적 전통과 문화에서 유래한 것만은 분명하다.

하지만 요즘에는 평화의 새인 비둘기 개체수가 너무 많아져 서울에서는 시민들에게 불편과 위험을 준다. 고궁에도 많은 비둘기 때문에 사람들이 괴로울 지경이다. 특히 비둘기 똥에는 인 성분이 다량 함유돼 있어서 오래된 건물이나 고궁의 단청 같은 곳에는 치명적이라고 한다. 게다가 아침 출근길에 간밤의 토사물을 주워 먹는 비둘기를 보는 역겨움이란! 그러나 그 허물이 온통 비둘기에게만 있는 건 아니다. 오히려 그렇게 만든 건 바로 우리네 인간들이기 때문이다. 아무렇게나 버린 음식물 쓰레기들, 재미 삼아 던져주는 비둘기 모이들이 비둘기 개체과밀화의 원인이다. 1988년 서울올림픽 때 이후 많아졌다는 주장도 사람들의 목적에 따라 길렀기 때문이라는 점에서 마찬가지라고 할 수 있다.

상징이란 보편적 의미를 가장 효율적으로 담고 있는 일종의 수단이자 약속이다. 그게 꼭 사실과 일치하고 부합해야 한다는 당위는 없다. 그러나 이왕이면 제대로 아는 게 좋다. 비록 그 상징은 여전히 그 의미를 담고 있는다 하더라도.

브레인스토밍 메뉴

비둘기와 평화 / 비둘기와 개체과밀화 / 동물과 상징

63

개미와 베짱이,
노래해 준 것도 죄더냐?

　우화는 많은 교훈을 담고 있어서 예나 지금이나 많은 사람들에게 사랑을 받는다. 그러나 상황이 바뀌면 의미도 바뀔 수 있는 법! 〈개미와 베짱이〉도 그런 점에서 다시 새겨 볼 필요가 있겠다.

　이솝 우화 〈개미와 베짱이〉는 열심히 노력하고 미리 준비하는 사람이 어려운 일을 당하지 않는다는 교훈을 담고 있다. 그러나 꼭 그렇지만도 않다. 뜨거운 한여름, 개미는 부지런히 돌아다니며 식량을 구한다. 그런데 그 옆에서 베짱이는 한가롭게 노래만 불러대고 있으니 개미로서는 베짱이가 밉긴 어지간히 미웠을 거다. 나중에 겨울이 다가오자 미리 식량을 준비한 개미는 따뜻한 집에서 끼니 걱정하지 않고 지낸다. 그런데 밖에서 추위에 덜덜 떠는 베짱이가(베짱이가 추

운 겨울에도 있었나? 하기야 그렇게 따지면 개미도 땅속에서 자고 있겠지?) 구걸하러 왔다. 개미는 그런 베짱이를 매몰차게 문전박대한다.

"흥! 꼴 좋다. 우리가 그 더운 여름에 땀 뻘뻘 흘리며 일하고 있을 때 넌 뭐했지? 한가롭게 룰루랄라 노래만 불렀잖아. 그러게 이런 날이 올 걸 대비해 미리미리 준비하고 열심히 일했어야지!"

시거든 떫지나 말고, 동냥은 못 줄망정 쪽박은 깨지 말라고 이 말이 어디 가당키나 한 말인가? 개미와 베짱이는 각자 자신의 역할과 몫이 다르다. 개미가 일할 때 베짱이는 '한가롭게' 노래를 한 게 아니라 '최선을 다해' 개미에게 노래를 불러줬다. 힘들 때마다 베짱이의 노래는 개미에게 격려가 되고 위로가 되었을 수 있다. 개미 입장에서 보면 베짱이가 놀고 있는 것처럼 보였을지 모르지만, 베짱이는 나름대로 제 몫을 하고 있었던 거다. 그런데 노래는 공짜로 들어놓고 한 푼도 내놓지 못하겠다고? 이런 배은망덕이 없다!

베짱이에게 개미의 삶을 강요할 순 없다. 개미에게 베짱이의 삶을 요구할 수 없는 것처럼! 베짱이가 목이 쉬도록 노래한 것은 세월이 좋아 놀고먹으려는 게 아니었다. 여름이 가기 전에 암컷 베짱이들에게 잘 보여 번식하기 위해서다.

생물학자들의 연구에 따르면 "수컷 베짱이는 번식기가 시작되기 전까지는 열심히 먹고 몸을 살찌운 다음 제 짝을 찾기 위해 노래를 부르는데, 그게 자칫 위험에 노출되기 쉽다"고 말한다. 몸이 비대해져 자신을 잡아먹을 포식자에게 알려지는 위험을 무릅쓰고 나무 그늘에 숨어 나름대로 열심히 일하는 것이다.

또한 개미들은 군락 전체로 볼 때 부지런한 것이지 모든 개미가 다 열심히 일하는 건 아니다. 개미 전체를 살펴보면 노는 개미가 훨씬 더 많다. 단지 일개미만 열심히 일할 뿐이다. 노는 개미는 땅속에 있으니 보이지 않고, 일개미만 우리 눈에 보인다. 그런데도 우리는 그저 일개미의 삶만 강조할 뿐이다. 그러면서 개미처럼 열심히 일만 하라고 가르친다.

이 우화는 그런 통념을 끊임없이 확대 재생산하는 데 일조한다. 우화 〈개미와 베짱이〉는 자신의 개성과 재능은 무시하고 그저 남들과 비슷한 삶을 살도록 강요한다. 그리고 조금만 튀거나 달라도 용납하지 않고 가차없이 차별과 불이익을 강요하는 무례한 사회가 다 이런 우화 속에서 움텄는지도 모른다.

어차피 우화란 게 반드시 사실과 일치해야 하는 건 아니다. 자라는 아이들에게 쉽게 느끼고 깨달을 수 있는 교훈을 담고 있는 역할을 하는 게 우화다. 하지만 그 교훈이란 것도 때로는 자칫 독이 될 수 있다는 걸 애써 무시해선 안 된다. 그러다가 약이 아니라 독이 될 수도 있다. 어렸을 때는 그 하나의 교훈만 익혔다 하더라도 성장한 뒤에는 그 교훈의 이면에 감춰진 문제도 보아야 하고, 사실의 부합성도 따질 줄 알아야 한다. 그렇게 한다고 첫 번째 교훈이 없어지는 것도 아니니까.

ㅁ—ᴑ **브레인스토밍 메뉴**
- -
개미와 베짱이 / 동물의 구애 / 동물사회학

밤에 휘파람 불면 뱀 나온다?

머리에 터번을 쓰고 그 끝이 뱀 대가리(짐승은 '머리'가 아니라, '대가리'다. 짐승에게 쓰는 말을 사람에게 붙이면 저속어가 되지만, 짐승에게는 그게 제격이다)처럼 생긴 피리를 부는 마법사. 바구니에서는 뱀이 스스로 올라와 고개를 빳빳하게 세우고 몸을 흔든다. 처음에는 신기했지만 이제는 그게 피리 부는 사람 몸짓 때문에 뱀이 움직인다는 것쯤은 알 사람은 다 안다.

어른들은 지금도 아이들이 해가 지고 난 뒤 휘파람이나 피리를 불면 질겁한다. 아이들은 그 까닭을 이해하기 어렵다며 고개를 갸웃거린다.

"휘바람(피리) 불지 마라."

"왜요?"

"밤에 휘파람 불면(피리 불면) 뱀 나와, 뱀!"

하지만 밤새 휘파람 불어도 뱀 한 마리 안 나온다는 것 정도, 어른이나 애나 다 안다. 그런데 왜 어른들은 아이들에게 밤에 휘파람을 못 불게 했을까?

피리 소리나 휘파람 소리가 청승맞아서 그렇다는 건 억지다. 곡에 따라 경쾌하고 밝은 게 얼마나 많은가? 밤에 피리를 불지 못하게 한 건 아마도 예전의 생활 방식 때문일 것이다.

예전, 전기가 공급되지 않았던 농경 시절에는 양초나 석유를 조금이라도 줄이기 위해 일찍 잠자리에 들었다. 다음 날 일찍 일어나 일을 하기 위해서는 일찍 자야만 했다. 농경 생활이 그랬다. 그런데 잠을 자려는데 아이들이 휘파람이나 피리를 분다. 어른들이라도 그 소리에 끄떡 않고 잠잔다는 건 쉬운 일이 아니다. 그래서 아이들이 밤에 휘파람 불면 어른들은 뱀 나온다며 아이들에게 겁을 준 것이다.

사실 뱀은 귀가 없다. 그래서 소리를 듣고 주변 상황을 판단하지 못한다. 대신 뱀은 움직임에 대한 지각 능력이 매우 뛰어나다. 앞에 말한 것처럼 코브라가 피리 소리를 듣고 바구니에서 나오는 게 아니라 피리를 부는 사람의 움직임을 지각하는 거다. 최근 조사에 따르면, 강한 비트음악을 들려주면 뱀이 반응한다고 한다. 그건 뱀이 '시끄러운 소리'를 들어서가 아니라 강한 비트는 파장을 울리고, 그 파장을 지각한 뱀이 반응하기 때문이다.

'일찍 자고 일찍 일어나는 착한 어린이가 사는 우리나라 좋은 나라'와 '밤에 휘파람 불면 뱀 나온다'는 말은 같은 통속의 사촌지간이라고 해도 무방하다.

예전에 아이들이 밤에 손톱, 발톱을 깎으면 할머니가 기겁하시며 야단치던 것도 사실은 전깃불 안 들어왔던 시절에 어둠 속에서 손발톱 깎다가 다치곤 했던 경험 때문이었을 것이다. 어른 말씀 들으면 자다가도 떡이 나온다는 말은 모두 그런 경험적 지식에서 비롯한 나름의 '일상적, 상식적' 가치와 효용을 가졌다는 점에서 맞다. 다만 그 상황이 바뀌면 내용도 의미도 조금씩 변한다는 점도 상기할 필요는 있다.

o— 브레인스토밍 메뉴

뱀과 휘파람 / 자극과 반응 / 경험적 지식

시사를 통한 생각의 프레임

일상의 일은 현재라는 시간 속에서 일어난다. 우리는 그래서 때로는 그것을 너무나 익숙하게 '일상적으로' 받아들인다. 그러나 그게 곧 지금의 역사고 문화다. 그런데도 지금 일어나고 있기 때문에 뭐가 옳고 그른지 가리고 판단하지 못하는 경우가 많다. 그런가 보다 생각하거나 그러려니 그냥 스쳐 지나간다. 그것들이 모두 지금 우리의 삶에 직접 영향을 끼치고 있다고 생각하면 그렇게 못한다. 그 속에 담겨 있거나 감춰진 것들을 풀어보면 내가 지금 어디에서 어떻게 살고 있는지 엿볼 수 있다. 일상적 익숙함에서 벗어났을 때 낯선 모습을 본다. 그 낯섦이 때로는 문제의 핵심일 때가 의외로 많다.

65

요족, 보보스족, 족, 족, 족······
웬 족이 이리도 많더냐?

'여피족yuppies'이라는 말이 선풍적인 관심을 끌었던 때가 있었다. 여피족이 무슨 차를 주로 타고, 무엇을 입고, 어디에서 쉬고 노는가 등을 조사하고 의미를 분석하는 학자들까지 나타났다. 여피족은 젊고Young, 도시에 살며Urban, 전문직에 종사하는Professional 사람들을 지칭하는 말의 머릿글자를 모아서 만든 말이다. 여피족이라는 용어가 생긴 이후 그 비슷한 신조어들이 많이 쏟아졌다. 어떤 사람들은 이런 족들에게 '신인간' 또는 '신인류'라는 말을 붙이기도 한다.

그런데 이런 부류의 인간에 대한 정의는 우연의 산물이 아니다. 예를 들어 여피족에 대한 관심은, 1970년대 이전에는 찾아볼 수 없었던 새로운 사회현상의 가늠자로 사용되었다는 점에서 의미가 있다. 즉 여피족은 예전 세대와는 달리 풍요로움 속에서 자라났기 때문에 개인의 취향을 중요하게 여기며, 삶의 여유를 즐기고, 매사에 조급하지 않다. 또 남을 의식하면서 애써 근엄해 하지도 않고 자연스럽고 세련된 삶을 즐긴다. 이런 새로운 인간군을 설명하는 데에 '여피'라는 말처럼 간결하면서도 효율적인 개념을 찾기는 어렵다.

최근까지 쏟아져 나온 말들을 잘 살펴보면 우리가 어떤 시대에 살고 있는지, 어떻게 삶의 방식과 태도를 바꾸어 가고 있는지, 가치관과 세계관은 어떻게 간직하고 사는지를 엿볼 수 있다. 딩크족DINK(Double Income, No Kids: 의도적으로 아이를 갖지 않는 맞벌이 부부를 말한다)은 개인주의적 태도와 경제제일주의를, 보보스족Bobos(bourgeois & Bohemian)은 물질적 실리와 정신적 풍요를 동시에 누리고자 하는 1990년대 신흥 상류계급의 삶을, 예티족Yetties은 '젊고Young, 기업가적이며 En-Trepreneurial, 기술을 바탕으로 한Tech-based, 인터넷 엘리트 Internet Elite적인' 새로운 인간군의 유형을 나타낸다.

그런가 하면 매사를 매너리즘과 안일한 타성에 빠져 살며 주체성 없이 사는 사람을 일컫는 좀비족Zombie도 있다. 하지만 여피나 딩크족 또는 보보스만 세상에 있는 건 아니다. 오히려 그런 삶을 외면하고 땀내 나는 삶을 역동적으로 살기를 선택하는 더피족Duppies(Depressed, Urban & Professional: 여피족의

'y'를 'd'로 바꾼 명칭이다)도 있다.

21세기에 들어서면서 새로운 유형의 인간상은 끊임없이 출현하고 있다. 그것은 그만큼 삶의 방식이 다양화한다는 것을 뜻하기도 하고, 어떤 유형에 가둬지지 않는 새로운 삶의 출현이 빈번하다는 뜻이기도 하다. 또한 이전에는 경험하지 못했던 새로운 환경의 영향 때문이기도 하다.

그 대표적인 경우가 통크족Tonks(Two Only No Kids)이다. 이는 자녀에게 부양받기를 거부하고 부부끼리 따로 사는 새로운 노인계층을 뜻한다. 어떤 의미에서는 '늙은 딩크족'이라 할 수 있는데, 딩크족과 다른 건 자녀가 없는 게 아니라 자녀를 모두 성장시킨 뒤 자신들만의 즐거운 삶을 영위한다는 것이다. 그런가 하면 버블족Bubbles은 거품경제가 사라지면서 변화하는 새로운 환경에 적응하지 못하고 사는 젊은이들을 말한다.

현대인의 삶은 너무나 빡빡하고 가파르며 메말라 있다. 이런 삶에 대한 반동은 새로운 인간군을 만들어낸다. 웰빙족well-being이 그렇고 다운시프트족Downshifts이 그렇다. 다운시프트족은 더 많은 소득이나 빠른 승진 따위에 대한 집착을 버리고 소득은 비록 적어도 여유 있고 만족스러운 삶을 택하는 사람들이다. 건강에 관심이 많고 지속적인 성장을 원하는 로하스족LOHAS(Lifestyles Of Health And Sustainability)도 그런 유형의 사람들이다.

최근에 두각을 나타내고 있는 인간군이 바로 욘족Yawns이다. 1980년대의 여피, 1990년대의 보보스가 대표적 엘리트들이었다면 2000년대의 새로운 엘리트군을 대표하는 게 욘족이다. 이는 젊고 부자지만 평범하게 사는young and wealthy but normal 젊은 세대를 지칭한다. 이들은 막대한 유산을 선대先代에서 물려받지 않았으며 자수성가한 사람들이지만 무의미한 소비보다는 뜻깊은 자선활동 등에 돈을 쓰고 가족의 가치를 소중하게 여긴다. 이들은 여피들이 아르마니나 베르사체 등의 고가의 의류를 선호했던 것과는 달리 평범하고 수수한 옷차림으로 다른 사람들과 차별되지도 않는다. 마이크로소프트의 빌 게이츠William H. Gates 같은 인물이 대표적이라 할 수 있다.

어떤 면에서는, '~족'이라는 신조어는 매스컴이나 학자들이 인위적으로 만들어냈거나 사람들의 지적 호기심을 만족시킬 의도로 사용한 점이 있는 것도 사실이다. 따라서 이런 말에 호들갑을 떠는 건 곡도 모르는 채 춤사위를 날리는 것과 다르지 않다. 그런 신조어가 세상의 변화와 그에 따른 인간의 삶의 방식 또는 가치관의 변화를 예리하게 짚어낸다는 점에서 우리는 그 말들에 관심을 기울일 필요가 있다. 하지만 수시로 바뀌며 쏟아지는 신조어를 만나면서 조심해야 할 게 있다. 신조어는 그저 시대의 변화와 특징을 표현하기 위해 만들어낸 조어造語일 뿐이다. 그런데 문제는 그게 본질인 줄 알고 그걸 못 따라가면 큰일 난 줄 알고 부랴부랴 따르며 흉내라도 내려는 태도다. 그것 때문에 자신의 삶의 본질적 태도에 대한 근본적 믿음과 자신의 삶을 놓친다면 그야말로 빈대 잡으려 초가삼간 태우는 격이 아니고 무엇이겠는가?

내가 여피족도, 보보스족도, 또 그 잘난 욘족도 아니라고 낙담할 게 아니다. 이 말들이 세상과 삶의 변화를 보여주는 개념임은 분명하다. 그러나 놓쳐서는 안 될 분명한 사실은 기억해야 한다. '~족'은 주제곡이 아니라 단지 변주곡變奏曲일 뿐이다! 주제곡은 '참된 인간의 올바른 삶'이다.

브레인스토밍 메뉴
- -
여피족과 욘족 / 보보스족과 더피족 / 웰빙족과 다운시프트족 / 주제족과 변주곡 / 신조어

Career woman or Carrier woman.
그리고 알파걸!

직장에 다니거나 자신의 사업을 하는 여성을 흔히 '캐리어 우먼career woman' 이라고 부른다. 일본에서는 한동안 'OLoffice lady' 이라는 신조어를 만들어 쓰기도 했는데, 요즘은 거의 '캐리어 우먼' 이라는 말로 통일된 듯하다.

하지만 이때 발음을 정확하게 해야 한다. '캐리어 우먼' 이 아니라 '커리어 우먼' 이라고 해야 옳다. '캐리어' 는 'carrier' 의 정확한 발음이고, 'career' 는 '커리어' 라고 읽어야 한다. 과거에는 대부분의 여성들이 회사에서 하는 일이라고는 커피 나르고 복사물 날라주는 따위의 허드렛일이었다. 그건 '캐리어carrier 우먼' 이 맞다. 오죽하면 여사원들이 하는 일이 '커피 앤 카피coffee and copy' 라고 했을까! 참 못된 말들이다.

이런 잘못된 관행을 한 방에 날려주는 여성들이 나타났

VII 시사를 통한 생각의 프레임

다. 바로 '알파걸alpha girl'이다. '알파'는 그리스어 알파벳 가운데 맨 처음 낱말이다. 그러니까 알파걸이란 '으뜸가는 여자'의 의미라고 짐작할 수 있겠다. 이 말이 일반화된 건 2006년에 출간된 《새로운 여자의 탄생: 알파걸》에서 비롯되었다. 하버드대학교의 아동심리학 교수 댄 킨들런D. Kindlon 교수가 쓴 이 책은 새로운 유형의 여성상을 정립했다는 점에서 눈여겨볼 만하다.

여성학자 글로리아 스타이넘Gloria Steinem이 일찍이 간파한 것처럼, 남성은 여성의 도전을 철저히 무시하고 억눌러 왔다. 똑같은 요구를 남성이 하면 진취적이고 적극적이라고 하지만, 여성이 하면 되바라졌다거나 건방지다며 윽박지른다. 심지어 남성들은 여성들이 '미즈Ms'라는 말만 써도 고개를 돌렸다. 남성은 결혼 전에도 후에도 변함없이 '미스터Mr.'이 듯이, 결혼 전에는 '미스Miss', 결혼 후에는 '미시즈Mrs.'라고 불리는 것에 대한 저항으로 결혼에 관계없이 자신들의 호칭을 '미즈'로 통일하겠다는 여성들의 주장은 논리적으로 하나도 그릇되지 않았다. 그러나 대부분의 남자들은 그런 명칭을 쓰는 여자들은 '드세고, 도전적이며, 까칠하다'는 이유로 기피했다. 심지어 '페미니스트'를 자처하는 사람들을 별종이거나 배신자쯤으로 여기며 폄하해 왔다.

이전 세대의 여성상과 알파걸은 무엇이 다른가? 대부분의 사람들은 알파걸을 그저 학업이나 운동 또는 리더십 등 모든 면에서 남자에게 뒤지지 않는 엘리트 여성으로만 알고 있는 듯하다. 그러나 여기에는 근본적인 차이가 있다는 사실에 주목해야 한다.

지금까지는 차별받던 여성의 권리를 주장하고 차별을 강요하는 사회를 고쳐야 한다고 주장해 온 여성들은 페미니스트 측면이 강했다. 그러나 알파걸은 출발점이 다르다. 알파걸은 처음부터 남자들과 똑같은 조건에서 길러지고 교육 받아왔다. 그들은 남자와 여자가 동등한 위치에 있다는 걸 당연하게 여긴다. 이들에게는 '피해의식'이 없다는 것이다.

알파걸들은 다음과 같은 특징을 지니고 있다고 킨들런 교수는 말한다.

　- 알파걸은 당당하다. 매사에 적극적이고 자부심이 강하다
　- 알파걸은 남성과의 차별은 거부하지만 차이는 인정한다. 그리고 더 나아가 그 차이를 적극 활용할 줄 안다.
　- 알파걸은 굳이 페미니스트가 될 필요를 느끼지 못한다.
　- 알파걸은 결혼을 통한 지위와 신분의 상승보다 스스로의 사회적 출세와 경제적 성취를 중요하게 여긴다.

– 알파걸은 지금까지 남성의 영역이라 여겨졌던 과학, 공학, 정치, 비즈니스 등에 관심이 많고 이성적이다.

최근 직장이나 사회조직에서 능력이 뛰어난 여성들의 약진이 눈에 두드러진다. 이들은 더 이상 차별을 따지지 않는다. 이미 능력이 있는 여성들은 차별을 뛰어넘었기 때문이다. 이제야 비로소 남녀의 위상이 제대로 잡힐 때가 온 것이다. 거다 러너Gerda Lerner가 주장했던 것처럼, 차이에 차별을 반복적으로 학습시켜 온 그 부당한 불평등성은 바로 여성 스스로의 능력에 의해 깨질 수 있게 되었다.

알파걸은 당당하게 말한다.

"캐리어 우먼은 가라! 커리어 우먼의 시대다!"

알파걸은 단순한 커리어만 있는 여성이 아니다. 당당하고 능력 있고 진취적이며 민주적인 여성이다. 이제야 제대로 된 세상이 왔다.

브레인스토밍 메뉴

캐리어우먼과 커리어우먼 / 미스·미시즈와 미즈 / 커리어우먼과 알파걸 / 차별과 차이

국민 배우, 국민 가수.
이젠 아예 국민 여동생이라니!

　요즘 스포츠신문 제목을 보면 거의 '전쟁 보도'라고 착각할 정도다. '출격', '학살', '초토화', '초전박살', '배수진', '격침'……, 일일이 예를 들기가 어렵다. 그러면서 그 스포츠신문의 다른 지면에서는 언어 순화에 대해 따끔한 질타가 함께 실린다.

　언론은 마치 자신들이 언어 생성에 대한 특허권이라도 있는 줄 착각하는 것 같다. 특히 특정인에 대한 '특정 수식어'의 남용은 이미 그 한계를 벗어났다. 대표적 사례가 '국민~'이라는 수식어다. 안성기는 '국민 배우'고, 조용필은 '국민 가수'다. 처음에는 그게 애교 섞인 강조용법쯤 된다고들 생각해서 사람들은 굳이 시비하지 않았다. 그러나 이젠 그게 습관이 되었는지 아무에게나 '국민'이라는 수식어를 붙여댄다. 급기야는 '국민 여동생'까지 버젓이 나왔으니! 도대체 이렇게 유명인들에게 '국민'을 붙인 것에 대해 진짜 '국민'들이 모두 동의했다는 뜻인가? 언론은 '국민' 투표라도 붙여서 '국민'들의 합의를 얻어냈다는 말인가?

인물에게만 수식어를 붙이는 것도 모자랐는지 이젠 상품에까지도 마구 붙여댄다. 〈서편제〉나 〈왕의 남자〉는 '국민 영화'란다. 그렇다면 이 영화를 보지 못한 사람은 국민도 아니란 말인가? 도대체 무슨 근거로 언론은 그런 무모한 수식어를 갖다 붙이는지 모르겠다.

국어사전을 찾아보면, '국민'이란 '국가를 구성하는 자연인을 통틀어 일컫는 말. 또는 그 나라 국적을 가진 사람'을 뜻한다. 국민에는 이런 사전적 의미 외에 'nation'이라는 정치적 의미가 담겨 있다. '국민'은 예전 군주국가에서는 쓸 수 없던 말이다. 주권자로서 자각을 지닌 국가의 주인이라는 지위를 명확히 인식하는 의미에서야 국민이라고 쓸 수 있었기 때문이다. 또한 국가와의 관계에서 국민은 국권의 지배를 받는 객체일 뿐 아니라, 국권의 담당자 또는 국권의 주체가 되기도 한다.

이렇듯 국민이라는 말에는 복합적인 의미가 담겨 있다. 그런데도 어떻게 해서 — 사전적 의미든 정치학적 의미든 간에 — '국민'이라는 낱말을 마음대로 수식어로 쓸 수 있단 말인가? 그것도 언어의 정확한 구사와 순화에 힘써야 할 언론에서 '국민'이라는 수식어를 무책임하게 쓰는 건 문제다. 이거야말로 '국민' 문제다. 게다가 그게 어설픈 내셔널리즘의 유치한 강요에서 비롯했다면, 왜곡된 애국심의 발로라면 더 큰 문제가 아닐 수 없다.

언어는 한번 부풀려지기 시작하면 계속해서 인플레이션이 반복된다. 특히 언어를 자극적 의도로 사용할 경우는 더욱 그렇다. 처음 자극에는 반응하지만, 그다음부터는 더 큰 자극 외에는 잘 반응하지 않는다는 '자극의 실무율悉無律'은 단지 생물학적 개념만은 아니다. 자극의 실무율은 언어에도 그대로 적용된다. 그런데도 언론에서 앞장서서 이런 무책임한 말을 쏟아내서야 되겠는가?

이제 제발 '국민'이라는 수식어 좀 떼자. 안성기도, 조용필도, 문근영도 그 수식어의 무게 때문에 질식하겠다!

⊶ 브레인스토밍 메뉴
- -
국민 배우와 국민 가수 / 자극의 실무율 / 국가와 국민 / '국민'과 내셔널리즘

우리 만남은 빙글빙글 돌고,
Round & Round!

'FTA'가 무슨 뜻일까? 최근에 있었던 한미 FTA협상을 통해 이 생소한 용어가 'Free Trade Agreement(자유무역협정)'라는 걸 모두가 다 알게 되었다. 어떤 이들은 말한다. FTA가 뭐의 약자냐고?

Fine, Thank you. And you?

물론 우스갯소리다. 하지만 이 말에도 뼈가 있다. 국가 간 협의란 건 일방적일 수 없다. 그러니 국가 간 협의는 "나는 좋아, 니 덕분에. 그런데 너는 어때?"라고 서로 흔쾌히 말할 수 있어야 하는 게 가장 이상적이지 않을까?

FTA의 뿌리를 캐다보면 금세 만나게 되는 익숙한 이름이 있다. 바로 '우루과이라운드Uruguay Round'다. 우루과이는 단지 중, 고등학교 지리 시간에 우리나라와 지구 정반대에 위치한 나라쯤으로만 알았다. 우루과이를 다른 남미국가들처럼 축구 잘하는 나라쯤으로만 알던 한국인들이 갑자기 이 나라 이름을 빈번하게 입에 올렸다. 1990년대 대통령선거를 통해 이 문제가 뜨거운 쟁점으로 부각되면서 거의 모든 사람들이 우루과이라운드를 말하고 또 듣게 되었다. 그렇다면 우루과이라운드란 도대체 무엇인가?

1986년 우루과이에서 'GATT(관세 및 무역에 관한 일반협정)' 각료회의가 열렸다. '라운드round'는 '다자간무역협상'을 지칭하는 말이다. 동시에 '라운드'는 원탁을 의미한다. 그러나 어떤 이들은 권투 경기의 '라운드'와 같은 뜻이라고도 말한다. 그건 무역협상이 권투 경기만큼 치열하고 거의 전투와 마찬가지임을 강조하는 의미일 것이다. GATT는 IMF(국제통화기금)와 함께 세계자본주의의 버팀목 역할을 해왔다. 물론 전후의 세계경제는 미국의 주도로 이뤄졌다. 그러나 1980년대 이후 상황이 변했다. 우선 미국의 산업구조가 변했다. 농업은 공황상태에 빠지고 제조업은 퇴조하기 시작했으며, 기형적으로 서비스산업은 팽창했다. 이러한 미국의 변화는 새로운 세계무역질서의 재편을 요구하게 되었다. 또한 지금까지 유지되던 미국의 절대우위에 기반을 두고 국제경제질서가 붕괴되고 다극화하기 시작했다.

미국은 농업과 서비스산업의 비교우위를 최대한 활용할 수 있는 새로운 무역질서가 필요했다. 이런 미국의 희망사항이 GATT를 통해 반영된 게 우루과이라운드였다. 이러한 목적 때문에 열린 우루과이라운드는 무역장벽을 통해 자국농업을 보호하던 나라의 농민들에게는 재앙이었고, 반면 제조업자들에게는 새로운 희망이었다. 국가 간 이해 득실과 국가 내에서도 산업별 이해관계가 복잡하게 얽혀 있기 때문에 우루과이라운드에 대한 각국의 비준은 매우 힘들 수밖에 없었다. 그러나 세계무역에서 도태되지 않기 위해서는 어쩔 수 없는 선택을 해야 했다. 우리에게 우루과이라운드는 주로 농업분야의 극심한 피해 때문에 불안의 체감이 클 수밖에 없었다. 무엇보다 우루과이라운드 협상의 결과는 자유무역질서의 장애요소였던 반덤핑 조치, 다자간 섬유협정 등에 대한 확고한 규정을 마련하고 마침내 1995년 WTO(세계무역기구)가 창설되었다는 점이다.

그러나 단 한 번의 회담과 협정으로 모든 문제가 해결될 수는 없다. 그래서 우루과이라운드 후속 장벽을 제거하는 조치를 마련하는 회의가 계속해서 열렸다. 권투 경기에서 '라운드'가 이어지듯 말이다. 이런 것들을 묶어서 '뉴라운드New Round'라고 부른다. 그 대표적인 경우가 2001년의 도하개발아젠다DDA(Doha Development Agenda)다(과거의 라운드들이 주로 강대국들의 주도로 그들의 이익만을 보장하는 결과를 이끌어낸 '경기'였기 때문에 개도국들은 '라운드'라는 명칭을 꺼렸다. 그래서 도하개발아젠다라고 부르기로 했다. 하지만 이마저도 여전히 '도하라운드'라고 불린다. 내용이 중요하지 그깟 명칭이 뭐가 대수냐 이거지!).

뉴라운드의 가장 두드러진 특징은 '일괄타결방식'이다. 여지껏 많은 라운드들의 타결이 질질 지연된 까닭은, 이게 합의되면 저게 틀어지고, 저걸 가까스로 틀어막으면 이게 터지는 통에 실질적 효과를 얻지 못한 데 있다는 자성의 결과였다. 뉴라운드에는 '그린라운드Green Round'(지구 환경문제를 국제무역거래와 연계할 경우 GATT를 중심으로 맺어지는 협상), '블루라운드Blue Round'(저임금 노동력에 따른 상품가격의 경쟁력에 대한 국가간 시정회의), 무역관련 지적재산권에 관한 협정TRIPS(Agreement on Trade-Related Aspects of Intellectual Property Rights) 등이 있다.

어차피 혼자 살 수 없는 세상이다. 그러니 서로 거래하고 돕고 살아야 한다. 그러나 거래와 협상이 힘 센 사람들만의 이익을 위해 존재해서는 안 된다. 힘을 내세워 남을 억지로 끌고 가면 금방 부작용이 나타나고 서로 간에 갈등은 깊어질 뿐이다. 부작용과 갈등이 쌓이고 쌓이면 싸우게 된다. 따라서 나쁜 아니라 남을 위해서도 국제무역협정들은 정확하고 정의롭게 이뤄져야 한다. 실제로 우리나라에 우루과이라운드는 갈등과 시련을 가져다주었지만, 농어민은 농어민대로 자성과 대안을, 다른 분야의 사람들은 농어촌에 대한 자신들의 몰이해와 무관심을 반성하며 산업별·계층별 이해를 얻을 수 있었다는 점에서는 긍정적인 면도 있었다.

그래서 진정한 FTA는 Free Trade Agreement일 뿐 아니라 Fine, Thank you. And you?일 수 있어야 한다.

브레인스토밍 메뉴

FTA와 우루과이라운드 / GATT와 IMF / 국제무역협정 / 협상과 타결

EU는 되는데
ASEAN은 안 되는 건 종교 탓?

1993년 11월 1일, 네덜란드 마스트리히트에서 체결된 '마스트리히트조약(유럽공동체가 유럽의 시장통합뿐만 아니라 정치와 경제, 통화까지 통합한다는 유럽통합조약)'에 의해 유럽연합EU이 정식으로 발족했다. 유럽의 정치적, 경제적 통합의 대장정이 시작된 것이다. 유럽 12개국이 참여해 출범한 유럽연합은 2007년에 루마니아와 불가리아까지 가입함으로써 총 27개국으로 늘었다. 아직 터키의 가입 문제가 뜨거운 감자로 남아 있지만 유럽연합의 확장은 이제 막을 수 없는 대세다.

유럽연합의 역사는 일찍이 중세부터 시작되었다. 유럽을 하나로 묶자는 주장은 로마의 영광으로 돌아가자는 주장이었고, 기독교 문명으로 동질화된 현실에서 가능성을 인정받았던 주장이었다. 그러나 현실은 그리 녹록하지 않았다. 그래서 '하나의 유럽'은 현실화될 수 없었다. 하지만 유럽을 하나로 통합하자는 주장은 끊임없이 되풀이되었다.

그러다가 제2차 세계대전이 끝난 후 유럽경제통합이 추진되었다. 하지만 영국을 중심으로 한 북유럽 국가들은 사안별로 경제협력 강화를 꾀하는 기능주의적 입장을 취했고, 프랑스와 독일 등 대륙의 국가들은 단일정부 형성에 주안점을 두는 연방주의적 입장을 표방해서 유럽경제통합은 성사되지 않았다. 대륙과 떨어져 있는 영국의 입장에서는 기능주의를 선호했고, 전통적으로 대륙중심주의를 추종했던 프랑스와 독일은 연방주의를 선호했기 때문이었다. 그러나 동서냉전은 필연적으로 서유럽 국가들을 중심으로 뭉치게 만들었다. 거대한 소비에트연방과 그 위성국가들의 공산주의라는 공동의 적을 막아내기 위해서는 서유럽국가들이 연합하지 않을 수 없었기 때문이었다. 북대서양조약기구NATO는 일종의 군사동맹이었지만 실질적 협력은 경제연합의 가능성을 태동하고 있었다. 1950년 9월, 프랑스 외무장관 로베르 쉬망Robert Schuman과 독일 연방수상 콘라트 아데나워Konrad Adenauer는 유럽석탄철강공동체ECSC(European Coal and Steel Community)에 대한 구상을 발표했다. 이것을 기화로 유럽의 다양한 통합 시도가 이어졌으며 유럽경제공동체EEC(European Economic Community)가 발족되었다. 하지만 여전히 경제협력의 수준에서 벗어나지 못했다. 그런데 1993년, 유럽연합이 발족되면서 마침내 경제통합을 넘어 정치적으로까지 유럽을 하나로 묶으려는 대장정이 시작된 것이다. 그런데 중세시대부터 꿈꾸던 유럽의 통합이 왜 20세기 말에 와서야 이뤄졌을까?

동서냉전은 유럽을 둘로 분열시키는 시련을 주기도 했지만, 절대적 국력을 상실한 유럽 각국은 미소 양 초강대국의 대립을 통해 반사이익을 얻을 수 있었다. 미국에도 소련에도 유럽은 가장 중요한 동맹상대였다. 그런데 1989년, 독일의 베를린장벽이 무너짐으로써 냉전의 대립은 끝났다. 예기치 않은 사태였다. 그 결과 미국만이 세계 유일의 초강대국으로 남았다. 이제 유럽은 미소 양국 사이에서 얻었던 반사이익을 취할 수 없었다. 이러한 현실이 유럽으로 하여금 하나로 뭉쳐 자신들의 정치적·경제적 이해관계를 보호해 줄 막이 필요하다는 걸 실감케 했다. 그러한 자각이 마침내 유럽연합이 경제적 통합을 넘어 정치적 통합으로까지 내달리게 만든 것이다. 오늘날 전 세계에서 미국에 대항할 수 있는 대항마는 유럽연합을 제외하고는 찾기 어렵다. 물론 아직은 완전한 화학적 융합까지는 이뤄지지 않았지만 이미 유럽연합은 강력한 영향력을 행사하고 있다.

이런 통합이 단순히 정치적·경제적 이해관계 때문에 가능하다고 할 수 있을까? 다른 예를 들어보자. 아세안ASEAN, 즉 동남아국가연합의 역사도 짧지 않다. 가맹국 수는 유럽연합보다 적다. 그러나 아세안은 유럽연합처럼 정치적·경제적 연합으로 발전하지 못한다. 그 까닭이 무엇일까?

동남아 여러 국가들의 왕조들은 서로 고립된 상태로 지냈다. 따라서 종교도 다르고 문화적 유대도 약할 수밖에 없다. 유럽이 거대한 정치적·경제적 통합을 이뤄낼 수 있었던 건 바로 동남아 국가들 사이에는 없는 문화적 유대성 때문이고 그 중심에는 종교적 일치가 있었기 때문이다. 만일 동남아 국가들이 비록 인종적으로는 달라도 하나의 종교를 갖고 있었다면 진작에 강력한 정치적·경제적 연합을 형성했을 것이다. 결국 아주 단순화시켜 말하자면, 유럽연합과 아세안은 바로 종교의 같고 다름 때문에 달라진 셈이다. 현대 유럽인들이 종교를 신봉하느냐와는 상관없이 오랫동안 유지된 종교적 토대는 유럽을 하나로 묶는 결정적 계기가 된 건 분명하다. 여전히 터키의 가입을 반대하는 것 또한 아무리 다른 이유를 들어도 사실은 터키가 비기독교 문화권이라는 것 때문임은 누구나 알 수 있다.

현대는 종교와 무관한 것 같지만, 여전히 종교는 역사의 밑바닥에 흐르는 거대한 물길이다. 20세기에는 이념이 종교를 압도했고, 종교는 예전의 영향력을 상실했다. 그러나 이념의 선택은 대립과 갈등을 낳았다는 반성을 얻었다. 이념이 준 건 갈등이고 앗아간 건 영혼이었다는 반성이었다. 그래서 21세기는 다시 종교로 회귀하려는 조짐이 보인다는 조심스러운 전망도 있다. 무엇을 믿느냐와 상관없이 종교의 흐름에 대해 알아야 하는 까닭은 바로 그것이다. 종교 간의 갈등을 해소하지 못하면 또 다른 분쟁에 휘말릴 수 있는 점도 있지만, 상대를 제대로 이해하기 위해서 종교에 대한 이해는 필수이기 때문이다.

▣━ 브레인스토밍 메뉴

유럽연합과 아세안 / 지역통합과 종교 / 종교와 역사

명품 없다! 사치품만 있을 뿐!

　프랑스 사상가 부르디외는 《구별짓기》에서 현대인들이 문화적 기호의 차별을 어떻게 사회계급의 차별로 재생산하는가를 실증적으로 분석했다. 쉽게 말하자면, 나의 취향을 배타적으로 드러냄으로써 타인과의 구별을 표현한다는 것이다. 자신이 남보다 사회적으로, 계급적으로 더 높다는 걸 나타내려는 욕구인 셈이다. 그래서 사람들은 몇 배 더 비싼 값을 기꺼이 치르면서 그 '차별'을 손에 넣는다. "넌 이런 거 못 걸치지? 난 걸칠 수 있거든! 왜냐고? 나는 특별하니까!"라고 생각하고 싶어하기 때문이다. 제품 자체에 대한 신뢰나 평가가 아니라 '차별'이라는 '상표'를 사는 것이다. 사람들이 '스타벅스'에서 커피가 아닌 뉴욕 라이프스타일을 사는 것처럼.

그렇다면 사람들은 왜 '명품'에 집착하는가? 부르디외식으로 말하자면, 그건 자신이 다른 사람과 다르다는 걸, 그것도 우월적으로 다르다는 걸 '과시'하기 위해서다. 옷을 입어도 다른 사람들은 쉽게 접할 수 없는 초고가의 옷을 택함으로써 자신의 경제적, 사회적 능력을 과시하기 위해서라는 것이다. 과거에는 계급이 정해져 있어서 복식만으로도 그의 사회적 지위를 알 수 있었다. 하지만 민주화된 사회에서, 그것도 자본주의 체제 내에서 자신을 차별적으로 드러낼 수 있는 방법은 경제적 능력의 차이(본인들이야 '안목'을 말하겠지만, 속내는 돈의 과시일 뿐이다)를 통하는 것 말고는 어렵다. 사람들이 명품을 사는 건, 나는 할 수 있지만 너는 감히 따라올 수 없다는 걸 과시하는 것뿐이다.

그런 의미에서 그걸 '소위' 명품이라고 부르는 건 잘못이다. 물론 품질도 디자인도 훨씬 좋으니까 '명품'이라고 하려 하겠지만, 정확하게 말하자면 그건 '사치품'이라고 해야 한다. 미국에서는 사치품을 '럭셔리 구즈Luxury Goods'라고 부르고 일본에서는 '브랜드 제품'이라고 부른다. 우리만 그걸 '명품'이라고 부른다. 어인 까닭인지 우리는 그렇게 이름부터 잘못 쓰고 있다. 흔히 '브랜드brand'라고 하는 말도 사실은 '낙인烙印'을 의미했다. 즉 소유자를 나타내기 위해 소나 말에 찍었던 소인이다. 오늘날 상품에서는 브랜드가 '소유자가 아니라 생산자' 를 나타내는 말로 바뀌었지만, 브랜드가 갖는 '소유' 의 의미는 변함이 없다.

사전적 의미에서 명품이란, '제품의 질이 뛰어나거나 이름난 물건 또는 그런 작품' 을 뜻한다. 그러나 요즘 우리가 쓰는 명품이라는 말은, 특정 고가 상표의 제품을 가리키는 말로 통용된다. 사람들은 누구나 보다 높은 신분에 속하고 싶어한다. 그걸 나타내는 방식이 이런 '사치품' 브랜드로 자신을 감싸는 것이니까, 사람들은 출혈을 무릅쓰고 따라간다. 그들이 정작 사는 건 '상표' 지 제품이 아니다.

그러면 기존의 특권층이라고 과시하던 사람들은 어떻게 할까? 그들은 더 비싸고 희소한 브랜드를 택한다(이 희소한 브랜드 상품은 오히려 상표가 겉에 드러나지 않는다). 그리고는 상표가 겉으로 드러난 브랜드를 소유한 사람들을 아래로 내려본다. "천한 것들! 너희는 이제서야 그걸 두르니? 그러니까 너희는 언제나 내 발바닥 아래야!" 그러고 싶은 거다.

그런 사람들을 지칭하는 신조어가 바로 '노노스족nonos' 이다. '촌스럽게 로고는 왜 붙이냐' 면서 로고와 디자인이 눈에 잘 띄지 않는 명품No Logo No Design을 즐기는 사람들을 칭하는 말이다. 다른 사람들과 구별하기 위한 브랜드나 디자인을 찾다가 다른 사람들도 따라 하니 "개나 소나 다 하네" 하며 그걸 버리거나 감추는 쪽으로 가는 것이다. 이 악순환에 너도 나도 거기 매달린다. '된장녀' 니 뭐니 하는 것도 따지고 보면 이 고리의 부실한 부산물이다.

그러니 '명품' 은 명품이 아니라 사치품이다. 이게 서로 솔직한 표현이다. 사치품을 자꾸 명품이라고 지칭하니까, 그게 정말 자신을 명품으로 만들어주는 걸로 착각한다. 패션은 본디 시대정신을 관통하는 독특한 문화적 힘이다. 사상과도 같다. 그것도 읽어내지 못하며 따라가는 건 '패션fashion' 이 아니라 '붐boom' 일 뿐이다. '명품' 을 '초고가의 사치품' 이라는 말로 바꿔야 명품에 대한 사람들의 태도도 바뀌지 않을까?

브레인스토밍 메뉴

명품과 사치품 / 구별과 차별 / 패션과 붐 / '명품' 과 욕망

VII 시사를 통한 생각의 프레임

71

존 스쿨, 새로 개교한 학교?

학교도 여러 가지다. 세상에는 학교 종류도 참 많다! 금연학교, 금주학교……. 2006년, 서울의 한 노인종합복지관에서는 노인들이 남은 삶의 마무리를 잘하고 죽음을 안정적으로 받아들일 수 있게 도와주는 '죽음준비학교'를 열기도 했다. 또 모 회사에서 열고 있는 '된장학교'는 패스트푸드에 익숙해 있는 아이들에게 콩과 된장의 효능을 체험할 수 있게 하고 있다.

학교는 사람을 가르쳐서 자신의 삶을 잘 꾸려나가도록 가르치는 곳이다. 또한 학교는 여러 사람들과 함께 어울려 자신의 잘못된 점을 스스로 고칠 수 있는 기회를 제공하기도 한다. 범죄자들까지도 교도소를 '학교'라고 부른다.

그런데 낯선 학교가 출현했다. 이 학교의 역사는 짧다.

1955년 미국에서 처음 개교(?)했다. 그리고 금세 전 세계에 분교(?)까지 부지런히 세운 '인터내셔널 스쿨'로 성장했다. 그 학교의 이름이 바로 '존 스쿨John school'이다. '존'은 학교의 설립자 이름이 아니라 한국식으로 말하자면 '홍길동'이나 '개똥이' 같은 뜻이다(흔히 신원불명의 사람을 일컬을 때 남성은 John Dow, 여성은 Jane Dow라고 부르는, 바로 그 존이다)

존 스쿨은 성구매 초범 남성을 대상으로 하는 성구매 재범 방지 교육 프로그램의 이름이다. 이 프로그램은 미국 샌프란시스코의 시민단체 '세이지SAGE(Standing Against Global Exploitation)'가 처음으로 도입을 제안해서 만들어졌다. 다른 이름도 아니고 '존'이란 이름은 성관련 범죄로 잡힌 대부분의 남자들이 자신을 감추기 위해 가장 흔한 이름 중 하나인 '존'을 쓴다는 데서 유래했다. 프로그램은 성구매자 남성이 초범인 경우 처벌을 내리는 대신 교육 프로그램에 참여하면 기소유예 처분을 내림으로써 성범죄 재발을 막자는 취지에서 만들어졌다. 성구매자 남성에 대한 단순한 처벌은 오히려 상습범이 되게 하는 우려만 있을 뿐이라는 점과, 성범죄가 무지에서 발생한다는 인도적 차원에서 만들어진 제도다. 우리나라에서도 2005년부터 이 제도가 시행되고 있다.

현행 제도에 따르면, 성구매 재범의 위험이 있는 경우는 보호사건송치 처분을 내리고, 재범 위험성이 없는 경우는 벌금을 부과해 왔다. 그러나 앞으로는 성구매 방지 교육 프로그램 참여를 조건으로 기소유예처분을 내리는 경우가 많아질 것 같다. 성범죄 가운데서도 성에 대한 죄의식이 가장 없는 부분이 바로 성구매에 관한 범죄다. 성폭력과는 달리 상대의 동의하에 약속된 돈을 지불한다는 이유 때문에, 사람들은 성구매가 범죄라고 느끼지도 않는다. 따라서 존 스쿨에서는 성구매자로 하여금 성구매가 얼마나 반인권적인지, 어째서 범죄행위인지를 깨닫게 하고 정상적으로 사회에 복귀할 수 있게 하는 데 교육의 목적을 두고 있다. 우리나라에서도 그 긍정의 효과를 기대하고 존 스쿨을 도입한 것이다.

하지만 존 스쿨 교육 프로그램을 긍정적으로만 볼 수 있을까? 범죄를 예방하고, 충분한 반성과 각오를 새롭게 다진 사람이 사회에서 제대로 살 수 있도록 하는 게 무조건 옳을까? 또한 그 교육을 받기만 하면 정말 사람이 개과천선할 것이라고 장담할 수 있을까?

존 스쿨에는 무엇보다 형평성의 논란이 있을 수 있다. 음주운전의 경우와 비교해 보면 쉽게 이해할 수 있다. 음주운전자의 알코올 농도가 일정한 수치를 넘으면, 운전자는 곧바로 형사처벌된다. 면허가 정지되거나 취소되고 100만 원 이상의 벌금을 내야 한다. 최고 수준의 처벌로 구속되는 경우도 있다. 그런데 성구매자의 경우는 단지 그가 초범이라는 이유 때문에 겨우 8시간 교육을 받는 것으로 끝난다는 건 적어도 법의 형평성에 어긋나는 건 아닐까? 또한 단순히 '금전적 거래'를 통한 성매수 행위만 처벌될 수 있다는 게 성매매 특별법의 문제라는 점에서, 권력이나 지위를 이용한 교묘한 성적 착취나 억압에 대해서도 같은 처벌과 교육을 받도록 해야 한다는 반론이 가능하다.

하지만 정작 관심을 기울여야 하는 근본 문제를 놓치는 것 같아 안타깝다. 왜 존 스쿨만 있는가? '제인 스쿨Jane School'에는 아예 관심도 없다. 성구매는 남성들만 하는 게 아니다. 흔히 말하는 '남창'이나 일명 '호스트바'의 남자 종업원들의 경우도 여성들의 성구매 대상이다. 남자들에게만 존 스쿨을 실시하는 게 부당하다는 뜻이 아니다. 오히려 존 스쿨은 남성 위주의 사고방식이 만들어낸 위험한 산물일 수 있다는 뜻이다. 방송의 뉴스를 통한 지금까지 사례들을 보자. 성매매에 대한 보도가 있을 때, 카메라는 누구를 담는가? 여종업원들이 주로 화면에 나온다. 그런데 호스트바의 경우는 그와는 반대로 성 구매자인 여성들을 화면에 담는다. 이러한 불평등이 별 저항 없이 받아들여지는 건 여전히 우리 사회가 남성이 지배하는(적어도 지금까지는) 불평등한 사회이기 때문이다.

매매춘의 역사를 들먹이고, 또는 경제문제를 운운하며 정당화하는 것과는 상관없이 성매매는 분명 반인권적이고 비윤리적인 행위다. 그러한 잘못된 행위를 교화하고 재발을 방지하기 위한 적극적인 프로그램의 도입을 반대할 까닭은 없다. 그러나 성에 관한 거의 모든 문제의 중심에는 성평등을 제대로 실현하지 못한 사회적 악습이 있다는 점을 놓쳐서는 안 된다.

돈이든, 힘이든, 권력이든 불평등을 이용해서 타인의 행복을 빼앗는 것은 그 어떤 것으로도 합리화될 수도 또 정당화될 수도 없다.

브레인스토밍 메뉴

존 스쿨과 제인 스쿨 / 매춘과 매매춘 / 단란주점과 호스트바 / 성평등

우공이산? 환경파괴의 주범!

요즘 젊은 사람들은 우공이산愚公移山이라는 말을 잘 모를 수도 있다. 우공이산에 얽힌 고사는 원래 어리석은 영감이 산을 옮긴다는 이야기로《열자列子》〈탕문편湯問篇〉에 나온다.

옛날 중국 태행산太行山(혹은 태형산太形山)과 왕옥산王屋山에 아흔 살 노인이 살았다. 노인은 이 두 산 때문에 바깥출입이 불편하자 아들들과 함께 그 산들을 깎아 너른 길을 내기로 했다. 다른 식구들은 찬성했지만 아내는 말도 안 된다며 반대했다. 노인은 세 아들과 손자까지 데리고 산을 깎기 시작했다. 언젠가는 태행산과 왕옥산을 다 깎아 너를 길을 낼 거라는 생각으로! 산을 깎는 일을 자기가 다 못하면 손자의 손자에까지 이르게 하다 보면 언젠가는 될 거라고 믿으며.

놀란 산신령이 옥황상제에게 어떤 노인이 산을 깎고 있다고 이르자, 옥황상제는 노인의 끈기에 감동해 역신力神인 아들을 시켜 두 산을 멀리 옮겨 놨다는 얘기다.

이 어리석은 노인이 바로 '우공愚公'이고, '우공이산'은 아무리 크고 힘든 일이라도 끊임없이 노력하면 꼭 이루어진다는 교훈을 담고 있는 고사성어다('우공'을 '어리석은 노인'으로 해석하기도 하지만, 학자들은 '우씨愚氏 노인'으로 해석하기도 한다).

하지만 우공이산이라는 말은 더 이상 써서는 안 된다. 우공, 참 웃기는 노인이다! 산이 있으면 돌아서 가면 되고, 정히 그게 싫으면 다른 곳으로 이사를 가면 될 일이 아닌가. 이도 저도 다 싫으니 거추장스러운 태행산과 왕옥산을 깎아 길을 내겠다는 발상이야말로 반환경적인 처사다. 산업화니 도시화니 하면서 제멋대로 깎고 깔아뭉갠 자연이 얼마나 많았는가? 얼마 전까지만 해도 좁은 땅 넓힌다고 서해안 여기저기에 둑을 쌓고 논으로 만들었다. 간척사업은 이 나라 농업의 획기적 변화의 상징이며 잘사는 조국의 자랑스러운 모습으로 여겨졌다.

그러나 이제는 어떤가? 대규모 간척사업은 기존의 환경을 완전히 바꿔서 주변 지역의 환경과 기후를 판이하게 변질시켰고, 그곳에 사는 사람들의 삶까지 바꿔놓았다. 그래서 일

본뿐 아니라 우리나라에서도 몇몇 곳에서는 간척지를 막았던 둑을 허물어 원상태로 복원하자는 논의가 시도되고 있다. 충남 서해안 보령방조제는 농업용수의 목적으로 조성된 간척호수지만 지금은 오염이 심해서 농업용수 사용이 불가하다는 근거로 원상 복원을 요구받고 있다(물론, 이젠 쌀 걱정은 별로 하지 않는 상황으로 바뀐 까닭도 있겠지만). 우리도 예전 1970~80년대 같았으면 새만금간척사업의 위대성을 두고두고 우려먹으며 자랑하고 뿌듯해 했겠지만, 이젠 그 사업이 가져온 환경 파괴가 얼마나 위험한지 경고하는 목소리에 묻혀 그저 쥐 죽은 듯 지내고 있지 않은가! 그런데도 새만금간척사업은 밀고 당기는 논쟁 끝에 결국은 강행키로 했으니 그게 올바른 판단인지는 두고 볼 일이다. 처음에 발표했던 농업용지로의 기능은 이미 없어졌음을 정부 스스로 인정하고 있다는 점만 봐도 그냥 땅 늘리는 데에만 신경 썼지 처음부터 환경이나 다른 요인들은 생각하지 않았다는 증거다. '자연보호'라는 표어가 여기저기 내걸리기 시작한 건 이미 자연의 반격이 시작되어 인간의 생존이 자연에서 벗어날 수 없다는 걸 뒤늦게 깨닫게 되면서부터다.

고속철도 놓는다고, 순환고속도로 낸다고 산허리 자르고 뚫는 일은 지금도 끊임없이 일어나고 있다. 그리고 그게 모두 잘사는 일이라고 칭송한다. 그렇다면 천성산, 사패산 터널 때문에 목숨 걸고 싸우는 사람들은 뭔가? 그들의 말에도 귀를 기울이고 받아들일 건 받아들여야 한다. 그래야 그리 멀지 않은 미래에 있을 더 큰 낭패를 면할 수 있다.

그렇다고 자연을 지키기 위해 싸우는 자들의 불굴의 의지를 마냥 칭송한다고 능사는 아니다. 그들 또한 합리적 대안을 제시함으로써 상대와 타협하고 최선의 대책을 마련할 수 있는 조건을 만들어야 한다. 환경보호론자와 개발론자의 대립은 그 문제에 최우선적으로 집중되어야 한다. 다수가 수용할 수 있는 '지속가능한 발전'을 얻어낼 수 있는 생산적 대립일 수 있기를 바란다면 우물에서 숭늉 찾는 격일까?

⊶ 브레인스토밍 메뉴

우공이산과 환경파괴 / 개발론자와 환경보호론자 / 지속가능한 발전

언어에도 계급이 있다?

영국 왕자 윌리엄이 여자친구 케이트와 헤어졌단다. 그런데 그 까닭이 참 해괴하다.

여자친구의 어머니가 왕궁에 초대를 받았는데, 그녀가 "화장실이 어디죠?" 하고 물었던 게 책잡혀서 그랬단다. "Where is the bathroom?"이라고 해야 하는데 "Where is the toilet?"이라고 물었단다. 우리 식으로 따지자면, 청와대 가서 "죄송하지만, 칙간이 워딨대유?" 하고 물은 셈인 모양이다(요즘 세대는 '칙간'이란 말도 모를 게다. '변소'라고 하면 알려나?).

할머니 여왕을 비롯한 영국 왕실 사람들이 뜨악했나 보다(그러게, 그럴 땐, "Where can I wash my hands?" 하고 묻지 그러셨어? 예전에 우리는 그런 '겁나게 상류계급적인' 문장을 배웠다. 그런데 어떤 한국 사람이 미국 텍사스에서 허름한 바에 들렀을 때, 그렇게 물었더니 바텐더가 '별 미친놈 다 보겠네' 하는 표정으로 고개를 갸웃거리더니 대접에 물을 떠다 주더란다!)

왕족이나 귀족이 쓰는 말 따로 있고 보통 사람 쓰는 말 따로 있는 게 이상할지 모르지만 아직도 그게 사실인 모양이다(똑똑한 머리를 자랑하던 토니 블레어 전 영국 수상은 왕실에서는 고급영어를, 대중연설 때는 보통영어를 썼단다). 하지만 이게 꼭 어떤 계급에만 사용되는 건 아니다. 다음의 낱말들을 보자.

cow/ox — beef
pig — pork
sheep — mutton

왼쪽 낱말과 오른쪽 낱말은 어떻게 다를까? 왼쪽은 동물이 살아 있을 때의 이름이고 오른쪽은 죽은 뒤의 이름이다. 그리고 왼쪽은 오리지널 영어고, 오른쪽은 프랑스어에서 온 영어다. 짐승의 이름과 고기의 이름이 다른 건, 그 주 사용자의 계급(지위)에 따라 사용하는 말이 달랐기 때문이다.

짐승을 기르는 사람들은 서민이다. 그들이 사용하던 언어는 켈트어에 뿌리를 둔 영어다. 소, 돼지, 양은 거기에서 붙여진 이름이다. 그런데 그 짐승의 고기를 먹는 사람들, 즉 지배계급에 속한 사람들은 그 짐승에는 관심이 없다.

그리고 그들은 주로 프랑스어를 사용하는 걸 자랑으로 여긴다(그도 그럴 것이, 이들 주류 세력은 브리태니아 섬 밖에서 들어온 사람들의 후예가 아닌가. '영국' 왕이 '영어'를 구사하지 못하는 경우까지 있었다면 말 다한 거지!). 그러니 고기 이름은 프랑스어에서 들여온 말로 붙인 것이다.

앞의 든 예는 우리가 무심코 쓰는 낱말 하나에도 이렇게 사회적 계급에 따라 다르게 사용되었음을 알 수 있는 대표적 사례라 할 수 있다.

우리말에도 이런 사례는 적지 않다. 물론 시간이 지나면서 그런 말들이 일반화되거나 또는 의도적으로 부풀려져서 쓰이는 경우도 있다. "이 양반이 어디서 행패야!"라고 할 때 양반이 옛날 반상 구별 있을 때의 사대부 양반이 아닌 건 누구나 안다. 계층(계급)을 나타내는 말이 인플레이션 된 건 이것뿐이 아니다. 요즘에야 흔한 말이 이미 아니지만, 얼마 전까지만 해도 상대방(남자)을 점잖게 부를 때 '김 주사'니 '이 주사'니 하고 불렀다. 주사主事는 원래 통일신라시대의 관직

명이었고, 지금은 일반직 6급 공무원으로 사무관의 바로 아래 직급이다. 옛날에 생원이니 첨지니 하는 말로 여염 사람들끼리 서로 높여주던 것도 마찬가지다(본디 생원은 소과에 합격한 사람이고, 첨지는 첨지중추부사僉知中樞府事의 줄임말로 정3품의 높은 무관직이다).

관직보다는 돈에 대한 관심이 높아지면서 이제는 아무에게나 갖다 붙이는 '사장'이라는 호칭도 따지고 보면 말로나마 높임을 받고 싶어 하는 심리의 표현일 것이다. 조선시대에 '마마'와 같은 의미로 쓰기도 했고 세자빈을 이르던 '마누라'가 아내를 허물없이 또는 낮춰 부르는 말로 변한 것이나, 종2품과 정3품을 이르던 '영감'이란 말이 비하적 표현으로 쓰이는 것도 계급사회의 몰락과 함께 생겨난 언어의 부풀리기 현상이다(지금도 법원이나 검찰 동네에서는 판사나 검사를 '영감'이라고 부르는 경우가 많다. 기특하다고 해야 할지 딱하다고 해야 할지!).

지금도 계급이란 건 꼭 겉으로 드러나지 않더라도 교묘한 형태로 존재하고 기능한다. '브런치'를 먹는 사람은 우아한 현대인이고, '아점'을 먹는 사람은 백수거나 정신없이 바쁜 사람을 지칭하는 것쯤으로 생각하지 않는가? 언어에 계급이 있을 수는 없다. 그러나 현실은 은연중에 그런 말의 '가름'

을 만들어낸다. 그걸 깰 수 있는 건강한 사회가 되야 한다. 언어는 생각을, 생각은 실천을 낳는다. 그리고 언어는 인간을 만든다. 그래서 언중은 언어 사용에 항상 주의를 기울여야 한다. 그래도 계급을 낳는 언어는 노땡큐!

ロ‒‒ 브레인스토밍 메뉴

bathroom과 toilet / 아점과 브런치 / 언어와 계급성

한탄강은 국제하천이다!

　1986년 온 나라가 성금을 모은다고 시끄러웠다. '평화의
댐'을 세우자는 것 때문이었다. 북한이 금강산댐을 건설하면
그게 곧바로 수공水攻으로 이어져 63빌딩의 절반이 물에 잠기
며 서울이 물바다가 될 거라며 호들갑을 떨었다. 군사정권의
안보 위협 부풀리기 의도가 다분한 일종의 정치적 과잉대응
이었지만, 그 일을 통해 북한강이 국제하천이라는 걸 인식한
사람들은 의외로 드물었다.

　국제하천이란 국제법상 조약에 따라 여러 국가의 선박의
자유항행이 인정되는 하천을 말한다. 19세기 이래 몇몇 국가
의 국경을 이루거나 영토를 관류하는 하천이 특정국의 목적
이나 의도에 국한되면 다른 나라에 불편과 불이익이 발생하
기 때문에 그런 하천을 국제화해 조약 당사국의 선박, 또는

모든 나라의 선박에 대해 개방하는 조약을 체결한 게 그 시초다.

국제하천 가운데 도나우 강이나 라인 강, 엘베 강처럼 조약 체결국 이외의 나라에도 개방되는 강이 있는가 하면, 나일 강, 콩고 강, 아마존 강처럼 조약 체결국에만 자유항행이 인정되는 강이 있다.

우리나라에는 중국이나 러시아와의 국경을 이루는 압록강과 두만강이 대표적인 국제하천이다. 하지만 임진강과 한탄강, 그리고 북한강이 국제하천이라는 인식은 의외로 드물다. 우리가 북한을 독립된 정부와 국가로 인정하든 안 하든 국제사회에서 북한은 엄연히 한 국가이기 때문에, 이 강들은 남한과 북한 두 국가를 함께 흐르는 국제하천이다. 사실 평화의 댐으로 불거진 문제도 국제법상 국제하천의 공유권리에 의존하고 호소했어야 할 문제였다. 상대(북한)의 존재를 인정하지 않았기 때문에 그런 변칙적인 방법(평화의 댐 건설)을 쓸 수밖에 없었던 건 우리나라 정치가 안고 있는 딜레마였다고 해야 옳다.

국제하천은 어느 한쪽에서 일방적으로 이용하거나 접근을 차단할 수 없다. 메콩 강의 사례가 대표적이다. 메콩강은 중국, 타이, 베트남, 라오스, 캄보디아, 미얀마를 흐르는 국제하천이다. 그런데 중국이 메콩 강 상류에 샤오완小灣 댐을 건설해 방류량을 조절한다고 하자 메콩 강이 흐르는 관련 동남아 5개국이 반발하고 나선 것이다.

국제 간의 문제가 아니더라도, 이웃 간에는 이런 이해관계가 늘 긴장으로 작용한다. 내 논 물 대기 위해 물길을 막거나 가둬서 심지어 낫 들고 싸우다가 사람의 목숨까지 앗아가는 경우까지 있지 않은가? 그야말로 아전인수我田引水다. 그러니 국제하천은 당사국 간의 합리적이고 상호 호혜적인 이해와 배려가 필요한 대상이다.

남북 간의 긴장은 항상 존재했고, 그것을 완화하기 위한 다양한 접촉과 교섭이 있었다. 국제하천으로서 임진강, 한탄강, 북한강은 그런 점에서 남북의 대립과 갈등을 야기할 수 있지만, 오히려 그 때문에 탈정치적 접근과 합의를 통한 남북의 새로운 공존 모델을 찾을 수 있는 좋은 실마리가 될 수도 있다.

일부는 남북을 나누는 국경의 기능으로, 일부는 남과 북을 함께 흐르는 경제적 기능으로서 이 강들에 대해 사고의 전환이 필요하다. 세계에서 가장 짧은 국제하천 가운데 하나인 한탄강은 그런 점에서 우리의 눈과 마음을 끈다.

한탄강과 임진강, 그리고 북한강이 더 이상 국제하천이

아닌 그날이 와야 한다. 바로 통일의 날이다. 그 날이 빨리 오기 위해 국제하천 한탄강, 임진강, 북한강에 대해 우리는 각별한 애정과 관심으로 접근해야 한다.

'이념의 시대'는 진작에 끝났다. 그런데도 우리는 여전히 이념의 늪에서 벗어나지 못하고 있다. 전쟁 때문에 원한이 맺혀 있고, 체제 때문에 결기를 세우는 것도 이젠 훌훌 털어낼 때가 되었다. 금강산 관광도 좋고 개성공단도 좋다. 하지만 '국제하천' 한탄강을 남북이 공동 개발하는 일 또한 좋지 아니할손가!

▫━ 브레인스토밍 메뉴

한탄강과 국제하천 / 한탄강과 남북협력 / 대립과 공존

진달래가 북한의 국화?
곱디고운 진달래에 피멍 든 사람들

1987년, 전두환 정권은 국민들의 대통령 직선제 요구를 묵살했다. 일체의 개헌 논의를 중단시킨 '4·13 호헌조치' 가 그것이다. 그러자 학생들이 전두환 정권에 항의하며 들고 일어났다. 하지만 전두환 군사정권은 눈 하나 깜짝하지 않았다. 늘 그래왔듯이, 개헌을 요구하는 목소리도 폭력으로 누르면 된다고 여겼다.

그러나 세 달 전(1987년 1월) 서울대생 박종철 군이 경찰의 고문에 의해 사망한 사건을 목격했던 국민들은 더 이상 정권의 폭력에 굴하지 않았다. 1987년 6월, 민주화를 요구하며 연세대에서 시위하던 이한열 군이 진압경찰이 쏜 최루탄에 맞아 숨지는 사건이 일어났다. 이 사건 이후 학생들의 거리 시위에 일반 시민들이 동참하기 시작했다. 결국 1987년 6

월 29일, 전두환 군사정권은 국민들의 민주화와 직선제 개헌 요구를 받아들인다는 발표를 하면서 국민의 저항에 굴복할 수 밖에 없었다.

당시, 민주화를 요구하는 국민들과 함께한 그림이 하나 있었다. 시위를 하던 이한열 군이 진압경찰이 쏜 최루탄에 맞고는 친구의 부축을 받은 채 고개를 떨구고 있는 대형 걸개그림이었다. 그 그림을 그린 화가가 바로 최병수다. 세계 최초로 '걸개그림' 이라는 장르를 만들어낸 화가다. 이 사람이 화가가 된 계기는 엉뚱한 일이 발단이 되었다

1986년, 젊은 화가들이 한꺼번에 구속되는 희한한 사건이 있었다. 이른바 '정릉벽화사건' 이었다. 사건의 발단은 홍익대 미대생들이 신촌과 정릉 주택가 벽에 그림을 그린 데서 시작한다. 이 사건에서 가장 흥미로운 인물이 바로 '화가 최병수' 였다. 최병수는 여러 직업을 전전하다가 정릉벽화사건이 있었던 1986년에는 목수로 일하고 있었다. 벽화를 그리려면 사다리가 필요했기 때문에 화가 친구들이 목수였던 최병수를 불렀다. 최병수는 현장에서 금세 사다리를 만들어주고 하릴없이 있었는데, 노느니 차라리 그림이나 도와달라는 친구들의 부탁을 받고, 그들이 그린 진달래꽃 옆에 개나리 등 꽃 몇 송이를 그렸겠다. 그런데 갑자기 형사들이 우루루

몰려와 그림을 그리던 모두를 현장에서 체포했다. 최병수도 이때 함께 경찰서에 끌려갔다.

조서를 작성하는 형사가 최병수에게 직업을 묻자 그는 당연히 목수라고 말했다. 목수가 자기 직업을 목수라고 말하는 건 이상할 게 하나도 없다. 그런데 형사들은 최병수의 목수 직업을 인정하지 않았다. 분명 그림을 그리는 현장을 덮쳤는데 무슨 목수냐며 형사는 최병수의 직업란에 '화가'로 써넣었다. 군사정권이었던 당시는 목수는 훈방감이지만, '의식화된' 화가는 구속감이던 시대였다. 최병수의 말마따나 부모님이 그를 '낳고' 경찰이 그를 화가로 '만든' 셈이었다.

최병수는 '정부가 인증한' 공식화가였던 셈이다. 단지 도시의 미관을 위해 자비를 들여 벽화를 그렸던 젊은이들을 경찰은 왜 체포했을까? 경찰은 벽화가 의식화의 표현이라고 여겼기 때문이었다. 특히 그 벽화에 화가들이 '진달래'를 그려넣은 게 결정적 단서가 되었던 모양이다. 왜 진달래를 그린게 죄가 되었을까? 1980년대에는 다른 진달래는 상관없지만 가뜩이나 의식화 그림이라고 주목받고 있던 벽화에 진달래를 그려 넣는 건 북한을 찬양하는 것으로 여겨졌기 때문이다. 1980년대란 이런 비상식이 통하던 그런 시대였다. 당시 잡혀간 사람들은 진달래가 북한의 국화인 줄 몰랐느냐며 경찰에 치도곤을 당했다고 한다.

그렇다면 정말 북한의 국화는 진달래일까? 사실은 북한에는 국화가 따로 없다고 한다. 흔히 북한의 국화가 '목란'이라고 하는 이가 있지만 북한에서 국화 지정은 없었다(목란이 김일성훈장이나 주체사상탑 등에 쓰여서 국화려니 하는 모양이다). '함박꽃나무'가 본디 이름인 목란은 목련과에 속하는 것으로, 꽃말이 '복종, 순종'이다. 다른 목련과 꽃은 모두 하늘을 향해 피지만 이 나무의 꽃은 특이하게도 땅을 향해 핀다. 그래서 얻은 꽃말이다. 김일성이 좋아했다는데, 아마 북한 주민의 복종을 바라는 마음 때문 아니었을까 싶다. 우리가 익히 들었던 '김정일화'가 있지만 그건 일본 원예학자 가모 도모데루加茂元照가 개량해서 선물한 베고니아과 다년생 식물이다. '불멸의 꽃'이라는 이름 때문에 애착을 더 갖는 모양이다.

그렇다면 최병수와 젊은 화가들을 그토록 고생시킨 진달래는 친공親共 또는 친북한과 무슨 상관이 있는가? 북한의 유명한 가극 〈꽃 파는 처녀〉를 비롯해서 북한의 많은 노랫말에는 진달래가 자주 등장한다. 물론 정치 선전을 위한 그림에도 진달래가 많이 등장한다. 1980년대 경찰들이(경찰뿐만 아니라 많은 국민들조차) 진달래를 북한의 국화로 잘못 인식하고 있는 이유는 단지 그것뿐이었다. 북한 정권이 진달래를 통해 자신들의 체제를 미화하고 북한 주민의 정서에 정치적 이념을 불어넣었다는 이유만으로 애꿎은 진달래가 남한의 젊은이들에게 곤욕을 치르게 한 것이다. 많은 사람들이 봄이면 진달래 꽃놀이를 가면서도 그 꽃을 그림(특히 '의식화된' 그림)이나 문학에 사용하면 경찰에 잡혀가던 시절이었다. 단지 북쪽이 많이 쓴다는 것 때문에 애꿎은 진달래가 남쪽 사람들을 괴롭힌 셈이다. people을 '인민'이라고 번역하는 게 가장 적합하지만, 공산주의자들이 많이 쓰는 말이라서 일부러 기피하는 거야 이해하겠다고 치자. 그러나 진달래까지 군사정권의 잣대를 마음대로 들이대는 건 정말 해도 너무 한 일이었다.

그래도 정릉벽화사건 때문에 우리는 위대한 화가 최병수를 얻었으니 고마운 일이라고 해야 할까?

○─── **브레인스토밍 메뉴**

진달래와 무궁화 / 최병수와 정릉벽화사건 / 남북 분단과 금기

이슬람교가 가장 현대적이다?

이슬람교 하면 떠오르는 게 뭐냐고 사람들에게 물으면 그 대답은 대략 비슷하다.

'호전好戰적이다'

'반문명적이다'

'배타적이다'

'왠지 호감이 가지 않는다'

'반反여성적이다'

물론 모두들 자기 입장에서 세상을 이해하려 하는 게 인지상정이지만, 이상하게도 이슬람교에 호감을 느끼는 비이슬람 문명권 사람들은 흔치 않은 것 같다.

특히 기독교 문명권에 속한 사람들의 이슬람 혐오증은 일종의 유전적 강박관념에 가깝다. 그건 단순한 관념이 아니라 역사적 사실에 기인한다. 11세기 성지 탈환을 명분으로 내건 십자군전쟁은 최초로 기독교 문명권을 이슬람과 전면적이고 직접적으로 충돌하게 했다. 사실 그보다 훨씬 이전인 8세기에는 이베리아반도가 사라센제국에 편입되었다. 근현대에 들어 오스만투르크는 유럽 전체를 공포에 빠뜨릴 만큼 강력한 세력이었다. 이러한 역사적 구원舊怨 등이 그들로 하여금 이슬람에 혐오증을 갖게 만들었을 것이다.

특히 2001년에 있었던 9·11 테러 사건은 비이슬람 문명권 사람들에게 이슬람에 대한 공포를 가속화시켰다. 이슬람 근본주의자들은 서구 문명이 자기들의 종교와 문화를 훼손하고 기존의 제국주의적 속성을 버리지 못한다고 비난한다. 분명 이슬람 문명과 기독교 문명은 오랫동안 갈등과 투쟁을 겪었다. 현대에 들어와서는 서구 문명이 압도적 우세를 누렸다. 서구 문명은 전 세계를 식민지화하려 했다. 지금까지 기독교 문명은 이슬람교를 의도적으로 폄하해 온 게 사실이다. 자기네들과 다른 이슬람의 풍속 등을 비하하며 반문명적이라고 매도하는 걸 서슴지 않았다(하지만 '반문명적'이라는 건 단지 '반서구화'에 대한 부당한 억압적 변명일 뿐이다).

이슬람교에 대한 이러한 평가는 과연 정당할까? 결코 그렇지 않다. 사실 따지고 보면 이슬람교야말로 가장 '현대적인' 종교라 할 수 있다. 다른 걸 따지자는 게 아니라, 적어도 시대적으로 보자면 가장 가까운 과거에 성립된 종교라는 점에서 그렇다는 말이다. 불교가 생겨난 지 2,500여 년, 기독교가 2,000여 년쯤 되었다면, 이슬람교는 7세기쯤에 시작되었으니까 불과 1,400여 년밖에 되지 않았다.

사실 이슬람교의 근본 교리는 유대교에 가장 가깝다. 무엇보다 인접한 지역이 갖는 문화적 유사성 때문이다. 게다가 종족적으로도 셈족과 함족은 같은 뿌리를 갖고 있다. 그리고 유목을 중심으로 살아가는 환경 또한 그런 유사성의 원인이기도 하다. 이런 이유들 때문에 이슬람교와 유대교는 경전까지 비슷하다. 꾸란(코란)의 상당 부분은 《구약 성경》과 일치한다. 실제로 무함맛드(모하메드)가 유대교를 벤치마킹한 건 주지의 사실이다.

이슬람교가 현대적이기 때문에 지니는 특성 가운데 하나는 관용이다. 흔히 사람들은 이슬람이 배타적이고 호전적이라고 생각하지만, 사실은 그렇지 않다. 이슬람교는 다른 종교에 대해 너그럽다. 그 실례가 바로 이베리아반도를 점령한 무슬림의 태도였다. 그들은 기독교를 탄압해서 쫓아내지 않았고 공존의 방식을 택했다. 물론 지배하는 입장에서 피지배자들에 대한 불평등은 어느 정도 불가피했다. 그러나 그것도 다른 문명권의 나라들에 비하면 너그러운 편이었다. 그건 무슬림이 발칸반도의 여러 나라들을 점령했을 때도 마찬가지였다. 유고에서 티토가 죽고 연방이 해체된 후 지금까지 내란이 생긴 원인은 사실 종교 때문이다. 유고는 20세기 초반까지 오스만투르크의 지배를 받았다. 그들은 이슬람을 강요하지 않았다. 그래서 다양한 종교가 공존했다. 연방이 해체된 후 종교가 그들을 갈라서게 만들었다. 이게 무엇을 의미하는가? 지금의 내전은 슬픈 일이지만, 이슬람의 관용적 태도때문에 가능했다는 걸 반증하는 사례다.

이슬람교는 다른 종교보다 훨씬 나중에 생겼기 때문에 교리상의 문제점들에 대해 신중했다. 무슬림들은 유대교의 배타성을 벗어나려 애썼고, 기독교 교리에 있는 삼위일체의 난해함을 꺼렸다(이슬람교에서는 예수를 모세와 같은 위대한 예언자 또는 선지자로 인정한다). 이슬람교에서 신(알라)은 형상화할 수 없는 절대적 존재다. 그래서 이슬람 교회(모스크)에 가보면 그 어떤 성상이나 성화를 찾아볼 수 없다. 신은 초형상적 존재이기 때문이다. 단지 꾸란의 성구聖句만 적혀 있을 뿐이다(이슬람권에서 아라베스크 무늬가 발달하게 된 까닭 가운데 하나도 성상이나 성화 없이 모스크를 장식하기 위해 기하학적이고 연속적인 무늬의 배열을 만들었기 때문이라고도 한다).

사람들이 흔히 생각하는 것과는 달리, 이슬람은 아주 관대하고 비폭력적이다. 서구 문명의 눈에 비친 이슬람의 폭력적이고 반문명적인 속성은 역사적 충돌에서 빚어진 갈등과 증오 때문이다. 물론 근본주의자들이나 종교를 정치적으로 이용하려는 사람들이 빚어낸 눈살 찌푸리는 행동이 없는 건 아니다. 또한 이슬람교도 현대에 맞게 변용하는 시도를 해야 한다. 하지만 그 일부만으로 전부를 매도하는 건 분명 정당한 일이 아니다. 상대 문명이나 종교에 대한 이해와 존경이 없으면, 새뮤얼 헌팅턴이 지적한 것처럼 문명의 충돌로 치닫게 된다.

전쟁 가운데 가장 비열하고 비이성적이며 비인격적인(비열하지 않고, 이성적이고, 인격적인 전쟁이 어디 있을까마는) 건 종교를 빙자한 전쟁이다. 맹목과 아집, 그리고 까닭 없는 증오가 끝없는 갈등과 분쟁을 낳는다. 그런데도 우리는 여전히 이슬람에 대한 오해와 적대감이 있다. 일방적인 서구적 시각을 비판없이 받아들인 까닭이다. 특히 근본주의적 태도에 집착한 기독교 일부 교회와 신자들의 공격적이고 정복주의적인 태도와 방법은 여전하다. 오해와 폄하, 그리고 부당한 증오는 무지 때문이다. 무지를 벗고 상대에 대한 예의와 존경을 갖추어야 한다.

브레인스토밍 메뉴

이슬람교와 호전성 / 9 · 11테러와 이슬람 혐오증 / 문명의 충돌

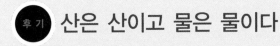

산은 산이고 물은 물이다

후 기

불자가 아니라 하더라도 '산은 산이고 물은 물이다'라는 말을 잘 알고 있을 것이다. 나 역시 성철性徹 큰스님의 말씀이라 여기며 그 내용을 어느 정도 새기고 있다. 하기야 누가 말했느냐는 것이 뭐 그리 대수랴. 하나 이 말은 본디 당나라 때 선승인 청원선사青原禪師의 선시에서 빌려온 말이다. 그 시를 옮겨보자.

산은 산이고 물은 물이로다山是山 水是水

산은 산이 아니고 물은 물이 아니로세山不是山 水不是水

산이 곧 물이고 물이 곧 산이로구나山卽是水 水卽是山

산은 산이고 물은 물이다山是山 水是水

아주 간결하고 쉬운(?) 시다. 게다가 한자도 쉬운 한자만 있으니 못 읽을 일도 없다. 그러나 거기에 담겨 있는 내용은 그리 녹록치 않다. 우리는 성철 스님의 법어를 상식적 이해의 구현과 실천의 뜻으로 받아들인다. 틀린 말 아니다. 스님은 그런 의미도 담아 말한 것이다. 하지만 그보다 훨씬 큰 뜻을 담아 말씀하신 것이다. 청원선사 선시를 풀어 맛보자.

제1연에서, 산은 산이고 물은 물이라고 한 것은 일상적이고 상식적 지식을 뜻한다. 일반적 지식은 다른 것과의 분별에서 시작된다. 다른 것들과의 구분을 통해서 자신의 독자성과 본질을 확인받는 것이다. 우리가 일차적으로 추구하는 지식의 탐구는 바로 이러한 단계에 해당된다. 이런 지식을 많이 갖고 있으면 그것 나름대로 가치를 발휘하기 때문에 많은 사람들이 이러한 지식을 소유하기 위해 애쓴다.

그러나 이것과 저것을, 자신과 남을 구분함으로써 이루어진 인식의 단계에서 우리가 갖게 되는 지적 판단의 근거는 무엇인가? 그게 없으면 오히려 혼란이나 강압만 있을 뿐이다. 그것은 바로 정의定義 definition에 의해 가능하다. 예를 들어 산을 보자. 산의 정의는, 다른 곳보다 현저하게 융기된 부분을 지칭한다. 그 반대로 침하된 부분은 물이라고 부르자고 약속할 수 있다. 우리의 상식은 이러한 정의에 의해 구분되고 분류된다. 하지만 커다란 산은 하나의 산이지만, 산을 부분으로 나누어 분석해 보면 달라진다. 능선이나 봉우리는 분명 다른 지역보다 높이 솟아 있으니까 '정의에 따라' 산이라고 부를 수 있다. 그러나 계곡처럼 꺼져 있는 부분은 그 정의에 의하면 산이 아니다. 전체의 산 안에 작은 계곡과 능선을 볼 때 곧추 오르막만 있거나 내리막만 있는 것이 아니라 굽이굽이 오르내리막이 있다. 그렇다면 그 오르막 사이사이 있는 내리막은 산이 아닌가? 구분의 기준과 정의가 더 이상 절대적인 효력을 발휘하지 못한다면 도대체 인식이란 무엇인가? 산은 산이 아니다. 이것을 이것이라 할 수 있는 것이 없으니 인식은 혼돈과 무질서일 뿐. 이러한 혼돈이 바로 두 번째 연으로 이어진다.

제2연에서, 산이 산이 아닌 것은 바로 산을 규정하는 기준이나 정의의 배타적 규준에 대한 회의나 전환에 의한 인식이다. 이것은 일반 대중이 언뜻 보기에는 무질서와 혼돈 같지만 인식의 끈을 질끈 쥐고 있는 사람의 탐구욕에는 더없이 매력적인 인식의 지평이다. 일상 너머에 무언가 있다는 것, 즉 현상 너머에 본질이 있다는 형이상학적 인식의 나락이 펼쳐지는 것이다. 오히려 정의의 잣대를 따랐을 때 찾아오는 혼돈이다. 익숙한 것에 안주하지 않고 끊임없이 탐구하고 모색하는 지성은 처음에는 새로운 것에 대한 두려움과 껄끄러움, 그리고 무엇보다 주변에 있는 사람들로부터 비난과 따돌

림에 시달리지만 그 시답잖은 질곡만 벗어나면 새로운 세계가 그의 눈앞에 펼쳐진다. 이 어찌 해봄 직한 일이 아니겠는가? 하지만 이 일만도 그리 녹록하지 않다. 불가에서 말하는 '알음앓이'가 바로 이것이다. 규준의 근거에 대한 근본적 의문이 일어나는 단계다. 이쯤되면 사람들의 태도가 조금씩 바뀌기 시작한다. 어떤 사람은 상식의 편안함에서 벗어난 혼돈이 부담스러워 다시 상식의 차원으로 돌아가려고 한다. 어떤 사람은 자기는 다른 사람이 보지 못한 것을 보았다며 우쭐대고, 그걸 보지 못한 사람을 우습게 보려고 한다. 물론 어떤 사람은 새로운 인식의 발견 자체를 즐길 뿐인 경우도 있다.

제3연에 이르면 자체가 혼동이다. 산이 곧 물이고 물이 곧 산이라니. 그렇다면 세상을 어떻게 구별하고 인식할 것인가? 도대체 그 규준의 근거 자체에 대한 의문이 꼬리를 물게 되고 급기야는 이것과 저것, 차此와 피彼가 구별이 되지 않는 지경에 이르게 된다. 이쯤 되면 지금까지 잘 참고 견뎌온 사람들도 '앗, 뜨거워라' 물러서기 일쑤다. 앎은 이제 병이다. 상식적 지식만을 고수하는 사람들은 빈정대기 시작하고, 심지어 '산이 곧 물'이라고 해괴한 말을 하는 이 사람들을 정신병자 취급하기까지 한다. 자기 자신도 확신이 서지 않는 경우가 많다. 산이 곧 물이고, 물이 곧 산이라면 이것이 참된 앎이라 할 수 있는가?

그러나 여유를 가질 일이다. 이것과 저것의 경계와 나눔의 갈래에 갇혀 있음이 아니라 둘 모두를 아우를 수 있는 경지이고, 그만큼 지평이 활짝 넓어지는 것을 의미한다. 편협한 사유의 틀에서 벗어나 자유롭게 넘나들 수 있는 상태가될 것인지, 아니면 '아, 지금까지 나는 헛수고만 하였구나!'하고 후회하며 상식적 지식의 상태로 원상 복귀할 것인지는스스로의 의지와 훈련에 달려 있다. 아마도 달마스님이 9년동안 문 없는 방에서 벽만 보고 도를 닦은面壁修道精進 것이 이런 상황이지 않았을까? 끊임없이 스스로를 단련하고 다른 것들에 대한 너그러움을 길러야 한다. 상당수의 사람들은 이단계에서 처음으로 돌아가는 방법을 택한다. 어떤 이는 지금까지 쏟아 부은 헛수고를 안타까워하고, 어떤 사람은 속으로는 그렇다고 느끼면서도 정작 겉으로는 자신은 여기까지 왔다며 아래 두 단계에 머문 사람들을 폄하하거나 경시한다.물론 여전히 그 새로운 앎 자체에 대한 기쁨으로 행복해 하는 사람들도 있다.

넷째 연은 경계를 넘어선 단계다. 표면적인 인식을 넘어그 내면에 담겨 있는 진리와 그 정의의 구별 지음이 갖는 의미와 한계를 꿰뚫어 본다. 이러한 단계를 차근차근 밟고 소화해 냈을 때 비로소 '산은 산이고, 물은 물이다'라는 평범한 진리를 말할 수 있게 된다. 이때 말하는 '산은 산이다'라는 명제는 첫째 연에서 말하는 그것과는 판이하게 다르다. 세 단계 모두를 가로지르는 진리의 인식이다. 제대로 된 지식은 나보다 낮다고 해서 남을 업신여기거나 얕보지 않고 모든 것을 아우른다. 상식과 인식의 최고 단계를 동시에 아우를 수 있는 상태가 완전한 지식이다. 성철 스님의 법어는 바로 이러한 최고의 인식 단계를 이르는 말이었던 것이다. 제1연과 제4연의 외연은 같되 그 경지는 사뭇 다르다. '프레임'이란 측면에서 보자면 네 개의 연은 모두 제가끔의 프레임이다. 어찌 네 개뿐일까만 그만큼도 더듬어보지 못하고 살아온 까닭에 그것도 때론 버겁다. 이왕이면 넷째 연까지 이를 수 있는 '프레임의 확장'을 맛봤으면 좋겠다.

불문佛門에서 자주 쓰이는 말 가운데, "스님을 만나면 스님을 죽이고, 조사를 만나면 조사를 죽이고, 나한을 만나면 나한을 죽일 것이며, 부처를 만나거든 부처를 죽이라"는 모골이 송연해지는 말이 있다. 유명한 임제선사臨濟禪師가 한 말이다. 이 말은 무슨 뜻일까? 권위나 명예에 매달리지 말고 실천적 진리를 살아가라는 가르침이다. 지식도 누가 주는 게 아니라 자신이 만들어가고 누리는 것이다.

선문禪門의 위대한 6대 조사 혜능慧能은 절의 불목하니(절에서 잡일 하는 잡부)였고 문맹이었다(실제로 문맹이었는지는 모르지만). 5대 조사 홍인弘忍은 어느 날 자신의 의발衣鉢을 전해 받을 후계자를 뽑기 위해 선문禪問을 던진다. 쟁쟁한 지식과 수도 공력을 가진 스님들이 응해 보지만 똑 부러지는 답을 한 제자가 없었다. 혜능은 자기가 글을 쓰지 못하므로 다른 사람에게 대필을 시켰고, 이 글을 본 홍인 조사는 밤에 혜능을 불러 의발을 전하고는 남쪽으로 도망가라 일러 내보냈다.

왜 홍인은 자신의 후계자를 가장 미천한 불목하니를 택했을까? 게다가 문맹인 그를! 아마도 그는 문자속에 얽매어 버리는 지식꾼들로서는 다다를 수 없는 '탈문자脫文字'의 탁견을 혜능에게서 보았기 때문일 것이다. 홍인이 혜능을 밤의 어둠을 얻어 도망가도록 한 것은 다른 수행자들이 이 사실을 알면 혜능을 욕보이고 심지어 죽일 것임을 알았기 때문이다.

참된 진리는 박제된 것일 수 없고, 좁은 틀 안에 가두어 둘 수도 없으며, 왜곡을 할 수도 없는 것이다. 즉 문자의 미망에서 벗어나 자유로울 수 있을 때, 그때서야 진리가 보인다는 질타다. 혜능이 문맹이었다는 이야기는(실제로 그랬는지 아닌지는 별도로 하고) 그가 문자에 얽매이지 않았으며 자유로운 사유를 할 수 있는 사람이었다는 상징적 의미를 함축하고 있는 것이다. 불문에서 말하는 앎으로부터의 자유는 이렇게 대담한 뜻을 담고 있다. 그것이 바로 《성경》에서 말하는 "진리가 너희를 자유케 하리라"는 금언의 참뜻이다.

우리는 아직도 문리가 덜 깨인 까닭이어서인지 여전히 문자에 매달리고 그 껍질의 의미를 이리저리 해석하되 오로지 자신이 배워온 방식만 고집하고 있지는 않은가? 이제는 어느 정도 과오를 저지르더라도 자신의 방식으로 소화하고 실천하고 새롭게 발전시켜야 할 때이다. 씨앗을 손에 쥐고만 있으면 말라비틀어져 아무런 싹도 트이지 못할 수 있다. 종자를 개량하기 위한 씨앗은 잘 간직하고 키우되 많은 씨앗들은 밭에 던져야 한다. 귤이 회강을 건너 탱자가 된들 어떠랴? 썩은 귤을 들고 있기보다는 이 땅에 걸맞은 잘 익은 탱자를 거두는 게 때론 낫지 않은가? 게다가 그 탱자가 오렌지나 자몽이라도 되면 금상첨화 아니겠는가? 생각과 지식의 프레임을 바꾸면 그런 덤이 즐거움과 더불어 온다.

현대는 지천에 널린 지식과 정보information의 홍수에 빠져 있다. 그 지식과 정보를 어떻게 수용하고 나름대로 해석하고 소화하느냐 하는 것이야말로 새로운 시대가 요청하는 앎의 태도가 아닐 수 없다. 부지런히 찾아 읽고 보고 저장해야 한다. 그리고 그것들을 틈틈이 해석하고 자신의 삶에 체현하도록 해야 할 것이다. 바로 이게 최근에 요구되는 익스포메이션exformation이다. 익스포메이션이란 본디 쓰레기처럼 넘치는 허섭한 정보들을 꺼내버리는 것을 뜻한다. 그러나 적극적 의미의 익스포메이션은 제대로 된 기존 정보들을 잘 거르고 짜서 새로운 정보를 만들어내는 지평으로 확장되고 있다.

상식은 대부분의 사람들이 일반적으로 받아들이고 경험적으로 검증된 것들이다. 그래서 그걸 소중하게 여기거나 관심을 기울이지 않는 사람은 그저 낮은 지식쯤으로만 여긴다. 하지만 그 상식을 잘 들춰보면 거기에는 의외로 많은 보물들이 묻혀 있다. 발상의 전환, 또는 새로운 프레임은 반드시 새로운 지식과 정보를 통해서만 오는 게 아니다. 이미 알고 있는 것들을 새로운 생각으로 더듬어볼 수 있다. 그게 '생각과 지식의 프레임'을 바꾸는 행복이다. 네 번째 연의 '산은 산이다'의 보물을 찾으며 살면 좀 더 즐겁고 신나지 않을까?